DALE MAYER

Murmures dans les. Glycine

Jolis Jardins Maudits 23

Murmures dans la glycine : Jolis Jardins Maudits, tome 23
Beverly Dale Mayer
Valley Publishing Ltd.

Copyright © 2023

Traduit de l'anglais par Marie-Camille Brault et Valentin Translation

Il s'agit d'une œuvre de fiction. Les noms, les personnages, les lieux, les marques, les médias et les incidents mentionnés sont le produit de l'imagination de l'auteur ou utilisés de manière fictive. Toute ressemblance avec des événements, des lieux ou des personnes, existant ou ayant existé, est entièrement fortuite.

ISBN-13 : 978-1-773369-73-0
Format Print

Résumé du livre

Une nouvelle saga cosy mystery de l'auteure best-seller d'USA Today, Dale Mayer. Suivez la jardinière et détective amatrice Doreen Montgomery et ses amusants (et vraiment adorables) chat, chien et perroquet, tandis qu'ils attrapent les meurtriers et résolvent des crimes dans la merveilleuse ville de Kelowna, en Colombie-Britannique.

De la richesse aux haillons… Certaines choses restent enfouies… D'autres non… et c'est à nouveau le chaos !

Passer du temps avec Mack est toujours amusant, mais lorsque Doreen surprend une conversation qui ressemble à une confession de meurtre, il n'est pas d'accord… jusqu'à ce qu'un corps apparaisse. Il est alors beaucoup plus intéressé. Le jeune homme décédé avait prévu de s'inscrire à l'université locale et espérait renouer avec une ancienne petite amie.

Le caporal Mack Moreau sait qu'il peut tenir Doreen à l'écart de cette affaire, mais lorsque la grand-mère du jeune homme appelle et dit qu'il pourrait y avoir un lien avec la disparition inexpliquée des parents du jeune homme… les jeux sont faits. Doreen et son équipe se retrouvent à nouveau au cœur de l'affaire.

Lorsque l'affaire est soudainement liée à son voisin, Richard, de nombreuses choses deviennent claires.

Inscrivez-vous ici pour être informés de toutes les nouveautés de Dale !

https://geni.us/DaleNews

Chapitre 1

Début octobre…

DOREEN AVAIT PASSÉ des jours à faire des dépositions, tandis que la police essayait de mettre les choses au clair, en alignant les vols où Ella avait rencontré Bob Small à Vancouver, en recherchant les hôtels où il avait séjourné, en confirmant l'histoire de Bob, en déterminant où il séjournait en ville et en trouvant l'appartement qu'il avait loué sous son nom d'emprunt de Troy Little. Des jours à éplucher son petit calepin noir avec les noms et les dates de toutes ses victimes. Puis Doreen eut besoin de quelques jours de repos.

Lorsque Mack passa le vendredi suivant, il s'assit sur la terrasse à côté d'elle.

— Le capitaine veut savoir si tu as fini de faire des ravages.

— Il sait que je ne le fais pas exprès, n'est-ce pas ?

— Il le sait, reconnut le policier avec un sourire. On jouit d'une certaine notoriété après avoir résolu toutes ces affaires. Cependant, l'arriéré et le nombre de juridictions et de provinces impliquées sont insensés. De nombreux dossiers sont en cours d'examen de part et d'autre de la frontière, principalement dans les États de Washington et de l'Oregon.

— Oh, aïe. Alors, on se retrouve aussi avec toutes ces belles subtilités transfrontalières, *hein* ?

— Le gouvernement provincial est en train de former un groupe de travail pour examiner chacun des meurtres de Bob Small afin de s'assurer que tous ceux qu'il a tués obtiennent justice et que toutes les familles obtiennent des réponses à ce qu'il s'est passé. Donc, même si ce ne sera pas un travail facile, ce sera un travail approfondi.

Mack secoua la tête et ajouta :

— Que Bob Small avait un carnet et qu'il t'ait laissé cette preuve ? C'est ce qui surprend tout le monde. Je ne comprends toujours pas pourquoi il ne t'a pas tuée.

— Moi non plus, admit-elle calmement. Il en avait l'intention. Il avait une arme sur lui et la pointait sur moi. Je pense que c'est pour ça qu'il était là, qu'il avait l'intention de le faire, mais ensuite… je ne sais pas. Quelque chose à propos de la préparation de ton gâteau d'anniversaire, peut-être…

Mack la regarda avec surprise.

Elle haussa les épaules.

— Je sais. Ça n'a aucun sens.

— Non, mais il peut s'agir de quelque chose d'aussi simple qu'une glace qui fond dans le véhicule et qui empêche une femme déprimée de sauter d'un pont et de se suicider. Les petites choses de la vie peuvent déclencher un interrupteur et provoquer quelque chose, de bien ou de mal.

— Quelque chose à propos de ce gâteau. Je ne me souviens pas de tout. Je lui ai dit que c'était le premier que je faisais et que j'en étais très fière, et c'est lui qui m'a dit comment le sortir du moule.

Il la dévisagea et se frotta lentement le visage.

— Bon Dieu, murmura-t-il.

Doreen lui tapota la main.

— Maintenant que tu as déjà mangé ton gâteau d'anniversaire…

Il éclata de rire.

— Je n'ai pas non plus profité de ma journée d'anniversaire cette année, grâce à toi, fit-il remarquer. Ensuite, tu me dis que le gâteau que tu as fait pour moi, pour la première fois, c'est un tueur en série qui t'a aidée à le faire…

— Il m'a aidée à le démouler, corrigea-t-elle. Pour qu'il ne se casse pas et ne colle pas au moule.

— OK, donc suite à toute cette folie, on a repoussé ma célébration tardive à ce soir – au cas où tu ne l'aurais pas réalisé.

Doreen fronça les sourcils.

— Mais je t'ai déjà fait un gâteau.

— Tu veux dire que tu ne m'en as pas préparé un autre ? s'étonna-t-il en simulant l'horreur, avant de sourire. Il était vraiment très bon. Tu as fait du bon travail.

— C'était mon premier gâteau, marmonna-t-elle, et il se pourrait bien que ce soit le dernier. Alors, n'espère pas en avoir d'autres.

— Je n'en serais pas si sûr, répliqua-t-il en riant. Peut-être que c'était un coup de chance et que tu devrais réessayer.

— *Hmm.* Tu dirais ça, juste pour m'inciter à te faire un autre gâteau, devina-t-elle, le sourire aux lèvres. En outre, j'ai appris qu'il n'y a rien de tel que la joie de voir d'autres personnes manger les plats que l'on prépare.

— Exactement, acquiesça Mack. C'est ce que je ressens quand je cuisine pour toi.

— Dommage que tu aies cessé de faire ça aussi, répondit-elle avec tristesse.

Il éclata de rire.

— Ça va de pair avec le fait qu'il y a *trop de travail*.

— Je suis désolée, mais j'espère que rien d'autre ne se passera mal durant ton dîner d'anniversaire tardif, et que tout se passera bien.

— Nick est arrivé hier soir. On a dîné en famille et il vient chez toi aujourd'hui.

— Oh, *super*, ironisa-t-elle en levant les yeux au ciel. Il ne va pas être très content.

— Pourquoi ? Tu l'évites de nouveau ?

— Non, mais mon ex essaie encore de me joindre.

— Et tu n'as pas répondu, j'espère ?

— Non, à part cette fois où j'ai cru que c'était le numéro de Nan, je n'ai pas répondu, confirma-t-elle avec un grand sourire. Et ça rend Mathew de plus en plus furieux.

— Et ça, nota Mack, une expression sombre sur le visage, ce n'est pas une bonne chose.

— Non, je comprends, dit Doreen, une note d'inquiétude dans le ton. C'est quelque chose dont je veux parler à Nick.

— Nick m'a dit qu'il avait des nouvelles, alors avec un peu de chance…

— Avec un peu de chance, mon ex a signé les papiers, et je suis libre.

— Ce serait le rêve, affirma Mack en souriant.

— Alors, d'autres affaires ? demanda la jeune femme.

Le policier la fusilla du regard.

— Non… pas d'affaires, pas d'affaires non résolues, rien. L'affaire Bob Small, indirectement liée à la mort d'Ella, était la plus importante. Et on va devoir gérer les prises de tête qui l'entourent pendant des mois, voire des années.

— C'était une grosse affaire, convint Doreen, et je suis désolée qu'elle se soit avérée aussi pourrie que ça.

— Crois-moi. Tout le monde est choqué par l'implication personnelle d'Ella et de Nelly avec Bob Small, sans parler du fait que Nelly a tué Ella. Et il faudra un certain temps pour tirer tout ça au clair.

DÉSIREUX DE SORTIR avant son dîner d'anniversaire repoussé, Doreen et Mack se rendirent au City Park. Alors qu'elle se dirigeait vers la magnifique pergola entourée d'une glycine, elle sourit de plaisir en les désignant.

— Les fleurs de glycine sont magnifiques.

Le caporal les avisa et sourit.

— Je ne pense pas les avoir déjà remarquées auparavant.

Elle rit en passant sous l'imposante structure carrée recouverte de la plante grimpante, quelques fleurs violettes séchées au sol.

— C'est parce que tu t'inquiètes toujours pour les affaires. Tu dois avoir une vie en dehors des crimes, tu sais ?

Il leva les yeux au ciel.

— C'est toi qui me dis ça ?

La jeune femme lui adressa un large sourire.

— Bien sûr. Asseyons-nous ici, sur la colline.

Ils s'installèrent au coin de la glycine et sirotèrent le café qu'ils avaient pris quelques minutes plus tôt en traversant le centre-ville.

— C'est un quartier très agréable, nota Doreen avec un soupir de satisfaction.

Mack opina.

— Tu t'inquiètes de ce que mon frère va te dire ce soir ?

— Non, objecta-t-elle avec un revers de la main. Tant que le divorce progresse, tout va bien.

Il acquiesça. Elle entendit quelque chose derrière elle. Lorsqu'elle se retourna pour regarder, Mack demanda :

— Quelque chose ne va pas ?

Elle haussa les épaules.

— Non, j'entends juste des gens discuter.

— C'est logique, si les gens *parlent*. Regarde où nous sommes. C'est un parc municipal. On est sur une colline où il y a des glycines, et tu surplombes l'une des plus belles parties de la ville. Il y a des gens partout.

Elle gloussa.

— Je sais.

— D'ailleurs… tu es censée te détendre et ne plus avoir d'ennuis.

Elle le regarda en battant des cils.

— Je me suis bien débrouillée la dernière fois, fit-elle remarquer. On n'a pas eu d'ennuis. Je n'ai pas été attaquée et personne n'a été blessé.

Mack lui lança un regard entendu.

— Certes, Nelly s'est suicidée, et ce type aussi, mais honnêtement, c'est…

Elle hésita puis revint sur ses pas.

— Ça a l'air terrible dit comme ça, mais ce n'est pas une mauvaise fin.

— Non, ce n'est pas une mauvaise fin, reconnut le caporal. Il est évident qu'on avait beaucoup de questions, et il aurait été appréciable d'obtenir toutes les réponses.

— Je ne pense pas que vous auriez réussi à le faire parler.

— Moi non plus. Il n'était pas du genre à donner des réponses sans raison.

Mack se tourna vers elle et fronça les sourcils.

— Sauf dans ton cas, où apparemment il était tout à fait heureux de te parler.

Doreen haussa les épaules.

— Je l'ignore, mais il m'a donné assez d'informations pour qu'on puisse résoudre un certain nombre de ces affaires, reconnut-elle.

— Et on est toujours perplexes à ce sujet.

— Je ne sais pas non plus. Je suppose que j'ai dit ce qu'il fallait.

— C'est le problème. C'est comme si tu connaissais de belles paroles, et que les gens te racontent tout ce qu'ils ont sur le cœur.

En arrière-plan, elle crut entendre quelque chose à propos de *la mort* ou d'*un mort*. Elle inclina la tête sur le côté, écoutant attentivement, tout en sirotant son café. Quand elle n'entendit plus rien, elle se détendit. Mack l'observa, lui serra la main et elle sourit.

— Désolée, je n'arrête pas d'entendre des choses.

— Tu entends ou tu imagines des choses ?

— L'un ou l'autre. Les deux. Au moins, j'ai raison la plupart du temps.

— *Oui*, malheureusement trop souvent. Notre charge de travail le prouve. C'est presque comme si tu avais ta propre police privée maintenant.

Doreen éclata de rire.

— Si c'était le cas, on pourrait résoudre un tas d'autres cas.

— Je n'ai pas envie d'en résoudre un tas d'autres, grommela-t-il. On doit rattraper le temps perdu.

— D'accord. Je vais vous laisser un peu plus de temps.

Elle rit de plus belle lorsque Mack lui adressa un regard noir.

— Je te taquine. Ne le prends pas personnellement.

— Tout ce qui a trait à toi est quelque chose qu'on doit

prendre personnellement, admit-il. Je n'ai jamais rencontré quelqu'un qui réussit à avoir autant d'ennuis que toi.

Elle discerna de nouveaux chuchotements. Elle tourna légèrement la tête afin de mieux entendre, et c'est à cet instant qu'elle le perçut.

— Je m'en moque. Elle est morte. On doit faire quelque chose.

Elle se tourna vers Mack, plaça ses doigts contre ses lèvres, se leva et se dirigea vers l'endroit où elle avait entendu les voix.

— Elle est morte, j'ai dit. Je ne sais pas quoi faire.

Elle aperçut un homme grand et mince qui parlait au téléphone.

— Tu ne comprends pas ? Quand j'ai dit *morte*, je veux dire *morte*. Genre, on a un corps dont on doit se débarrasser.

Puis il se figea, pivota très légèrement, avisa Doreen et se mit à courir dans la direction opposée.

Mack fut aussitôt à ses côtés.

— C'était quoi, ça ? demanda-t-il, les sourcils froncés. J'ai cru entendre quelque chose à propos d'un *mort* et d'un *corps dont il faut se débarrasser.*

— Exactement.

Elle répéta ce qu'elle avait entendu.

— Mais, bien sûr, on ne l'a pas bien vu, on n'a pas eu l'occasion de lui parler, et on ignore qui est mort.

Il la fixa du regard, scruta le parc tout autour de lui.

— Il est loin maintenant. Tu ne sais pas non plus s'ils parlaient d'un corps humain, fit-il remarquer.

— C'est vrai, reconnut-elle. Il m'a tout de même semblé un peu familier.

Mack gémit, ferma les yeux et ajouta :

— Ça n'annonce rien de bon.

Le parfum lourd de la glycine lui parvenant, elle leva les yeux et gloussa.

Le policier la foudroya du regard.

— Qu'y a-t-il de si drôle ?

— Des *murmures*, commença-t-elle. *Des murmures dans la glycine.*

Elle se jeta à son cou et le serra fort dans ses bras.

— Mon nouveau mystère à résoudre !

— Il n'y a pas de mystère, cingla-t-il, alors qu'il l'entourait fermement de ses bras. On n'a pas de corps. On n'a rien.

Elle lui lança un sourire éclatant.

— Pas encore. Mais ça ne saurait tarder.

Chapitre 2

Dimanche après-midi...

DOREEN ÉTAIT RAVIE que Mack se soit arrêté pour une visite rapide. Il avait été appelé au travail pendant son jour de congé et, même maintenant, il avait l'air fatigué et épuisé. Étendu à côté d'elle, il ressemblait à Mugs qui s'était allongé sur l'herbe à côté de lui. Il n'y avait aucun signe des deux autres. Ils étaient venus le saluer, puis avaient disparu.

— Tu as besoin de vacances, dit-elle brusquement.

Il la regarda et sourit.

— Je suis heureux que tu te préoccupes de mon bien-être, *mais je vais bien.*

Doreen leva les yeux au ciel.

— Bien sûr que tu vas bien.

Il soupira.

— Si quelqu'un arrêtait d'apporter autant de travail à mon service, ce ne serait pas si mal.

Elle se contenta de froncer les sourcils.

— Je sais. Tu rends un immense service à tout le monde, ajouta-t-il en la regardant attentivement. Mais on a remarqué que c'est toi qui résous tous ces crimes.

— Oups, souffla-t-elle.

— Et ce n'est pas tant le fait que tu les résolves, mais tu joues un rôle.

— C'est vrai, convint Doreen, et, bien sûr, c'est une grande différence.

— C'est une énorme différence, confirma le caporal. Au point que les gens te font confiance. Mais c'est une bonne chose. Je n'aurai plus affaire à Bob Small, ce qui est encore mieux.

La jeune femme sourit.

— Non seulement ça, mais ça va aussi faire du bruit, et j'espère que beaucoup d'affaires seront classées.

Mack opina.

— C'est ce qui est prévu.

Il tendit un bras vers elle, la serra contre lui et déposa un baiser sur son front.

Elle rit.

— Tu n'arrêtes pas de me faire des bisous comme si j'avais deux ans.

— Je t'embrasserais bien différemment, marmonna-t-il, mais c'est toi qui me repousses.

Elle leva les yeux vers lui.

— Et, crois-moi, ta patience est très appréciée.

Il leva les yeux au ciel.

— Je suppose que ta patience s'épuise, je me trompe ? devina-t-elle en fronçant les sourcils.

Elle n'avait pas besoin d'une autre raison de s'inquiéter.

Il secoua la tête.

— Je ne suis pas un adolescent sans cervelle. Je sais que certaines choses sont meilleures lorsqu'elles sont savourées.

Elle haussa les sourcils, puis éclata de rire.

— Ça me va aussi.

— Bien. En parlant de ça, tu as des nouvelles de Nick ?

— Oui, répondit Doreen. Il a laissé un message ce matin, disant qu'il avait reçu des documents de mon futur ex, et qu'il était en train de les examiner pour voir ce qui avait été changé. Il avait besoin de temps pour faire les vérifications d'usage, puis il me contacterait.

— Peut-être qu'il a signé et que tu es tranquille ? supposa Mack.

— Je ne sais pas encore, déclara-t-elle, les sourcils froncés. Je sais que Nick a parlé de déposer un dossier pour que ce soit légal, j'imagine.

— Il y a encore des choses à faire, mais s'il signe, ça signifie qu'il accepte les conditions. Sûrement pour éviter cette prochaine audience au tribunal.

Elle haussa les épaules.

— Je… je ne sais pas. J'essaie de donner à ton frère tout l'espace dont il a besoin pour gérer cette situation, de sorte que je ne sois pas impliquée. Il n'a pas besoin que je sois sur son dos et que je fasse des bêtises.

— Plus d'appels de ton ex ?

Elle secoua la tête.

— Non, heureusement, et ne me porte pas la poisse.

Mack s'esclaffa.

— En effet. Il t'a cassé les pieds assez longtemps.

— Plus qu'assez longtemps, maugréa-t-elle. Je n'en avais même pas conscience, jusqu'à ce que tout ce scénario de divorce, sans parler de la succession de Robin.

— Oui, une fois que le testament de Robin sera réglé, ce sera un *bon débarras*. De plus, il semble que ton ex n'aura plus aucune raison de t'embêter, même si la distribution d'un patrimoine peut encore prendre un certain temps.

— Ce qui veut dire qu'il sera dans les parages et qu'il sèmera la pagaille dans mon monde pendant un certain temps. Qui a besoin de ça ?

— Il n'a pas du tout évoqué le testament de Robin ?

Elle secoua la tête.

— Non, pas depuis longtemps.

Goliath apparut soudain à côté de Doreen, se frottant à ses jambes. Elle sourit et tendit la main pour le rassurer. Il n'aimait vraiment pas qu'elle évoque son ex. Elle jeta un coup d'œil autour d'elle à la recherche de Thaddeus et le trouva en train de hocher la tête au sommet de la clôture. Elle sourit de plus belle en le regardant se balancer doucement sur son perchoir.

— Et tu t'attends à ce qu'il en parle ?

— Il veut aussi ses biens. Il pense que puisqu'il a eu une courte liaison avec elle, Robin lui a tout laissé. Il oublie qu'il lui a aussi menti, ajouta Doreen en se tournant vers le policier. Je ne lui fais pas confiance.

— C'est une bonne chose. Ne lui fais pas confiance du tout. Attends-toi à ce qu'il te cherche des noises. Quand et s'il dépasse les bornes, on s'en occuperons en temps voulu, s'il y a d'autres problèmes.

— Ton frère m'a dit qu'il s'occuperait de ça gratuitement, mais penses-tu que je suis censée lui donner de l'argent ? demanda-t-elle avec inquiétude.

Mack haussa les épaules.

— Pourquoi ne pas attendre de voir combien tu obtiendras à l'amiable ? Ensuite, tu pourras toujours découvrir quels auraient été les honoraires de Nick, et tu pourras lui en donner une partie, si tu veux. Mais il n'a pas demandé d'argent. Il a dit qu'il ferait ça pour te libérer de Mathew, donc tu n'es pas obligée de payer un centime à Nick.

— *Ne pas être obligée*, c'est une chose, nota-t-elle. *Le vouloir* en est une autre.

Mack sourit.

— J'apprécie que tu fasses une différence. Mets cette idée de côté pour l'instant, et on en parlera avec Nick plus tard.

Doreen arbora un large sourire.

— Merci. C'est toujours agréable de savoir que je peux m'appuyer sur toi.

— C'est tout l'intérêt d'être amis : être là quand les choses deviennent difficiles. Afin que tout aille bien.

— Et ne pas être là quand la vie devient bêtement difficile ? demanda-t-elle en riant.

Lorsqu'il arqua un sourcil, elle haussa les épaules.

— Non, tout va bien.

Il pouffa.

— C'est toi qui le dis.

— Oui, c'est moi qui le dis, répéta-t-elle avec un sourire radieux. Je sais seulement que parfois les choses ne sont pas si simples.

Elle hésita, puis se tourna vers lui et reprit :

— Alors, quand je t'ai téléphoné tout à l'heure, tu étais allé au travail ce matin.

— En effet, acquiesça-t-il d'une voix évasive.

— Je n'ai pas le droit de poser des questions, *hein* ?

Il sourit et répondit :

— Non.

— Très bien…, soupira-t-elle. Mais je pourrais aider.

— Tu pourrais, et si j'ai besoin d'aide, je sais où te trouver.

La jeune femme éclata de rire.

— Rien de personnel, mais je ne pense pas que tu demanderas de l'aide de sitôt.

Le sourire du caporal était large et contagieux, mais son

ton était sérieux lorsqu'il répliqua :

— Je ne sais pas si c'est le cas. Parfois, c'est vraiment utile de t'avoir à portée de main.

Elle acquiesça avec satisfaction.

— Exactement. Il faut juste que tu t'en souviennes.

Mack leva les yeux au ciel.

— Parfois… c'est plus facile que d'autres.

— As-tu réfléchi à ce qu'on a entendu dans le parc ?

Il la regarda béatement pendant quelques minutes.

— De quoi tu parles ?

Elle fronça les sourcils.

— Je n'arrête pas d'y penser, alors je ne sais pas comment tu as pu l'oublier aussi facilement.

— Oublier quoi ? demanda-t-il, surpris.

Pour Doreen, il était évident qu'il avait complètement oublié ce problème.

— Ce qu'on a entendu sous la glycine.

Il fronça les sourcils et perdit son sourire.

— Chérie, n'invente pas n'importe quoi à partir de rien.

Elle le fusilla du regard.

— On les a entendus parler d'un corps.

— Oui, il semble qu'on ait entendu la même chose, mais quel genre de corps ? Ça aurait pu être celui d'un chien. Ça aurait pu être un cerf que quelqu'un aurait heurté avec sa voiture. Il pourrait s'agir de toutes sortes de choses.

Doreen fronça les sourcils, et il fit de même. Elle soupira.

— En d'autres termes, tu me dis de *laisser tomber*.

Elle allongea la dernière syllabe pour souligner son point de vue.

— Tout à fait, confirma-t-il. Jusqu'à ce qu'un *cadavre* apparaisse…

— Une femme, souligna Doreen.

— Je n'ai pas entendu cette partie, déclara Mack, avant de poursuivre. Je te ferai savoir dès qu'un cadavre *féminin* apparaîtra et sera absolument lié à ce qu'on a entendu dans le parc – si c'était même réel… ce que nous ignorons. Si ça se trouve, ils jouaient à un jeu.

— Un jeu ? répéta Doreen, étonnée.

— Je n'en sais rien, reconnut Mack. C'était juste une discussion. On ne sait pas qui était au téléphone ce jour-là. On ne sait pas à qui il parlait, et on ne sait pas vraiment de quoi il parlait.

C'était logique et, même si elle ne voulait pas y croire, Mack avait raison.

— Je suppose que maintenant que tu as résolu le mystère Bob Small, tu es à la recherche de ta prochaine affaire, *c'est ça* ?

Elle regarde autour d'elle, dans son jardin.

— Je suppose que je pourrais faire plein d'autres choses, marmonna-t-elle. J'ai encore du jardinage à faire, ici et chez ta mère. De plus, j'ai d'autres affaires de Salomon dont je pourrais m'occuper. J'ai même un tas de choses pour moi que je pourrais régler. Pour commencer, Nan a parlé de ces coffres-forts.

— Tu veux dire qu'elle en a plusieurs ? Et qu'est-ce qu'elle peut bien cacher là-dedans ? interrogea le policier, éberlué.

— C'est ce que j'ai compris.

— Tu sais où ils se trouvent et ce qu'ils contiennent ? Tu devrais peut-être aller voir avant… Je ne dis pas qu'elle va bientôt décéder, mais il est important d'avoir cette information à disposition, au cas où elle décéderait.

— Je sais, et je ne lui en ai pas parlé dernièrement. Il faut que je me plonge dedans.

— Bien. Et tu ne devrais pas t'attirer d'ennuis avec ça.

Il conclut en levant les yeux au ciel avec exagération, puis lui décocha un large sourire, que Doreen lui rendit.

— Parfois, tu dis les choses les plus gentilles de la pire des façons.

Il éclata de rire.

— Parfois, je suis obligé, parce que *parfois*, tu n'acceptes pas qu'on te dise non.

— C'est vrai. Très vrai, concéda-t-elle, avant de se lever et d'annoncer : je vais me faire un sandwich. Tu en veux un ?

Il se leva d'un bond et demanda :

— Est-ce que ça t'arrive de manger autre chose que des sandwichs ?

Elle lui lança un regard noir et il leva une main.

— Désolé. Je passais en coup de vent. Je ne peux pas rester.

— Pourquoi pas ?

C'est lui qui la fusilla du regard cette fois.

Doreen sourit.

— Hé, je… pose seulement une question.

— *Hmm, hmm.* Tu poses seulement une question.

Elle pouffa.

— Tu n'es pas obligé de m'en parler si tu n'en as pas envie.

— Très bien, répondit-il avec joie. Je ne t'en parlerai pas.

Le téléphone de Mack sonna au même moment. Il regarda l'écran, soupira et marmonna :

— Bon, je dois partir un peu plus tôt que prévu.

— Du nouveau ?

— Oui, quelque chose de bizarre. Je dois aller à la morgue.

— D'accord, acquiesça-t-elle avec un sourire. Si c'est quelque chose que je dois savoir, comme une femme morte, comme ce qu'on a entendu au parc…

Il s'arrêta dans son élan et arqua un sourcil.

— Comme *tu* as entendu. N'oublie pas. Le vent peut jouer des tours à ce que tu entends, te faisant croire que c'était derrière toi, alors que c'était devant toi.

— Mais le type que j'ai vu *était* au téléphone, et il s'est enfui. C'est forcément lui qui parlait, celui que j'ai entendu.

— Donc un seul homme peut être sur son téléphone à la fois dans le parc ? Je ne pense pas que ce soit le cas. Cependant, je n'ai pas entendu tout ce que tu as entendu, alors je t'accorde le bénéfice du doute.

— Tu pourrais me faire confiance, tu sais ?

Mack sourit.

— Je te fais confiance à bien des égards. Toutefois, j'ai besoin de preuves dans mes affaires. Et ça aide d'avoir des preuves qui se corroborent. C'est-à-dire deux témoins qui ont la même information à partager. De plus, ce n'est pas ton affaire. Ce n'est pas une affaire classée. Il s'agit d'une de mes affaires en cours.

— J'aimerais que ce soit la mienne… Ce n'est pas le cas, bien sûr que non, mais il doit y avoir un cadavre, si tu te rends à la morgue.

— Il pourrait s'agir d'un rapport sur l'une de mes affaires en cours.

Elle l'accompagna dans la maison jusqu'à la porte d'entrée, tous les animaux suivant en file indienne. Après avoir salué rapidement les animaux, il la serra dans ses bras, l'embrassa et lui murmura :

— Garde cette idée en tête.

Puis il partit.

— *Garde cette idée en tête* ? murmura-t-elle pour elle-même. Plus facile à dire qu'à faire.

Après le départ de Mack, les pensées de Doreen se tournèrent vers le triangle amoureux vicieux qu'elle partageait avec Mack et Mathew. Son futur ex était dangereux à bien des égards. Elle voulait juste en finir avec son divorce. Était-ce vraiment trop demander ? Elle savait que beaucoup de gens avaient du mal à comprendre le sens moral de Doreen et son besoin de terminer quelque chose avant de passer à la relation suivante, en particulier lorsque son divorce semblait s'éterniser.

En l'occurrence, elle voulait simplement savoir que Mathew était sorti de sa vie, avant de commencer quelque chose d'autre, avec quelqu'un d'autre, quelque chose de nouveau et de meilleur pour elle. Et, bien sûr, ce *quelqu'un d'autre* était Mack. Et comme il le lui avait dit plus tôt, parfois l'attente en valait la peine.

Elle soupira. Il y avait tant de choses à régler qu'elle espérait que son ex aurait déjà disparu de l'équation depuis longtemps. Son téléphone sonna à ce moment-là. Elle baissa les yeux et vit Nick qui l'appelait. Elle répondit immédiatement.

— Salut, Nick. Tu viens de rater ton frère.

— On dirait qu'il vit chez toi ces derniers temps, releva-t-il joyeusement.

— Non, mais c'est vrai qu'on pourrait le croire parfois.

Nick rit.

— Je suis content que ça marche si bien entre vous.

Elle hésita avant de répondre.

— Je sais qu'il veut que ça aille plus loin, mais pas tant que le divorce ne sera pas finalisé.

— Garde cette idée en tête, déclara Nick.

En répétant ce que Mack venait de dire, elle se rendit compte combien les deux frères se ressemblaient.

— Revenons à nos moutons, ajouta Nick. Je viens de passer en revue les documents, et ton ex semble avoir signé presque tout.

Doreen se figea et son regard se perdit dans le vide.

— Quoi ?

— Tu m'as très bien entendu.

— Oui, j'ai entendu. Mais je ne te crois pas.

Elle secoua la tête. C'était trop incroyable, non ? Mugs se mit à aboyer doucement à ses côtés.

Nick éclata de rire.

— On me le dit souvent. C'est vrai. Le chemin a été long, mais ce n'est pas aussi mauvais et aussi laid que beaucoup de divorces. J'ai vu pire.

— Tu veux dire que les gens ont des divorces plus horribles que ça ?

— Oh, oui. Parfois, ils peuvent devenir carrément méchants.

— Celui-ci n'est pas assez méchant pour toi ? Tu arrives à imaginer quelque chose de pire ? Je ne pensais pas que c'était très amusant.

— Je n'ai pas dit que c'était amusant, mais la *méchanceté* est une tout autre histoire. Quand on est confronté à ce que je dois faire, on voit beaucoup plus que ça. Comparé à ce que j'ai vu auparavant, Mathew était une promenade de santé.

— Tu te moques de moi, c'est ça ?

— Pas du tout. Il n'y a pas eu de *il dit, elle dit*. Il n'y a pas eu de mensonges. Il n'y a pas eu d'insinuations méchantes ni d'accusations. C'était juste quelqu'un d'avide qui ne voulait pas partager. Les gens font pire que ça.

— D'accord. Restons-en là. Tu as dit qu'il avait signé ?

Tout ?

— Il a manqué quelques pages, alors malheureusement, il faut le renvoyer.

— *Argh*, bougonna-t-elle.

— Je sais, mais je pense que ce sera bientôt terminé.

— Tu le penses vraiment ?

— Oui. Tu as des inquiétudes au sujet du divorce ?

— Non, pas vraiment. Je veux juste en finir.

— Ça me va et c'est compréhensible. J'espère que dans un jour ou deux, on sera tranquilles.

— Tu penses qu'il l'a fait exprès afin de prolonger la procédure ?

— Je ne pense pas, répondit Nick. Inutile de signer quoi que ce soit, si c'était le cas.

— OK, donc ça prouve son intention.

— En effet. Tu devrais te sentir beaucoup mieux à propos de tout ça.

— Je me sentirai mieux quand ce sera signé, scellé, et que je n'aurai plus jamais affaire à lui.

— Je comprends. Ça a été un peu difficile, mais on y est presque.

Elle aurait aimé voir le visage de Nick, mais à sa voix, il avait l'air plutôt heureux.

— On n'en est pas encore là, bougonna-t-elle.

— Non, mais pas loin… D'accord, ce n'est pas encore fini, et tant que ce n'est pas signé, il est évident que ce n'est pas *terminé*, mais Mathew a parcouru un très long chemin en très peu de temps.

— Tu es satisfait de l'accord ? demanda Doreen avec curiosité, s'affaissant dans le fauteuil du salon.

— Tout à fait, dit-il avec un petit rire.

— Bien. Alors je le serai aussi.

— Tu veux savoir ?

— Non, je ne veux pas savoir parce que rien n'est sûr pour l'instant.

Nick resta silencieux un moment.

— Tu es très atypique.

— Pourquoi dis-tu ça ? interrogea-t-elle en fixant le téléphone.

Mugs s'approcha et reposa sa tête sur ses genoux.

— Parce que la plupart des femmes voudraient savoir exactement ce qu'elles reçoivent, au centime près.

— Quand je serai *certaine* de recevoir quelque chose, je voudrai savoir exactement combien je vais toucher au centime près, même si c'est seulement pour calculer le montant de mes courses pour les mois à venir.

Nick éclata d'un rire presque hystérique.

— Tout va bien ? questionna-t-elle prudemment lorsqu'il se fut enfin calmé.

— Oh, ça va. Je pense que tu n'auras plus jamais à t'inquiéter pour les courses.

— Tu dis ça, mais…

— Je sais. Je sais. Nous ne sommes pas hors de danger et, en tant qu'avocat, je suis tout à fait d'accord avec toi. On doit s'assurer que tout est signé.

— Oui, quand il aura signé les dernières pages.

— J'espère qu'il reviendra vers nous rapidement.

— La date du procès est-elle toujours en vigueur ?

— Ce sera le cas jusqu'à ce qu'il signe. Mais la date de l'audience reste fixée, il sait donc que je suis sérieux. De plus, en fonction de sa vie actuelle, je suis sûr que cette audience l'a incité à signer.

— Ce serait formidable, dit-elle, d'un air rayonnant. Tant qu'il coopère, est-ce que je dois toujours lui raccrocher au nez à chaque fois ?

Nick hésita, puis demanda :

— Tu as *envie* de lui parler ?

— Mon Dieu, non, répondit-elle. C'est juste qu'il me semble très étrange qu'il fasse encore partie de ma vie. Je préférerais qu'il aille voir ailleurs et qu'il ne rappelle plus, mais ça ne veut pas dire qu'il le fera.

— Alors pourquoi m'as-tu posé cette question ?

Doreen réfléchit.

— Je ne sais pas. Je suppose que c'est parce que je devais m'en inquiéter. C'est stressant. J'aimerais ne pas avoir toujours l'impression de faire ce qu'il ne faut pas avec lui, murmura-t-elle.

— Tu n'as pas à t'inquiéter de faire quelque chose de mal, expliqua Nick, tant que tu comprends pourquoi tu as peur de lui raccrocher au nez.

— Les représailles, reconnut-elle. Avant, si je faisais quelque chose comme ça, ça voulait dire…

— Tu sais que tu es en sécurité, n'est-ce pas ? demanda Nick.

— Il n'a pas signé, pas complètement. Il n'a donc pas signé. S'il n'a pas signé, c'est qu'il n'a pas accepté le divorce. Je suis toujours légalement sa femme. Ta version de la *sécurité* est donc très différente de la version de la sécurité que j'ai vue dans mon passé.

Nick laissa échapper un long soupir.

— Je vois. Non, tu as raison. Alors, reste vigilante. Je ne pense pas que nous puissions prendre le moindre risque avec Mathew, alors raccroche-lui au nez à chaque fois qu'il appelle. Compris ?

— Compris.

Ils mirent fin à l'appel et Doreen regarda Mugs.

— Ce n'est vraiment pas un coup de fil que j'ai envie de répéter, maugréa-t-elle.

Thaddeus entra en trombe de la cuisine en poussant un cri strident. Il n'en manquait plus qu'un et c'était celui qui avait tendance à s'attirer le plus d'ennuis quand personne ne le surveillait. Jusqu'à ce que son regard se pose sur une écharpe tombée au sol près de son manteau et trouve l'ange doré profondément endormi.

— Tu n'es pas un grand opportuniste, n'est-ce pas, mon grand ?

Pourtant, en zieutant son téléphone, elle se rendit compte qu'entendre certains de ses propres problèmes revenir aussi vite l'avait déconcertée. Elle avait fait un bon bout de chemin, mais penser à la rapidité avec laquelle son ex avait déclenché la mauvaise réaction lorsqu'il lui avait téléphoné avait déclenché des signaux d'alarme. Sa peur de dire non et de se défendre était une réaction préconditionnée, une réaction qui était toujours présente. Ce n'était pas ainsi qu'elle voulait avancer dans la vie.

Mack était si différent. Il tolérait tellement de choses de sa part, et parfois elle se demandait si elle ne lui donnait pas du fil à retordre pour le tester, juste pour voir comment il réagirait. Assise là, elle pensa à toutes les fois où elle avait agi de la sorte et, avec un soupir difficile, elle décrocha son téléphone et envoya un message rapide à Mack. **Désolée pour toutes les fois où j'ai été difficile.**

Puis elle se leva, entra dans la cuisine et se prépara un sandwich.

Chapitre 3

PLUS TARD DANS l'après-midi, Doreen et ses animaux de compagnie étaient assis sur sa terrasse. Elle avait un livre à la main, lorsque Mack lui téléphona.

— C'était quoi ça ?

— C'était quoi, quoi ? interrogea-t-elle, confuse.

Le silence l'accueillit, puis il répondit :

— Tu m'as envoyé un message d'excuse.

— Oh, ça.

— Oui, ça, confirma Mack, une note étrange dans la voix. C'était quoi ?

— Difficile à expliquer.

— Essaie.

Il y avait dans la voix du policier cette note indomptable de *tu dois t'expliquer* dont elle savait qu'elle aurait du mal à se défaire et qu'elle n'en sortirait jamais indemne. Si elle lui disait de but en blanc qu'elle ne voulait pas en parler, il l'accepterait sûrement, mais était-elle vraiment prête à laisser traîner quelque chose comme ça ?

Finalement, après qu'il eut attendu sans rien dire de plus, elle se lança :

— J'ai juste parlé de quelque chose avec Nick.

— C'est-à-dire ?

La jeune femme prit une profonde inspiration et lui raconta.

— Wouah, murmura-t-il. Tu sais que tu n'as pas besoin de me tester. Tu le sais, n'est-ce pas ?

— Je sais, et je suis désolée que ce soit la façon dont j'ai inconsciemment envisagé certaines de ces questions. Cependant, après avoir été dans la situation dans laquelle je me suis trouvée – elle eut du mal à prononcer les mots de manière cohérente – tu te rends compte que, je pense, nous testons le monde entier qui nous entoure pour confirmer que rien ne nous surprend.

— Je comprends aussi, acquiesça Mack. C'est également pour ça que je ne suis pas fâché, que je ne le serai jamais et que je ne voudrais pas que tu penses que je suis fâché que tu fasses quelque chose comme ça.

— Et c'est aussi pour ça que je voulais te remercier parce que, parfois, je me rends compte combien j'ai changé et je le reconnais même.

Elle perçut le sourire dans sa voix lorsqu'il demanda :

— Mon frère a-t-il dit que Mathew avait signé l'accord ?

— Oui, il a signé quelque chose, mais d'autres ne l'ont pas été. Donc, techniquement, il a signé, mais ce n'est toujours pas correctement terminé. Je suis un peu inquiète qu'il continue à jouer des jeux pour s'en sortir, et ceci était comme un palliatif.

— Et qu'a dit Nick à ce sujet ?

— Il n'a pas dit grand-chose, mais il ne pensait pas que c'était le problème. Quoi qu'il en soit, Mathew doit ajouter toutes ses signatures, nous ne sommes donc pas encore tirés d'affaire.

— Je vois, bougonna le caporal. J'espère que ce sera

bientôt le cas. Et, au fait, pour ce qui est de tes excuses et de la raison pour laquelle tu m'as testé, rappelle-toi que je t'inciterai toujours à être toi-même.

Cela dit, il raccrocha.

Elle resta assise et sourit face au téléphone pendant un long moment. Sans qu'elle s'en aperçoive, Goliath s'était blotti sur ses genoux. Elle le caressa avec douceur. Mugs aboya pour attirer son attention. Le chat s'agrippa, mais ne releva pas la tête. Doreen se pencha légèrement pour atteindre Mugs.

— Hé, bonhomme. Qu'est-ce que tu veux faire ?

Il était évident qu'il voulait faire quelque chose, probablement une promenade. Elle baissa les yeux, prise d'une inspiration soudaine, et suggéra :

— On pourrait rendre visite à Nan ?

Cette idée en tête, elle prit son téléphone et appela sa grand-mère.

— Bonjour, ma chérie, la salua cette dernière, ravie. Tu viens ?

— Je m'interrogerais à ce sujet. C'est un bel après-midi.

— Tu devrais venir. Je vais voir si je peux trouver quelques douceurs.

— Tu n'es pas obligée, répliqua Doreen avec un petit rire. Je me nourris, tu sais ?

— Vraiment ? s'enquit Nan avec hésitation.

— Oui, affirma sa petite-fille.

— Je vais quand même voir ce que je peux trouver, car je ne serais pas contre un petit en-cas moi-même.

— C'est une autre histoire. J'attrape les animaux et j'arrive.

— Parfait, et on pourra te soutirer plus d'informations.

— Plus d'informations ? À propos de quoi ?

— Du corps qu'ils ont trouvé, répondit Nan.

Doreen fixa le téléphone du regard.

— Quel corps ? s'étonna-t-elle.

Le silence se fit, puis Nan s'esclaffa.

— Mack ne t'a rien dit ?

— Apparemment, maugréa la jeune femme. Tu veux m'expliquer ce qu'il m'a caché ?

Nan éclata de rire.

— Viens, je te raconterai quand tu seras là.

Et elle raccrocha.

Elle ignorait ce que Mack lui avait caché et, bien sûr, il n'était pas un journaliste spécialisé dans les affaires criminelles qui était censé lui envoyer des alertes lorsque quelque chose arrivait – même si cela aurait été formidable. Pourtant, il ne faisait rien de tout ça. Mais il disait aussi que *les affaires en cours étaient de son ressort, pas de celui de Doreen.*

Si quelque chose s'était passé et que Doreen n'était pas au courant, c'était *frustrant.* C'était d'autant plus frustrant de l'apprendre par sa grand-mère. Mais la maison de retraite de Rosemoor était une véritable ruche à ragots. Si quelqu'un découvrait une chose, tout le monde le savait en quelques minutes.

Sur ce, Doreen saisit la laisse du chien et annonça :

— Allons voir Nan.

Même Thaddeus se réveilla sur son perchoir, puis il se glissa sur l'épaule de Doreen et vint se blottir dans son cou. Rempli de sommeil, le perroquet chuchota :

— Thaddeus aime Nan. Thaddeus aime Nan.

Doreen gloussa.

— Je sais, mon grand. Je sais. Allons la voir.

Avec tous les animaux, Doreen se rendit chez sa grand-mère.

Chapitre 4

Doreen et ses animaux arrivèrent chez Nan, qui les attendait sur la terrasse. Elle les accueillit avec son affection habituelle, laissant Thaddeus remonter le long de son bras et s'installer sur son épaule. Elle sourit à sa petite-fille.

— Tu es ravissante.

Doreen leva les yeux au ciel.

— Merci.

Elle serra sa grand-mère dans ses bras, puis s'assit à la table.

— Toi, tu as ton petit air insolent, ajouta-t-elle.

— On a une longueur d'avance sur toi, pour une fois, se défendit Nan en riant.

Doreen hocha la tête.

— Je ne suis au courant de rien, admit-elle. Alors, que s'est-il passé ? Qu'est-ce que tu sais ?

— Ils ont trouvé un corps, commença la vieille dame.

— Un corps ?

Doreen s'anima aussitôt.

— Oui, un corps. Bien sûr, c'est un crime récent, ça n'a rien à voir avec une affaire classée, continua Nan avec compassion. C'est aussi sûrement la raison pour laquelle tu n'en as pas entendu parler.

— Je n'ai pas beaucoup regardé les informations ces derniers temps, et Mack ne me parlerait pas d'un cadavre s'il était lié à une enquête en cours, ou du moins il ne voudrait pas que je m'en mêle, reconnut-elle en haussant les épaules. On sait combien il est susceptible sur ce sujet.

Nan rit une fois de plus.

— En effet, c'est son affaire. Ça n'a rien à voir avec toi.

— C'est peut-être une bonne chose, marmonna Doreen. Je suis agitée depuis cette dernière affaire, c'est certain. C'était une grosse affaire.

— Tu as besoin de temps pour te détacher de toute cette histoire.

La jeune femme sourit à sa grand-mère.

— Peut-être, et peut-être que j'ai seulement besoin de trouver quelque chose d'autre à faire de ma vie.

Nan la dévisagea, inquiète. Doreen haussa les épaules.

— Je vais bien. Je ne traverse pas une crise existentielle. Tout va bien.

— Heureuse de l'entendre, conclut Nan d'un ton acerbe. Tu peux donc m'aider à servir le thé.

Sur ce, Nan souleva le couvre-théière – un de ces petits objets crochetés qui couvrent toute la théière – et fit signe à Doreen de servir. Ce faisant, Nan bondit de sa chaise et se dirigea vers la cuisine, puis revint à la hâte avec une assiette.

— J'ai failli les oublier. J'ai pioché dans la réserve de Richie.

Elle déposa une assiette de douceurs sur la petite table. Goliath monta immédiatement pour renifler les offrandes. Thaddeus n'avait pas l'air de s'en préoccuper suffisamment pour bouger de son perchoir douillet. Heureusement, Mugs dormait, du moins pour le moment. Goliath ne fut pas convaincu et retourna se recroqueviller à côté du grand pot de fleurs, avant de s'endormir.

Doreen afficha une expression perplexe face à sa grand-mère.

— Richie a une réserve ?

— Oui, il en prend toujours un peu plus, pour ne pas avoir à endurer la faim pendant la journée.

— Oh là là, souffla Doreen. Mais alors, si tu les prends, Richie va avoir faim ?

— Non, je ne crois pas, répondit Nan d'un ton sec. Il prend beaucoup de choses pour plus tard. Et puis, quand quelqu'un a faim ou veut partager une tasse de thé, il va chez lui.

— Est-ce un leurre pour inciter les gens à venir lui rendre visite ? s'enquit Doreen avec douceur.

— Quelque chose comme ça, nota Nan. Je sais aussi que je peux aller chercher un petit quelque chose dans sa réserve pour le manger avec toi.

Doreen secoua la tête.

— Je ne comprends toujours pas pourquoi il fait ça.

— Hé, c'est Richie. Que veux-tu ? conclut Nan avec un sourire.

Doreen n'avait pas l'intention d'entrer dans cette discussion.

— Qu'est-ce que c'est que cette histoire de corps ?

Nan la regarda d'un air absent pendant un moment.

— Oh, ce corps. On l'a trouvé dans le City Park.

— J'y étais ce week-end. Enfin, vendredi après-midi.

— Je crois que le corps a été trouvé samedi.

Doreen acquiesça lentement.

— C'est possible. Je sais que Mack a été appelé sur une

scène de crime tôt ce matin. Puis il a reçu un appel pour venir à la morgue plus tôt dans l'après-midi.

— Voilà, déclara Nan. C'est un homme occupé.

— Il a fait une remarque à ce sujet, admit Doreen en souriant. Il a dit qu'il était beaucoup plus occupé qu'avant.

Nan éclata de rire.

— Oui, depuis que tu es arrivée en ville, tu as fait bouger les choses.

— Je me demande si j'aurais vraiment dû faire ça, soupira la jeune femme. Maintenant, il est tout le temps trop occupé.

— *Ooh*, il te manque ? s'étonna Nan, le regard brillant.

— Non, ce n'est pas pour ça que j'ai dit ça, répliqua Doreen.

— C'est dommage parce qu'il devrait te manquer. Si tu veux mon avis, c'est un bon gars, et tu ne voudrais pas le perdre.

— Je n'avais pas l'intention de le *perdre*, précisa Doreen. D'ailleurs, si je risque de le perdre… il n'était pas à moi au départ.

Nan écarquilla les yeux.

— C'est une déclaration très sage. C'est moi qui aurais dû te le dire.

Doreen sourit à sa grand-mère.

— C'est peut-être ici que je l'ai entendu.

— Non, tu reviens de loin. C'est une remarque digne de Doreen.

— Vraiment ? Je ne sais pas.

— Oh, ne gâche pas tout. Moi qui pensais que tu devenais très sage en vieillissant.

— Je ne suis pas si vieille que ça, plaisanta Doreen.

Nan éclata de nouveau de rire.

— C'est vrai.

— Et je ne suis pas pressée de vieillir, bougonna la jeune femme.

— Tu devrais, mais seulement pour les bonnes choses. Cependant, tu devrais vraiment te débarrasser de toutes les autres choses.

— Comment choisir ? demanda Doreen en dévisageant Nan. Si tu as des idées pour que la vie se déroule comme tu le souhaites, je suis tout ouïe.

— Il faut d'abord la planifier, affirma Nan avec suffisance. Il faut s'attendre à obtenir ce qu'il y a de mieux dans la vie et travailler pour ça. Il ne faut surtout pas se reposer sur ses lauriers.

Doreen grimaça et sa grand-mère reprit.

— Ça ne t'était pas directement adressé. Tu ne te reposes certainement pas sur tes lauriers.

— Des fois, c'est l'impression que j'ai.

— Oh, arrête, réfuta Nan avec un revers de la main. Maintenant, prends un gâteau.

— Gâteau ? répéta Thaddeus.

Le perroquet se redressa et battit des ailes comme s'il venait de se rendre compte qu'il y avait de la nourriture.

— Oui, des gâteaux pour les humains, confirma Doreen d'une voix sévère. Pas des gâteaux pour toi.

Ses mots ne feraient aucune différence. Elle regarda l'assiette garnie de cupcakes.

— Ils sont appétissants, remarqua-t-elle. Tu es sûre que Richie ne voyait pas d'inconvénients à ce que tu te serves ?

— Il dormait, alors il l'ignore.

Au moment de prendre une bouchée, Doreen se figea et fixa Nan.

— Tu les lui as pris pendant qu'il dormait ?

— Bien sûr, pourquoi pas ? rétorqua Nan en haussant les épaules, imperturbable. Il dort beaucoup, tu sais.

Doreen ne savait même pas quoi répondre à cela. Nan se contenta d'ordonner :

— Continue à manger.

— D'accord, maugréa Doreen, mais n'as-tu pas pensé qu'il pourrait les vouloir à son réveil ?

— Si tel était le cas, il les aurait déjà mangés, répondit Nan. De plus, ce n'est pas comme s'il ne savait pas où sont les autres. Je n'ai pas tout pris. Il en a encore… quoi ? Une demi-douzaine ?

— Une demi-douzaine ? répéta Doreen, étonnée.

C'est alors qu'une partie de son cupcake tomba par terre. Elle se pencha pour le ramasser et vit Mugs qui la regardait avec des yeux pleins d'espoir, se léchant lentement les babines.

— Wouah, tu es rapide, mon grand.

Il aboya. Elle coupa un autre petit morceau et, sachant qu'elle ne devait pas le faire, le lui donna quand même. Immédiatement, Thaddeus atterrit sur la table et décidait quelle friandise devait être la sienne. Nan ne lui laissa pas le choix et lui donna quelques noix qu'elle avait retirées de son cupcake et mises sur le côté de son assiette.

— Thaddeus aime Nan, roucoula-t-il.

Nan rayonna.

Doreen soupira.

— Honnêtement, Thaddeus. Tu aimes la personne qui te nourrit.

Il chaparda aussitôt une autre noix tout en gardant un œil sur Doreen au cas où elle voudrait la lui prendre.

Nan rit de plaisir avant de reprendre la conversation.

— Oui, comme je te l'ai dit. Richie en prend beaucoup

ces jours-ci. Il a toujours faim.

— *Hmm*, tu es sûre qu'il a toujours faim ou bien se sent-il simplement seul ?

Nan opina du chef, comprenant où elle voulait en venir.

— Tu vois ? Tu comprends.

— Oui, et ça me dérange de penser qu'il pourrait se sentir seul dans un endroit comme celui-ci. Il y a toujours des gens autour de lui.

— Parfois, c'est parce qu'il y a trop de monde, déclara Nan. On peut venir ici parce qu'on se sent seul, mais on peut très vite être submergé.

Doreen n'avait certainement pas encore fait cette expérience, mais cela avait du sens.

— Alors, que sais-tu de ce corps ? demanda-t-elle, ramenant le sujet sur le tapis.

— Pas grand-chose, répondit Nan. J'espérais que tu aurais plus d'informations.

— Je n'en ai pas, mais je suis persuadée que Mack ou les journaux m'en fourniront. Du moins, quelques bribes.

— Le site web local continue de dire qu'ils mettront les articles à jour dès qu'ils auront plus d'informations.

— On n'a pas vraiment le choix, n'est-ce pas ? Ils ont trouvé le corps et, tant qu'il n'y a pas d'expertise médico-légale ou que la police n'a pas eu l'occasion d'enquêter, ils ne peuvent pas vraiment dire grand-chose.

— Peut-être, concéda Nan, mais c'est tellement frustrant pour nous autres qui voulons des réponses.

Doreen observa un silence, car, d'habitude, c'était elle qui était douée pour trouver des réponses. Néanmoins, ce n'était pas son affaire, et elle savait que Mack comptait sur elle pour ne pas s'en mêler. Ce qu'elle ferait, étant donné que c'était quelque chose qu'elle *pouvait* laisser de côté. Mais ce n'était pas non plus une garantie.

— Pour l'instant, je ne suis pas sur l'affaire.

Nan observa sa petite-fille.

— À moins, bien sûr, que quelqu'un ne te demande de l'aide.

— C'est peu probable. Pourquoi me demanderaient-ils de l'aide ?

Nan haussa les épaules.

— C'est déjà arrivé.

— Oui, parfois. Mais pas forcément pour les meilleures raisons.

— C'est vrai. Tu as une fâcheuse tendance à introduire des créatures très néfastes dans ton monde.

— Évidemment, c'est de ma faute, plaisanta-t-elle, avant de soupirer.

— Pas du tout. J'ai compris. Tu as beaucoup de choses à faire. Ces derniers temps, tu as été surchargée de travail parce que tu as beaucoup de succès. Ils n'arrêtent pas de venir vers toi.

— Peut-être, mais je me sens aussi mal pour tous les autres parce que… c'est moi qui fais tout ça, et ça n'a absolument rien à voir avec la police et ses efforts, et c'est mal.

— Je ne sais pas si c'est *mal*, rectifia Nan avec prudence, mais c'est *réducteur*, disons-le comme ça.

— C'est une façon de le formuler. Mack fournit beaucoup de travail dans ces affaires aussi.

— Je suis certaine que ça lui fait du bien de savoir que tu te soucies de faire en sorte qu'il soit reconnu à sa juste valeur.

— Pas seulement lui, ajouta Doreen. Tous les membres de la police. Ils travaillent dur, tu sais.

Nan hocha la tête plaisamment.

— Je n'en doute pas. Et il n'y a pas grand-chose que chacun d'entre nous puisse faire pour simplifier tout ça.

— Je ne sais pas si l'on peut simplifier les choses quand il s'agit de cadavres, marmonna Doreen, mais bon…

À ce moment-là, Richie appela depuis la porte d'entrée de l'appartement de Nan. Cette dernière se retourna et lui répondit :

— On est sur la terrasse.

Il sortit, jeta un coup d'œil à leur table et hocha la tête.

— Les voilà ! lança-t-il avec un sourire. Il m'en manquait quelques-uns.

— Je suis vraiment désolée, murmura Doreen. Tu veux les récupérer ?

Il tendit le second cupcake dans sa main.

Il la dévisagea et s'esclaffa.

— Non, certainement pas. Si j'en prends autant, c'est pour m'assurer que les gens comme toi les prennent quand ils passent, expliqua-t-il.

Elle voulait le croire, mais ne voulait pas qu'il ait des ennuis.

— Je me sentirais très mal à l'aise à l'idée que tu aies des ennuis à cause de ça, lui dit-elle.

— Oh, je n'aurai pas d'ennuis. Ne t'inquiète pas pour ça.

Il se tourna ensuite vers Nan.

— Elle s'inquiète toujours pour les autres, n'est-ce pas ?

Nan opina du chef.

— Même quand elle ne devrait pas.

Doreen soupira.

— Je suis là, vous savez.

— Tu dois quand même avouer que j'ai raison, répliqua Nan.

Doreen ouvrit la bouche et la referma lentement.

— Je ne contesterai pas.

— Tu ne peux pas le contester, car c'est logique.

Nan fixa sa petite-fille du regard, puis se tourna vers Richie, qui ignora son regard et se tourna vers Doreen, qui le fixait également.

Doreen lui demanda :

— Darren t'a donné des informations sur le corps ?

Il haussa les épaules.

— J'ai obtenu quelques informations, mais il n'est pas très communicatif. C'est un peu comme si on l'avait mis en garde, remarqua Richie, avec un ton si mécontent que Doreen ne put s'empêcher de rire.

— C'est probablement le cas, affirma-t-elle. Tout comme Mack n'a pas le droit de me parler. Je suis sûre que le capitaine leur a fait comprendre à tous les deux.

— Depuis quand tu t'en soucies ? s'esclaffa-t-il.

— De temps en temps, je suis obligée, précisa Doreen. Je ne peux pas toujours être en travers du chemin de Mack et lui demander des informations qu'il n'a pas le droit de donner.

— En effet, c'est pourquoi on doit trouver des informations par nous-mêmes, dit Richie. Tu es prête à te lancer dans celle-là ?

— C'est une enquête en cours, répondit Doreen. Étant donné que ce n'est pas une affaire classée, Mack ne veut pas me mettre au courant.

Richie fronça les sourcils.

— A-t-on besoin de la permission de Mack ?

Doreen hésita.

— C'est un de ces accords tacites entre amis. Je resterai en dehors de son chemin s'il reste en dehors du mien, et ensuite je pourrai faire ce que j'ai à faire dans mes propres affaires.

Les épaules du vieil homme s'affaissèrent.

— Et moi qui espérais que nous aurions une autre affaire sur laquelle travailler. Tu sais que la vie est très ennuyeuse si nous n'en avons pas.

— Je pensais que la vie était très active à Rosemoor.

— C'est vrai, convint Richie. Nous avons toujours à faire, mais ça ne veut pas dire qu'on ne s'ennuie pas non plus.

Elle y réfléchit.

— Je suppose que si tu es toujours si occupé, ça peut être un stress aussi.

— C'est l'une des raisons pour lesquelles j'aime prendre toutes mes sucreries, les ramener dans ma chambre et les avoir pour moi tout seul, expliqua-t-il en souriant.

Doreen regarda son assiette et fronça les sourcils. Nan y avait empilé d'autres cupcakes.

— Non, non, non, dit Nan en tapotant la main de sa petite-fille. Richie ne voulait pas dire qu'il ne voulait pas partager. Il ne voulait simplement pas retourner dans la mêlée de la cuisine et voir tous ces gens assis autour d'un café en train de commérer. Tu n'imagines pas combien de temps ils arrivent à en discuter.

Nan étant très douée pour bavarder elle-même, Doreen se l'imaginait parfaitement. Elle regarda Richie.

— Je te remercie aujourd'hui, mais ne crois pas que tu doives toujours aller chercher quelque chose pour moi.

— Oh, non. Je le fais pour beaucoup de gens. Certains ne veulent pas retourner à la cuisine tout le temps. D'ailleurs, Darren a dit quelque chose à propos de ce corps.

— Qu'a-t-il dit ? interrogea Nan.

— Quelque chose à propos de…, commença-t-il, comme s'il réfléchissait à ce souvenir. Ce n'était pas local.

— Oh, bien, déclara Nan. Ce qui veut dire que la victime n'était pas du coin, je présume.

Il hocha la tête.

— Je crois que c'était quelqu'un de passage.

— C'est triste, nota Doreen. Cette ville fonctionne grâce à l'argent des touristes. On pourrait penser que quelque chose comme ça attirerait trop de mauvaise presse.

— Mais s'ils se droguent ou autre, qu'est-ce qu'on peut faire ? devina Richie. Cet élément est toujours présent, même lorsque nous ne le voulons pas… Pourtant, on sait qu'il est là.

Doreen songea à cette remarque et haussa les épaules.

— Je pense que les drogues sont partout, peu importe la ville où l'on se trouve. Elles sont toujours là, et il faut les contrôler.

Richie sourit.

— Et si tu te présentais aux élections ? suggéra-t-il. Je voterais pour toi.

Nan regarda Doreen avec ravissement.

— Oh là là, tu devrais te présenter à la mairie.

Doreen la dévisagea avec stupeur.

— Mais enfin, pourquoi quelqu'un me donnerait-il un poste de maire ? Et pourquoi voudriez-vous que je fasse de la politique ? Ce serait terrible.

— Non, rit Nan. Tu es franche, et ça signifie forcément que tu vas réussir.

— Pourquoi ? Tous les autres me dévoreront toute crue.

Richie éclata de rire.

— Elle n'a pas tort, tu sais. Elle est trop honnête. Tout le monde s'opposera à elle et la trompera sur tout. Sans parler du fait qu'ils vont la mettre en pièces. Elle n'a pas un brin de diplomatie dans le corps.

— Non, à moins qu'elle ne s'entoure d'une bonne équipe, riposta Nan, qui se montrait réceptive à l'idée.

Une chose à laquelle Doreen devait immédiatement mettre un terme.

— Pas de politique, affirma-t-elle.

Nan l'observa avec consternation.

— Ce serait un bon job. Tu pourrais travailler depuis chez toi. Tu pourrais toujours faire des choses comme ça à côté, et penses-y, tu obtiendrais des informations en interne tout le temps.

— Tu penses vraiment qu'être maire me permettra d'obtenir plus d'informations que maintenant ? Ou que j'aurai le temps de m'occuper de ces affaires ?

Nan réfléchit quelques minutes, regarda Richie et ajouta :

— Je crois qu'elle n'a pas tort.

Et heureusement, cette discussion fut mise de côté.

Chapitre 5

ALORS QUE DOREEN rentrait chez elle plus d'une heure plus tard, elle se demanda ce qui pouvait bien pousser quelqu'un comme Nan à évoquer la politique comme carrière pour Doreen. Pouvait-elle s'engager en politique ? Elle ne pensait pas avoir la bonne personnalité. Elle ne savait pas mentir. Elle était incapable de cacher quoi que ce soit. Elle laissait échapper tout ce qui lui passait par la tête. Elle ne comprenait même pas comment cela avait pu être envisageable pour elle. Lorsqu'elle était mariée, elle était très douée pour garder son calme et ne rien dire. Mais, bien sûr, la peur des représailles était toujours présente. Toutefois, son mari pensait qu'elle était devenue très douée pour la soumission.

Maintenant que toutes ces contraintes avaient été enlevées, plus rien ne la retenait. Sur le chemin, elle s'arrêta plusieurs fois au bord du ruisseau pour laisser les animaux jouer. Évidemment, Mugs fut trempé en l'espace de quelques minutes. Riant de ses pitreries, elle convainquit finalement les trois animaux de rentrer à la maison et, alors qu'elle approchait de sa demeure, elle entendit Richard dans son jardin.

— Non, non, et non, répétait-il sans cesse.

Elle attendit, se demandant s'il allait dire autre chose. À qui parlait-il au juste ? Finalement, incapable de résister, elle demanda :

— C'est à moi que vous parlez ?

Il passa la tête par-dessus la clôture et lui adressa un regard noir.

— Est-ce que j'ai l'air de vous parler ?

Elle réfléchit, puis, d'une voix malicieuse, répondit :

— Oui.

Le regard noir de son voisin devint foudroyant.

— Vous êtes juste une fouineuse.

— Non, je me demandais juste si vous aviez besoin d'aide.

Richard fronça les sourcils.

— Pourquoi aurais-je besoin d'aide, surtout de votre part ? Personne n'a été assassiné.

Et, sur ce, il se laissa à nouveau tomber derrière la clôture et ne dit plus un mot.

Elle contourna la clôture de Richard pour se rendre chez elle, se demandant si les gens ne pensaient pas qu'elle n'était bonne qu'à cela. Et puis, bien sûr, pourquoi penseraient-ils autre chose ? Ce n'était pas comme si elle avait beaucoup de compétences, et elle n'avait certainement pas beaucoup de diplômes ou d'éducation. Sur le papier, elle n'avait rien à offrir.

De retour chez elle, elle était trop déprimée pour penser au thé et ne voulait plus de café non plus. Néanmoins, elle prit ses outils de désherbage et ses gants de jardinage et sortit pour travailler un peu. Presque immédiatement, alors qu'elle sortait par la porte arrière, son téléphone sonna. Ne reconnaissant pas le numéro, elle répondit prudemment. Elle avait eu suffisamment de mauvaises expériences avec des gens ces derniers temps pour s'inquiéter.

Entendant une personne plus âgée, à la voix grinçante et quelque peu tremblante, Doreen demanda :

— Je peux vous aider ? C'est Doreen.

— Êtes-vous la femme qui résout tous ces meurtres ?

— Eh bien, j'ai eu la chance d'aider la police à résoudre quelques affaires, répondit-elle avec précaution.

L'autre femme poussa un soupir.

— Je suis contente de l'entendre. J'ai passé plusieurs coups de fil pour essayer de vous trouver.

— Quel est le problème ?

— C'est mon petit-fils. Il vient de mourir à Kelowna. Je m'appelle Bessie Owens.

— Oh, je suis vraiment désolée d'entendre ça.

— Il y avait beaucoup de bonnes choses chez lui, mais aussi beaucoup de choses difficiles, déclara son interlocutrice. Mais il fait partie de ma famille et j'ai besoin de réponses.

— Est-il mort récemment ?

— Oui, je suppose que vous avez entendu parler du corps qu'ils ont trouvé là-bas.

— Oh, souffla Doreen. Vous savez que la police est sur l'affaire, n'est-ce pas ?

— Oui, je sais. Je suis aussi sur la fin de ma vie, et je n'ai pas le temps que la police laisse cette affaire en suspens et la ressorte dans un an ou deux. J'ai quatre-vingt-douze ans, vous savez ? Et mon petit-fils a eu beaucoup d'ennuis au fil des ans, mais je pensais qu'il était enfin rentré dans le droit chemin, expliqua Bessie. Il m'a promis… Il m'a dit qu'il était sorti de la drogue, des affaires louches, et qu'il s'en sortait à nouveau.

— Alors maintenant, vous avez peur qu'il ait retrouvé les mauvaises personnes, c'est ça ?

Bessie hésita.

— En fait, je sais qu'il a été assassiné, bien que la police ne me l'ait pas dit.

— Comment savez-vous qu'il a été assassiné ? interrogea Doreen.

— Parce qu'il n'était plus sous l'emprise de la drogue, donc, à part cet élément, je ne sais pas qui aurait pu le tuer.

— S'il avait des antécédents médicaux fâcheux, toutes sortes de choses auraient pu le tuer, supposa Doreen.

— Je ne suis pas idiote, je sais de quoi il s'agit et je vous dis qu'il ne s'est pas suicidé. Il a été assassiné, s'emporta Bessie.

— S'il a été assassiné, avez-vous quelqu'un en tête qui aurait pu faire ça ?

Doreen retourna dans sa cuisine, prit un cahier et un stylo et s'assit à la table de la terrasse. Les animaux prirent aussitôt place autour d'elle, Thaddeus sur la table attendant qu'elle ouvre son carnet.

— Il avait des *amis*, répondit Bessie avec dégoût. Le genre *d'amis* qui vous mènent sur le mauvais chemin et vous laissent faire le sale boulot.

— Oui, et que faisait-il à Kelowna ?

— Il suivait un cours pour devenir arboriculteur, répondit la vieille dame. Cela faisait partie de son nouvel avenir.

— Oh, c'est bien, s'exclama Doreen.

— En effet, s'il avait eu la chance de finir ses études et de vivre cette vie, déclara Bessie, rappelant à Doreen que son commentaire n'était pas approprié, étant donné que cette personne ne pouvait plus vivre son rêve.

— Je suis désolée, murmure-t-elle. OK, donc il était ici pour devenir arboriculteur, et quoi d'autre ?

Elle ouvrit son carnet à une page blanche et prit

quelques notes. Dès qu'elle posa le stylo, Thaddeus s'en empara et imita ses mouvements, réussissant à griffonner sur la page de gauche. Elle lui arracha le stylo de la patte, essayant de rester concentrée sur la conversation, mais Thaddeus ne l'entendait pas de cette oreille.

Il l'arracha à son emprise et s'éloigna victorieusement.

Doreen lui jeta un regard noir, mais parvint à entendre le reste de la conversation.

— Il avait une ex-petite amie et espérait reprendre contact avec elle. Son nouveau copain était le meilleur ami de mon petit-fils.

— Je vois, ils étaient ensemble, ils se sont séparés, et ensuite elle est sortie avec son meilleur ami ?

Si elle avait le stylo, elle pourrait l'écrire, mais…

— Oui.

— Et vous pensez qu'ils ont quelque chose à voir avec ça ?

— C'est possible. Je ne sais pas.

Bessie hésita, puis continua.

— J'ai élevé mon petit-fils. J'ai essayé de faire de mon mieux, mais je vous le dis franchement. Je suis vieille, et être vieille n'est pas le moment le plus facile pour s'occuper d'un enfant en bas âge. Je sais qu'Internet n'est pas l'idéal et, de mon temps, nous avions toutes sortes de choses qui n'étaient pas l'idéal, mais cela n'avait rien à voir avec ce que l'on peut trouver sur Internet aujourd'hui. *Pourtant*, je crois fermement qu'il est revenu dans le droit chemin et qu'il n'aurait plus jamais pris de drogue.

— Et vous êtes sûre qu'il ne se droguait plus ?

— Oui, il a suivi une cure de désintoxication, répondit Bessie, la voix brisée. Je me sens responsable de lui et, comme je l'ai dit, je suis en fin de vie. Il ne me reste pas plus de six mois à vivre, et je veux vraiment que cette affaire soit close.

Doreen resta assise un long moment.

— Vous m'avez entendue ? demanda Bessie, de cette même voix geignarde.

— Je vous ai entendue, confirma Doreen avec douceur. Pourtant, jusqu'à présent, vous ne m'avez rien donné que la police n'ait déjà découvert. Donc, sans plus d'éléments, ça ne fera pas avancer l'affaire.

— Non, il faut que vous parliez à son ex-copine et à son meilleur ami.

— Une minute. Pourquoi l'avez-vous élevé ?

Bessie soupira.

— Vous voyez ? C'est ça le problème. Je me demandais si vous le remarqueriez.

— Si vous me disiez franchement ce qu'il se passe, je n'aurais peut-être pas besoin que vous me testiez.

En entendant son ton brusque, même Doreen sourcilla. Les gens passaient leur temps à tester les autres, en particulier lorsqu'ils avaient quelque chose à partager, mais qu'ils s'inquiétaient à ce sujet.

— Ses parents ont disparu. Ma fille a disparu il y a vingt-quatre ou vingt-cinq ans, raconta Bessie. Comme ça. Ils se rendaient à Kelowna pour rendre visite à des amis. Ils avaient ensuite prévu de faire du camping ensemble pendant un long week-end. D'après ce que je sais, ils voulaient prendre un peu de temps pour resouder leur couple, car ils avaient des difficultés ensemble. Je leur ai proposé de partir et de prendre le temps de réfléchir à ce qu'ils voulaient vraiment, et j'ai dit que je garderais le garçon pendant qu'ils s'occuperaient de leurs problèmes.

— Et ils ne sont jamais revenus ?

Thaddeus, fatigué de jouer avec son stylo, fit quelques

pas en avant et le laissa tomber sur le carnet de Doreen. Cette dernière le ramassa et rapprocha son cahier.

— Non, chuchota Bessie, la voix brisée. Ils ne sont jamais revenus.

— Oh, mon Dieu, c'est épouvantable.

— Nous avons demandé à la police d'ouvrir une enquête. Nous avons parlé à tout le monde. Nous avons demandé à tout le monde de parcourir les routes pour voir s'ils avaient eu un accident sur l'autoroute. Il n'y avait… rien.

La vieille dame hésita, puis conclut :

— C'était la pire période de ma vie.

— Je suis vraiment désolée, et, bien sûr, vous vous en êtes voulu.

— Comment aurais-je pu ne pas m'en vouloir ? C'est moi qui leur ai suggéré ce voyage.

— Oui, je comprends. Je ne pense toujours pas que vous soyez forcément la personne à blâmer.

— Non, je ne suis pas à blâmer, mais en même temps, c'était ma proposition. Je me suis donc sentie responsable, et je me suis retrouvée avec Edwin, car personne d'autre n'était prêt à le prendre.

— OK, et quel âge aurait Edwin aujourd'hui ?

— Il venait d'avoir vingt-sept ans, répondit Bessie. Il était assez vieux pour mieux gérer son monde, assez vieux pour être plus avisé, et assez vieux pour s'attirer des ennuis, et pourtant il était déjà sur le point de repartir. Alors maintenant, j'ai l'impression d'avoir laissé tomber ma fille et mon petit-fils.

Doreen n'avait pas grand-chose à dire à ce sujet.

— Je suis vraiment désolée, répéta-t-elle. Avez-vous quelque chose d'écrit sur la disparition de ses parents ?

Bessie hésita.

— Quel rapport cela aurait-il avec le meurtre d'Edwin ?

— Cela pourrait me permettre d'obtenir des informations de la part de la police, précisa Doreen. Je suppose que l'affaire est restée en suspens. Techniquement, il s'agit d'une affaire classée.

— Oui, disparus, présumés morts. Nous avons fait les démarches pour qu'ils soient déclarés légalement morts, afin de pouvoir nous occuper de la succession, et cela n'a pas été très amusant non plus, marmonna Bessie.

— C'est vrai qu'il n'y a rien de drôle dans ce genre de situation. Je vous présente toutes mes condoléances.

— J'ai des choses à vous envoyer. Ma petite-fille, Sylvee, m'aidera.

— Oh, bien, elle peut m'envoyer tout ça par email alors ?

— Est-ce que ça veut dire que vous allez vous charger de l'affaire ?

Doreen hésita sur la formulation.

— Je ne dis pas que je peux faire quoi que ce soit, mais je peux parler à la police et, s'il y a quoi que ce soit que je puisse faire pour vous aider à trouver des réponses, je le ferai. Je ne suis pas légalement capable de faire quoi que ce soit, mais je ferai ce que je peux.

— Vous n'êtes pas détective privée ?

— Non. Je suis ce qu'on appelle une détective amateur, et apparemment, jusqu'à présent, ça m'a bien réussi.

— Dans ce cas, continuez à faire ce que vous faites. J'ai juste besoin que vous découvriez ce qui est arrivé à mon petit-fils. Edwin mérite au moins ça.

— Je le ferai.

Sur ce, Bessie donna ses coordonnées à Doreen, ainsi que celles de Sylvee, et raccrocha.

Chapitre 6

D OREEN RESTA ASSISE un long moment. Elle ne voulait pas vraiment s'impliquer dans l'affaire en cours de Mack, et ne le ferait pas, s'il y avait un moyen de la contourner. Mais deux personnes avaient disparu, une famille, qui avait été mêlée à l'enquête en cours de Mack, c'était une tout autre histoire.

Elle pouvait se plonger dedans. Vingt-cinq ans, c'était long et, à moins d'avoir une raison particulière de disparaître, il n'y avait pas de raison qu'ils soient partis sans leur enfant, surtout qu'ils n'en avaient qu'un, même pour refaire leur vie. Cela arrivait, mais ce n'était pas très fréquent que ces personnes partent sans leur enfant.

S'ils allaient camper et ne s'étaient plus présentés à leur travail, quels étaient leurs moyens de subsistance ? De plus, une telle chose demandait beaucoup d'organisation pour disparaître de la surface de la terre et se réinstaller ailleurs en tant que nouvelles personnes. Il y avait de fortes chances qu'ils soient décédés, mais Doreen ne pouvait pas l'affirmer avec certitude, car, bien sûr, sans corps, comment savoir ce qu'il s'était passé ? Jetant un coup d'œil à ses notes, elle se demanda si elle devait téléphoner à Mack ou si elle devait d'abord faire quelques recherches.

Tout bien réfléchi, elle se leva, se dirigea vers son ordinateur portable posé sur la table de la cuisine et s'assit devant. Goliath, étendu sur la table, ouvrit les yeux pour la regarder, mais les referma lorsqu'elle ouvrit son ordinateur. Thaddeus roupillait sur son perchoir du salon et Mugs, lui, la suivait à la trace. Il y avait quelque chose de très réconfortant à l'avoir à ses côtés. Elle se pencha pour lui gratter le cou avant de reporter son attention sur son ordinateur portable.

Elle avait les noms des parents disparus et celui d'Edwin. Elle le tapa dans Google et trouva un article sur la mort d'Edwin sur un site d'informations locales. Edwin ne s'était absolument pas suicidé. Il avait été abattu d'une balle à l'arrière de la tête, d'après l'article publié quelques heures auparavant. Elle fit grise mine. Cela ressemblait trop à une exécution, ce qui pouvait faire intervenir à nouveau l'élément drogue, quoi qu'en dise Bessie.

Il y avait fort à parier que Mack s'agacerait si elle s'en mêlait. Elle y songea un long moment, puis réalisa que la meilleure chose à faire était d'être honnête et directe. Sur ce, elle vérifia l'heure. Il pouvait être occupé ou non. Au moins, elle avait quelque chose à lui proposer. Elle composa rapidement le numéro et, lorsqu'il répondit, sa voix était fatiguée.

— Salut. Quoi de neuf ?

— J'ai reçu un appel très étrange, commença-t-elle prudemment.

Sa réponse fut accueillie par le silence.

— Oh, bon Dieu. Pas encore.

— Si, souffla-t-elle. Ce n'est pas l'affaire des *murmures dans la glycine* parce que le cadavre est un homme. Cependant, dans ce cas particulier, il y a aussi potentiellement une affaire non résolue qui va de pair avec ton affaire de meurtre.

— De qui parles-tu ?

— Ta victime à la morgue, c'est bien Edwin ?

— Oui, soupira Mack.

— Sa grand-mère vient de m'appeler, avoua Doreen.

— Oui, je lui ai parlé. On l'a contactée pour l'informer de son décès, et j'ai dû lui annoncer la nouvelle, précisa le policier. Je pense qu'elle a plus de quatre-vingt-dix ans.

— En effet, quatre-vingt-douze pour être exacte. Il lui reste moins de six mois à vivre.

— À cet âge, ça peut être vrai pour n'importe qui, juste à cause de la vieillesse, pas d'une maladie ou quoi que ce soit d'autre.

La jeune femme sourit.

— Je sais, mais elle m'a demandé de me pencher sur la mort d'Edwin.

Il pouffa.

— C'est bien que tout le monde ait autant confiance en la police pour faire son travail.

Le caporal était manifestement frustré.

— Je pense qu'elle a peur qu'Edwin ait replongé dans la drogue. De plus, ses parents ont disparu il y a vingt-cinq ans, lui indiqua Doreen. Cette pauvre femme a été chargée d'élever Edwin et elle se sent terriblement coupable.

— Je suis d'accord avec toi sur ce point, marmonna Mack. Et c'est malheureux que quelqu'un de son âge — même à l'époque, elle aurait eu une soixantaine d'années — prenne en charge ce bambin. Je ne savais pas qu'elle l'avait élevé.

— Si, et apparemment Edwin est venu ici pour suivre un cours à l'université afin de devenir arboriculteur. Et il espérait renouer avec son ex-petite amie, qui sort maintenant avec son ancien meilleur ami.

— Son ancien meilleur ami ? répéta Mack.

— Oui, la petite amie a rompu avec Edwin, et son meilleur ami a tout de suite pris sa place. Peut-être un peu trop vite, d'après Bessie. Elle n'avait pas beaucoup d'informations à ce sujet. Toutefois, j'ai quelques noms pour toi.

Elle lui donna les noms de sa petite amie et du petit ami actuel.

— Ce que je n'ai pas, ajouta Doreen, ce sont les coordonnées de ces personnes. Où avez-vous trouvé le corps d'Edwin ?

— Je ne suis pas sûr de pouvoir te donner quoi que ce soit non plus, bougonna-t-il, visiblement perdu dans ses pensées.

— Je comprends. J'irai les chercher moi-même, le rassura Doreen, avant de s'esclaffer : je sais que tu as sûrement déjà cette information ou, si ce n'est pas le cas, tu l'aurais obtenue très rapidement. Mais comme je l'avais, je te la donne.

— C'est gentil, répondit Mack joyeusement.

Ils raccrochèrent et Doreen retourna à l'extérieur pour noter les questions qu'elle voulait poser à la petite amie et l'ancien meilleur ami. Elle devrait probablement commencer par consulter l'annuaire téléphonique de Kelowna pour voir s'ils y figuraient. Dans le cas contraire, elle se tournerait vers Google. Au même moment, elle reçut un nouvel appel d'un numéro inconnu. Surprise, et un peu inquiète de voir ce genre de choses devenir monnaie courante, elle répondit prudemment.

Lorsqu'elle se rendit compte qu'il s'agissait de la petite-fille Sylvee, Doreen sourit.

— Bonjour, je suppose que vous avez des informations à me donner de la part de Bessie.

— Oui, je voulais vous envoyer d'abord des emails, puis le reste par la poste, précisa Sylvee, mais je me suis rendu compte que ma grand-mère n'avait pas pris votre adresse électronique.

Doreen rit.

— C'est vrai.

Elle la donna à Sylvee, avant de demander :

— Je suppose que vous n'avez pas les coordonnées de l'ex-petite amie d'Edwin ou du petit ami actuel de celle-ci, n'est-ce pas ?

— J'ai leur numéro de téléphone, dit Sylvee, et elle s'empressa de le donner à Doreen. Je voulais les contacter moi-même, mais je sais qu'il y a une enquête en cours et je ne voulais pas interférer. Ça peut compliquer les choses.

— C'est une bonne idée, approuva Doreen. Les policiers ont-ils dit à votre grand-mère où ils ont trouvé le corps d'Edwin ?

— Oui, c'était dans un parc de la ville.

— Quel jour l'a-t-on trouvé ? questionna Doreen en fronçant les sourcils.

— Je ne suis pas certaine. Peut-être ce week-end. Pourquoi ne pas vérifier avec les flics ?

— Je sais que la police préfère que je reste en dehors de son chemin, déclara Doreen avec une note d'humour.

— Pourtant, ça n'a pas l'air de vous déranger ? demanda Sylvee avec prudence.

— Non, j'ai travaillé avec eux suffisamment pour qu'ils me connaissent.

— J'espère que vous arriverez à tirer cette affaire au clair. Je sais que ma grand-mère est bouleversée.

— À juste titre. Pourquoi a-t-elle été choisie pour s'occuper d'Edwin ?

— Je pense qu'elle s'est sentie coupable. Je ne connais pas très bien mon cousin. Quand il a commencé à prendre de la drogue, je l'ai évité parce que ses amis étaient tous du même acabit, et ce n'étaient pas des gens qu'on avait forcément envie de croiser dans l'obscurité de la nuit, murmura Sylvee. Une fois qu'on a compris où Edwin allait et avec qui il traînait, c'est devenu un problème à bien des égards.

— Évidemment. Et tout le monde veut aider, mais personne ne sait quoi faire.

— Exactement, confirma Sylvee. Vous comprenez.

— Je comprends beaucoup de choses dans la vie, et parfois il n'y a pas de réponses faciles pour aider.

— Ma grand-mère a perdu les pédales lorsqu'elle s'est rendu compte du chemin que prenait Edwin, et je pense qu'elle n'a pas su comment le gérer pendant un certain temps.

— Je vois. Je ne peux pas imaginer essayer de faire quelque chose comme ça moi-même, reconnut Doreen. Qu'est-ce qu'on est censé faire ? Ils n'écoutent pas à cet âge, et quand ils sont avec leurs amis, leurs amis savent tout, et leurs amis sont les meilleures personnes au monde. Il n'y a pas grand-chose qu'on puisse faire pour les dissuader.

— Et, dans ce cas, elle ne pouvait rien faire. Edwin avait l'intention de prendre toutes ses décisions tout seul. Il s'emparait de tous les fruits défendus sans que personne ne s'en aperçoive. Grand-mère avait l'impression qu'il n'y avait aucun moyen de l'atteindre, bien qu'elle ait essayé de toutes ses forces.

— Je n'en doute pas. Comment était leur relation ?

— Agréable, mais vacillante à la fois. Il était assez tolérant vis-à-vis de toutes ses *interférences*, comme il les appelait, comprenant qu'elle était plus âgée de quelques générations que le reste des gens qui l'entouraient. Je pense honnêtement qu'il a fait du bon travail, et elle aussi. Il ne s'intéressait à rien jusqu'à ce qu'il quitte sa maison, et c'est presque comme si toutes les lourdes contraintes dans lesquelles il avait été élevé étaient tombées. Ensuite, il a dû tout essayer et s'est constamment attiré des ennuis, avant de revenir vers elle, lui disant qu'elle avait raison et qu'il avait besoin d'un coup de main pour se remettre dans le droit chemin.

— Oh, tant mieux pour lui, affirma Doreen. Ce n'est pas souvent que l'on voit des jeunes capables de faire ce genre de pas en avant et de comprendre qui avait raison et combien le chemin qu'ils ont emprunté était mauvais.

— Edwin savait qu'il avait des problèmes, et il savait que, de tous, elle était celle qui lui donnerait un coup de main pour le remettre sur le droit chemin. Elle a payé la cure de désintoxication. Elle l'a envoyé en cure de désintoxication une deuxième fois, lorsqu'il est venu la voir et a admis qu'il était en train de déraper, qu'il s'accrochait désespérément à sa sobriété et qu'il ne voulait pas replonger.

— En d'autres termes, elle a de très bonnes raisons de croire que les drogues n'ont rien à voir avec cette affaire. Elle pense qu'il doit y avoir une autre raison.

— Il retournait à l'école pour devenir arboriculteur.

— C'est bien.

— Ça l'aurait été, déclara la cousine d'Edwin, mais il n'a pas vécu assez longtemps. Je ne connais pas non plus les détails de ce qu'il s'est passé. Je crois avoir entendu dire qu'on lui avait tiré dessus. C'est du moins ce que disent les journaux. Je ne sais pas si on l'a annoncé à ma grand-mère.

— En général, la famille est mise au courant, mais peut-être n'était-elle pas en état de l'entendre.

Le silence se fit à l'autre bout du fil. Sylvee ajouta d'une voix calme :

— Vous avez peut-être raison. Elle ne veut entendre que ce qu'elle a envie d'entendre à ce stade de sa vie. Ce serait bien si elle entendait de bonnes choses, mais, trop souvent, la réalité de ce à quoi nous sommes confrontés est tout le contraire. Edwin était quelqu'un de bien. Je sais qu'il avait ses problèmes, mais il ne méritait certainement pas d'être assassiné.

— Avez-vous une idée de ce qu'il faisait à Kelowna ?

— Bien sûr, il venait faire la paix avec son ex et voir s'ils pouvaient renouer quelque chose. Il voulait aussi savoir si elle était toujours avec son meilleur ami et si elle était heureuse. C'est l'essentiel, je crois. D'après ce que j'ai compris, si elle était heureuse, Edwin laisserait tomber. Par contre, si elle n'était pas heureuse… il voulait essayer de la reconquérir.

Le terme démodé fit sourire Doreen.

— Ça fait aussi plaisir à entendre. Manifestement, il a reconnu qu'ils partageaient quelque chose tous les deux.

— Oui. Ça ne veut pas dire que tout le monde appréciait ses méthodes.

— Aïe. Était-il du genre à utiliser un marteau alors qu'une punaise aurait fait l'affaire ?

— Oh, oui, et il était catégorique quand il avait raison. Et quand il avait tort, il le reconnaissait volontiers. Mais tout le monde ne l'écoutait pas.

— Bien sûr. Il y a de fortes chances qu'il ait été entouré d'individus à l'esprit bien trempé au même moment.

— Notre grand-mère est un peu comme ça, elle n'est pas très généreuse. Elle a beaucoup d'amour en elle, mais elle n'en donne pas énormément.

— Et ça peut aussi compliquer les choses, nota Doreen

avec un soupir. Ma grand-mère a beaucoup d'esprit en elle, mais elle n'est pas dure. Elle est très douce et remplie d'amour… Je n'imagine pas comment serait ma vie si elle avait une personnalité différente.

— C'est ça le problème. On pense que les gens sont faciles, qu'on les comprend et qu'on peut faire beaucoup pour eux, mais même quand on essaie de leur expliquer les choses, ça ne veut pas dire qu'ils comprennent. Il n'y a pas beaucoup de gens qui peuvent comprendre.

— Vous parlez de votre cousin ou de votre grand-mère ?

— Des deux.

Doreen rit.

— En d'autres termes, ils se ressemblaient tous les deux beaucoup, conclut-elle.

— Ils se ressemblaient beaucoup, ils étaient tous les deux têtus, ils avaient tous les deux raison, l'autre avait tort, ils s'affrontaient souvent. Il est parti à quel âge ? Dix-sept ans, je crois. Il a réussi à terminer le lycée, ce qui était la promesse qu'il lui avait faite. Il s'est acharné, puis il a décampé, et ça s'est dégradé à partir de là.

— Pourtant, il a appris sa leçon, souligna Doreen, ce n'est donc pas une dégradation totale.

— Non, mais certainement pas dans la voie que nous aurions souhaité le voir emprunter. En tout cas, à ce stade, nous ne pensons pas qu'il s'agisse d'une affaire de drogue.

— J'espère que non, dit Doreen. D'après ce que je sais, son ex-meilleur ami a décidé de lui en coller une parce qu'il voulait reconquérir sa copine.

— C'est possible aussi.

— L'un ou l'autre de ces deux amis était-il impliqué dans la drogue, le savez-vous ?

— Je ne sais pas. Je sais que la petite amie ne l'était pas.

À l'époque, elle était toujours en colère contre Edwin pour tout ce qui touchait à la drogue. Mais elle aimait bien l'alcool. Elle buvait une bouteille de vin assez régulièrement.

— J'ai rencontré beaucoup de gens qui ne pensaient pas avoir un problème d'alcool parce qu'ils buvaient seulement un peu de vin le soir.

— Oui, mais un peu de vin se transforme très vite en bouteille pour cette fille, remarqua Sylvee en riant.

— Très souvent, oui, convint Doreen avec un sourire. OK, si vous avez d'autres informations, envoyez-les-moi par email, et je contacterai ces personnes – même si je sais que les flics le feront aussi. Mais peut-être que je pourrai glaner quelque chose auprès d'eux.

— Si des effets personnels se trouvent ici, je ne le sais pas encore. Je dois encore tout examiner.

— Si vous trouvez quelque chose d'intéressant, quelque chose qui se rapporte à l'endroit où il allait, à ce qu'il faisait, à ce qui le dérangeait, envoyez-le-moi, suggéra Doreen.

Sylvee promit de jeter un coup d'œil et de le faire, puis elles raccrochèrent.

Rapidement, sans laisser à Mack la possibilité de dire quoi que ce soit, Doreen décrocha le téléphone et contacta la petite amie. Celle-ci répondit, mais sa voix était larmoyante, comme si elle avait beaucoup pleuré. Doreen se présenta.

Gina s'emporta :

— Oh, mon Dieu, vous êtes journaliste ? La dernière chose que je veux, c'est que des journalistes me harcèlent sans arrêt. Ce n'est pas suffisant qu'on soit tous en deuil ?

— Je suis désolée. Je ne suis pas journaliste. Je suis quelqu'un qui enquête sur les circonstances de la mort d'Edwin.

— Vous êtes flic ? demanda Gina avec méfiance.

— Non, je ne suis pas flic. La grand-mère d'Edwin m'a téléphoné et m'a demandé d'essayer de découvrir ce qu'il s'est passé.

Le silence se fit d'abord à l'autre bout du fil.

— Ça ressemble à la vieille. Elle n'était pas du genre à faire confiance à la police, et elle pensait toujours qu'elle en savait plus que les autres.

— C'est vrai ? s'étonna Doreen. Était-elle du genre à vraiment savoir des choses, ou plutôt du genre à faire croire qu'elle savait, et qui, au moment de passer à l'action, ne savait pas ?

Gina pouffa.

— Elle était les deux à la fois. Elle essayait de vous convaincre qu'elle savait tout, et quand vous y croyiez, il se passait quelque chose qui vous faisait réaliser qu'elle ne savait pas tout. Elle savait juste beaucoup de choses, et ce qu'elle ignorait, elle vous faisait croire qu'elle le savait.

C'était un peu alambiqué, néanmoins Doreen pensait avoir compris.

— D'accord. Avez-vous vu Edwin quand il est venu à Kelowna ?

— Oui. Et croyez-moi. Ça m'a coûté d'autres choses auxquelles je ne veux pas penser pour l'instant.

— Votre petit ami était contrarié, j'ai cru comprendre.

— Oui, il l'était. Vous voyez ? Edwin a toujours été un problème entre nous deux parce que c'est moi qui ai rompu avec lui à cause de ses problèmes de drogue. Alors, avec toute cette animosité, et Edwin qui est retourné en désintoxication et tout ce bordel, je ne voulais pas avoir affaire à lui. J'ai donc rompu. Mon petit ami actuel, qui était le meilleur ami d'Edwin, me rappelle toujours qu'il essayait de se remettre dans le droit chemin, qu'il prenait toutes ces décisions saines et qu'il reprenait sa vie en main, peut-être que j'étais encore liée à Edwin d'une certaine manière. Ou du moins sur le plan émotionnel.

— Je vois, nota Doreen. Quand on passe un certain temps avec quelqu'un et qu'on le quitte parce qu'on pense qu'il est sur une voie destructrice, on ne tait pas ses sentiments. Vous vous demanderez toujours ce qu'il fait, s'il a fait quelque chose de bien, ou vous repenserez au passé avec colère parce que, émotionnellement, vous étiez là pour lui, mais il n'était pas là pour vous.

Gina devint silencieuse.

— Il était différent cette fois-ci. Il était excité à propos de quelque chose. Je voulais l'écouter, le voir, mais je savais aussi que ce serait une visite très désagréable à la maison.

— Évidemment. Je comprends. Êtes-vous fiancés, ou quelle est la solidité de votre relation en ce moment ?

— Je dirais qu'elle est très forte, répondit Gina. Je dois maintenant la redéfinir, car, depuis qu'Edwin m'a contactée, je n'ai pas cessé de penser à lui. Maintenant qu'il est mort, j'ai l'impression de lui avoir rendu un mauvais service, et puis Oscar…

— Il ne le vit pas mieux, je suppose. J'en suis désolée. Il n'y a rien de tel qu'un décès pour secouer les choses.

— Pas dans le bon sens, marmonna Gina. Je ne fais pas le deuil d'Edwin parce que je n'ai pas eu cette relation avec lui. Évidemment, j'aurais fait le deuil de ce qu'il aurait pu être et de toutes ces bonnes choses, mais je n'étais pas aussi attachée émotionnellement… ou du moins, je ne pensais pas l'être. Et maintenant, après l'avoir vu, après cette période difficile, lui avoir parlé et avoir vu à quel point il était différent ? Tout m'est revenu en mémoire.

— Vous voulez dire, les sentiments ?

— Oui, les sentiments, s'écria Gina. Je ne voulais pas continuer à ressentir ça. Je ne voulais pas continuer à m'inquiéter, mais c'est le cas… *C'était* le cas.

— Non, c'est toujours le cas, corrigea Doreen. Et ce n'est pas parce qu'il est mort que vous ne ressentez plus rien. Il le mérite. Vous devez honorer cet aspect aussi.

— Comment ? interrogea la jeune femme, déconcertée. Il est entré dans ma vie, a détruit la sécurité et le sentiment de bien-être que j'avais avec Oscar, et maintenant Edwin n'est plus là. Cet avenir qui avait été si proche à nouveau… n'est plus là non plus. J'aurais préféré qu'il ne me contacte pas. Ça aurait été tellement plus facile.

— Je suis désolée. Je ne peux pas imaginer.

— Je ne pensais pas tenir encore à lui. J'ai juste pensé que c'était fini et que j'étais bien mieux sans lui.

— Et au lieu de ça, vous avez découvert que, parce qu'il avait changé, cela a fait resurgir tout l'espoir que vous aviez auparavant.

— Tout à fait, souffla Gina.

— Combien de temps avez-vous parlé avec lui ?

— On est allés prendre un café et on a discuté pendant environ trois heures, précisa Gina. C'était comme au bon vieux temps. C'était super.

— Votre petit ami était-il au courant ?

— Pas avant la fin de notre rencontre. Oscar était très en colère. Mais il avait aussi reçu un appel d'Edwin et voulait m'en parler. J'ai également reçu l'appel d'Edwin et, sur le moment, je n'ai pas trop réfléchi. Ce n'était pas un rencard ou autre, alors je n'ai pas pris la peine de demander à Oscar. On n'en a pas discuté et je suis simplement allée parler à Edwin. Alors, bien sûr, ça a semblé être une trahison pour Oscar. Il était… il *est* en colère.

— Bien sûr.

— Et même maintenant qu'Edwin est mort, je n'ai même pas l'occasion de tourner la page. Oscar non plus.

— Comment ça ?

— Parce qu'Edwin est mort, Oscar ne peut pas dire si je tenais à Edwin. Il y a toute cette animosité. Oscar se demande lequel des deux j'aimais le plus. Il repense à tout ça. Il se demande si je l'aurais quitté pour retourner avec Edwin, et maintenant Oscar se pose toujours la question parce que, même si on est toujours ensemble, il se demande si j'aurais préféré rester avec Edwin. C'est vraiment n'importe quoi.

— Je suis désolée. Quand vous avez dit qu'Edwin était très excité, a-t-il dit quelque chose à ce sujet ? A-t-il évoqué quelque chose ? Avez-vous une idée de la raison pour laquelle il a pu être tué ?

— Non. Pas du tout. Mais il était excité. Il était excité par quelque chose qui se passait dans son monde, il m'a dit qu'il était sur le point de le résoudre.

— Résoudre quoi ? interrogea Doreen avec curiosité.

— Il ne l'a pas dit. Mais je peux vous dire que la seule chose qui l'obsédait, c'était la mort de ses parents.

Doreen se raidit.

— C'est logique. Il a perdu sa famille, alors je suis sûre que ça l'a marqué toute sa vie. Ses parents ont disparu. Personne ne sait s'ils sont morts ni ce qui leur est arrivé. Ça signifie que personne ne peut tourner la page.

— Exactement, acquiesça Gina, même s'il était probablement préférable qu'il ne sache pas ou qu'il ne soit pas impliqué.

— Pourquoi ?

— S'il n'y a pas de réponses après tout ce temps, il n'y en aura pas non plus maintenant. Qu'est-ce qu'il est censé faire ? Passer toute sa vie à contempler le passé ?

Doreen ne répondit pas.

— Je suppose que ça semble assez dur, continua Gina. Après tout, j'ai mes parents et mes frères et sœurs, et je n'ai certainement pas eu à vivre quelque chose comme ça. J'ai l'impression d'être une personne horrible maintenant.

Elle se remit à pleurer.

— Je sais que vous souffrez, fit Doreen, mais il faut que vous laissiez un peu de côté cette culpabilité, parce que ça ne sert à rien de se faire du mal comme ça. Tout ce que vous parvenez à faire, c'est vous mettre la tête en vrac. Pourtant, ça ne ramènera pas Edwin.

— C'est vrai. Si je ne l'avais pas rencontré ce soir-là, serait-il encore en vie ?

Doreen afficha une mine perplexe.

— Pourquoi ça ?

— Parce qu'il est mort ce soir-là. Je ne sais même pas qui l'a tué et ce qu'il s'est passé. Je ne sais pas où il allait après m'avoir parlé. Il m'a dit qu'il allait retrouver quelqu'un d'autre, mais il ne m'a pas dit qui.

Entendant la note étrange dans la voix de Gina, Doreen demanda :

— Vous aviez peur qu'il retrouve votre petit ami, n'est-ce pas ?

La jeune femme hésita.

— Pourquoi est-ce que vous me posez cette question ?

— Parce que c'est naturel. Vous savez qu'il y a peut-être de la jalousie entre eux, et vous avez peur qu'une bagarre ait pu éclater et qu'Oscar ait pu faire quelque chose.

— Je ne sais pas. Je ne sais pas quoi dire.

Gina se remit de nouveau à pleurer.

— Vous devriez peut-être parler à Oscar. Faites-lui savoir que vous êtes… blessée. Il faut que vous lui parliez et que vous découvriez ce qu'il faisait pendant tout ce temps. Pour que vous puissiez au moins mettre les choses au clair.

— Mais si je lui dis que c'est ce que je pensais, il se fâchera et dira que je ne lui faisais pas confiance et que je ne pouvais pas penser à une telle chose. Ça ne fera que creuser un peu plus le fossé entre nous.

Doreen ne pouvait qu'être d'accord, cela rendrait les choses plus difficiles.

— Je suis désolée. Je le vois aussi. Je ne sais pas quoi suggérer alors. À votre place, j'aurais affronté la douleur.

— Rien de ce qu'on peut me suggérer ne m'aidera en ce moment. Savoir qu'Edwin était là, si proche, si différent de qui il était avant, et qu'on me l'arrache…, sanglota-t-elle. Ce n'est pas juste. Il était enfin devenu l'homme que j'ai toujours voulu qu'il devienne, et maintenant je suis terriblement jalouse de la personne qui était là pour lui.

— Sa grand-mère, répondit Doreen. Sa grand-mère était là pour lui.

Gina hoqueta.

— Seulement sa grand-mère ? Il n'a eu aucune autre relation ?

— Je n'en sais rien, dit Doreen. Il faudra que je parle à sa cousine Sylvee pour savoir s'il y avait quelqu'un d'autre. Cependant, pour autant que je sache, sa grand-mère l'a aidé à se remettre dans le droit chemin. Elle l'a aidé à mettre de l'ordre dans le désordre de sa vie.

— Et pour ça, je dois féliciter cette vieille dame. Elle était difficile à côtoyer. Elle n'avait aucun filtre. Aucun, tout le temps. Mais elle a fini par s'en sortir.

Sur ce, Gina raccrocha.

Chapitre 7

DOREEN S'INTERROGEA SUR l'opportunité de téléphoner à Oscar, le petit ami de Gina. Puis elle décida
d'attendre. Elle aurait dû demander une adresse pour savoir
où ils habitaient. Elle s'empressa de rappeler Gina et tomba
sur une ligne occupée. Perplexe, Doreen contacta le petit
ami.

Lorsqu'il sut qui elle était, il cingla :

— Je n'ai pas besoin qu'on vienne me déranger dans mes
affaires personnelles. Ce type est mort. Laissez-le tranquille,
pour l'amour du ciel.

— Je suis sûre que vous comprenez que sa grand-mère
soit très contrariée.

— Elle est toujours contrariée, riposta-t-il. Elle n'arrêtait
pas de le harceler pour une chose ou une autre.

Les sourcils de Doreen se soulevèrent.

— Si l'on considère qu'elle a pris l'initiative d'élever
quelqu'un de cet âge et qu'elle a fait de son mieux, peut-être
devrions-nous lui accorder un peu de crédit. Peut-être un
peu plus de générosité dans ce cas, étant donné qu'elle l'a
élevé et qu'elle l'a remis dans le droit chemin à la fin.

Oscar pouffa.

— Vous ne savez pas comment elle est. Elle aurait sûrement pu le tuer elle-même. Si elle avait pu venir jusqu'ici et faire le travail elle-même, elle l'aurait fait. Elle a été plus qu'en colère contre lui pendant la majeure partie de sa vie.

Doreen y réfléchit longtemps après la fin de leur conversation téléphonique. Oscar avait refusé de répondre à d'autres questions, ce qui, compte tenu de son état d'esprit, semblait être dû à la colère et à la frustration. Oscar lui était inutile. Elle décida de l'appeler plus tard et de voir s'il était plus réceptif. Non pas qu'elle aurait la garantie qu'il soit plus coopératif, mais elle pouvait l'espérer.

Lorsque Nan appela, cette dernière sauta sur Doreen.

— Qu'est-ce que tu fais ?

— Pourquoi penses-tu que je suis toujours en train de faire quelque chose ? demanda Doreen avec prudence.

— Je ne sais pas. Quelque chose dans ta voix. J'ai eu l'impression.

— Eh bien, peut-être que les choses sont devenues un peu plus compliquées que je ne le pensais.

— Ooh, tu as une affaire ? interrogea Nan, ravie.

— Quelqu'un m'a demandé de jeter un nouveau coup d'œil dans l'affaire du corps retrouvé. Le problème, c'est que tout le monde n'a pas très envie de me parler.

Elle discuta avec sa grand-mère un moment, lui dévoilant ses informations, puis Doreen décida de rappeler le petit ami.

Lorsqu'il entendit à nouveau sa voix, il aboya :

— Qu'est-ce qu'il y a ? Vous n'acceptez pas qu'on refuse de vous parler ?

— Non, vraiment pas. J'ai besoin de savoir si vous avez rencontré Edwin ce soir-là, et si vous avez une idée de ce qui l'excitait tant.

Il y eut un silence à l'autre bout du fil.

— J'ai parlé avec lui ce soir-là. Je ne l'ai pas rencontré, finit par répondre Oscar.

— Vous en avez parlé à la police ?

— Pas encore. Est-ce qu'ils vont m'appeler ?

— Oh, oui, ils vont vous appeler, affirma Doreen.

— *Génial,* grommela Oscar. J'espérais que ce type sortirait enfin de ma vie. Bon débarras et tout ça, mais il faut que vous fassiez tout foirer.

— C'est difficile. Surtout qu'il s'agit de l'ex-compagnon de votre petite amie.

— Oui, mais c'est elle qui l'a quitté, se défendit Oscar, donc Edwin ne devrait pas revenir chercher le pardon ou vouloir se remettre avec elle. Il était aussi mon ami, mais il a brûlé tous les ponts en essayant de m'enlever ma copine.

— J'ai cru comprendre que ça faisait partie de son raisonnement, admit Doreen, mais je n'en suis pas sûre.

— Bien sûr que non, et vous ne faites que répandre des rumeurs et des mensonges. Elle ne m'aurait pas quitté pour lui.

— Bien. Savez-vous pourquoi il était aussi excité ?

— Oui, il a fait une découverte capitale dans l'affaire de ses parents, bougonna-t-il. Je ne l'ai pas cru. C'est typique, les trucs qu'il avait l'habitude de répandre.

— Ah bon ?

— Oui, maintenant vous devez cesser de me contacter, exigea Oscar. La prochaine fois que vous le ferez, vous feriez mieux d'avoir un avocat.

Il lui raccrocha au nez.

Une réponse très intéressante, en particulier pour quelqu'un qui ne cessait de soutenir qu'il n'avait rien fait.

Elle réfléchit pendant un long moment à la raison pour

laquelle le petit ami actuel menaçait d'envoyer des avocats aux trousses de Doreen. Elle se tourna vers Thaddeus.

— Qu'en penses-tu, Thaddeus ? Oscar est-il coupable ?

— Il est coupable ! s'écria-t-il. Il est coupable, coupable, coupable.

Doreen rit.

— Super, maintenant tu connais de nouveaux mots.

Le perroquet hocha la tête en caquetant.

— Si tu pouvais parler comme une personne normale, on pourrait avoir une conversation. Pour l'instant, j'ai l'impression de toujours deviner ce que tu veux faire.

Le problème, c'est que même en devinant, elle était assez claire sur certains points.

Ce qu'il lui fallait maintenant, c'était tout dossier sur le couple disparu vingt-cinq ans auparavant. Si Edwin avait réussi à découvrir un élément dans une affaire non résolue, qu'est-ce que cela signifiait ? Soupçonnait-il un acte criminel dans la disparition de ses parents ? Doreen était sûre que tout le monde avait fait le tour de la question, des deux côtés. Comment le contraire était-il possible, quand deux personnes disparaissent sans laisser de traces et laissent un jeune garçon derrière elles ? Ce n'était pas normal. Bien sûr, il n'y avait pas grand-chose de normal non plus dans le monde de Doreen.

Lorsque Mack téléphona un peu plus tard, il annonça :

— J'ai les dossiers du couple disparu à l'époque. Je les ai parcourus, mais rien n'est vraiment suspect.

— Rien de suspect, si ce n'est qu'ils ont disparu un jour.

Mack s'esclaffa.

— Oui, mis à part ça.

— J'ai parlé à la fois à la petite amie et au petit ami, précisa Doreen. Enfin le meilleur ami qui est devenu son meilleur ennemi.

— As-tu obtenu plus d'informations de Gina que moi ?

Il n'y avait pas de rancœur dans sa voix, juste de la curiosité.

— Je n'ai pas encore contacté le petit ami, ajouta le policier.

— Il était vraiment en colère ; il n'a pas apprécié que je lui parle ni que je l'appelle tout court. Il m'a dit que je ferais mieux de prendre un avocat la prochaine fois que je l'importunerais.

— Oh, intéressant. Je me demande pourquoi il est si énervé.

— Il est furieux à l'idée qu'Edwin soit revenu, soi-disant pour se remettre avec Gina.

— Ah, c'est plutôt charmant, un triangle amoureux.

— Oui, c'est ça. La petite amie, elle, pense qu'elle vient de perdre à nouveau l'amour de sa vie.

— Quoi ?

Doreen expliqua et Mack répondit :

— Oh, c'est dur.

— C'est dur pour tout le monde. Apparemment, Edwin a pris de mauvaises décisions, s'est engagé sur une mauvaise voie, a contrarié beaucoup de gens, si bien que sa petite amie l'a quitté, ou plus vraisemblablement l'a quitté et a sauvé les meubles. Edwin a fini par se raisonner et est retourné voir si son ancienne petite amie était toujours réceptive, ce qui a bien sûr énervé son petit ami actuel. Entre-temps, Gina est devenue confuse au sujet de sa relation actuelle. Oscar, quant à lui, est très en colère et affirme qu'il n'a pas vu Edwin ce soir-là. Toutefois, il lui a parlé au téléphone.

— Tu ne le crois pas ? demanda Mack d'une voix sèche.

— Je ne sais pas, mais je n'ai pas apprécié quelque chose

dans son ton.

— J'ai son alibi, qui est qu'il était seul à la maison.

— Génial, où était Gina ?

— Sortie avec Edwin pendant trois heures.

— Oui, c'est ce qu'elle m'a dit, *trois heures*, mais il n'est pas mort pendant ces trois heures, évidemment. Si c'était le cas, vous auriez déjà embarqué la petite amie, alors où était Edwin après ? Elle m'a dit qu'Edwin était censé retrouver quelqu'un d'autre. Elle craignait secrètement que ce soit son petit ami actuel, Oscar, qui rejoigne Edwin, et que son petit ami actuel ait fait quelque chose.

— Bien entendu, soupira Mack. Mais l'un des inspecteurs lui a parlé. Oscar affirme qu'il était seul chez lui toute la soirée.

— Jusqu'à ce que Gina rentre ?

— Oui, confirma le caporal. Elle est rentrée après le rendez-vous, et ils sont allés se coucher.

— C'est assez classique, je suppose, n'est-ce pas ?

— Oui, malheureusement, c'est beaucoup trop classique.

— Je sais. C'est… c'est presque trop parfait, trop détaillé, trop beau, trop propre.

— C'est pourtant ce que font les gens. Ils rentrent chez eux et vont se coucher, nota-t-il d'un ton sec. Ça n'a donc aucune importance.

— Sauf que quelqu'un, quelque part, a rencontré Edwin, et les choses ont mal tourné. Il a été abattu d'une balle dans la tête, c'est du moins ce que dit le journal, mais je ne sais pas s'il s'agit d'un compte-rendu des faits ou d'une invention.

— Oui.

— Et si Edwin avait vu quelque chose ?

— C'est possible. Edwin a pu voir quelque chose. Il a pu intervenir au sein de quelque chose. Il a pu s'arrêter pour aider quelqu'un. On ne peut pas être sûr.

Mack soupira à nouveau.

— On est sur le coup. Tu restes en dehors de ça, ajouta-t-il.

— Oui, autant que je peux, répliqua Doreen d'un ton sec. J'ai encore une chose à te demander. Y a-t-il une chance que je puisse lire ce dossier ?

Il hésita.

— Tu ne penses pas vraiment qu'il y a un lien avec la mort d'Edwin, n'est-ce pas ? demanda-t-elle.

— Non, mais si Edwin s'est renseigné et a trouvé une information importante à ce sujet, alors comment ne pas s'interroger ?

— Je suis contente que tu te poses la question. On envisage toutes les possibilités pour l'instant. Il y a trop de choses à régler.

— On envisage toutes les possibilités, affirma Mack. Tu te souviens ? C'est notre travail.

— Je sais, je sais, je sais, le rassura la jeune femme. Ça m'aiderait juste si j'avais quelques informations.

— Je t'enverrai ce que je peux.

— Hé, avant que tu raccroches, avez-vous trouvé le corps de la femme ?

— *Doreen*, l'avertit Mack, avant de raccrocher.

— Au moins, j'ai l'affaire d'Edwin et de ses parents.

Elle s'assit et se demanda si quelqu'un qu'elle connaissait aurait pu savoir quelque chose sur les personnes disparues. C'est alors qu'elle entendit Richard dans son jardin. Elle frappa sur la clôture, il passa la tête et lui adressa un regard noir.

— Bonjour, le salua-t-elle. C'est une bonne façon de communiquer.

Il secoua la tête.

— Non, ce n'est pas une bonne façon de communiquer. Nous ne voulons pas communiquer avec vous.

C'était l'une des premières fois qu'il utilisait un pronom pluriel. Elle hocha lentement la tête.

— Bon, je suppose que vous en avez assez de moi, n'est-ce pas ?

— En effet.

Elle haussa les épaules.

— D'accord, je ne vous dérangerai pas alors.

Sauf qu'elle voulait vraiment des réponses. Alors qu'il s'apprêtait à redescendre, caché à nouveau par sa clôture, elle ajouta :

— À moins que vous ne sachiez quelque chose.

— Que je sache quoi ? demanda-t-il, exaspéré, en repassant sa tête par-dessus la clôture. De quoi vous mêlez-vous maintenant ?

— Quelqu'un m'a contactée pour que je me penche sur une affaire qui remonte à longtemps et qui est liée à une récente enquête sur un meurtre commis ici même, en ville, expliqua-t-elle.

— Quelle affaire ? interrogea-t-il, perplexe.

— Un couple qui a disparu en venant à Kelowna, Zeus et Rosalina Kinderline.

Il la dévisagea.

Elle lui rendit son regard, puis hocha de nouveau la tête.

— Oui. Vous les connaissiez ?

— Non, mais mon frère, si. Ils avaient prévu de se retrouver à leur arrivée, mais ils ne sont jamais venus.

— Et personne n'a rien entendu pendant toutes ces années ?

Richard secoua la tête.

— Aucune trace d'eux nulle part.

Et le ton de sa voix était si mécontent qu'elle se demanda si c'était Richard ou son frère qui avait essayé de les retrouver.

— Avez-vous participé aux recherches ?

— Tout le monde a participé. Kelowna n'était pas si grande il y a vingt-cinq ans. Ce n'est pas un endroit où quelqu'un disparaît de la surface de la terre sans laisser de traces.

Elle fronça les sourcils.

— À votre avis, que s'est-il passé ?

— Je n'en ai pas la moindre idée et je ne vais pas spéculer.

— Même pas qu'ils puissent être vivants quelque part ?

À sa suggestion, il poussa un petit rire sarcastique.

— Sauf qu'ils ne sont *pas* vivants. Je peux vous le garantir. Ils étaient très proches de mon frère. S'ils étaient vivants, ils l'auraient contacté.

Richard disparut alors de l'autre côté de la clôture, avant de ressortir la tête.

— Mais si vous découvrez quelque chose…

— Je vous le ferai savoir, répondit-elle. Il est tout à fait possible qu'ils aient quitté la route.

— Les habitants d'ici ont passé beaucoup d'heures à parcourir beaucoup de chemin pour les trouver, alors ce n'est pas aussi simple qu'une question d'accident. Nous n'avons trouvé aucun signe d'eux.

— Peut-être que leurs corps sont encore là. Ils sont peut-être morts il y a vingt-cinq ans. Peut-être se sont-ils volatilisés pour commencer une nouvelle vie.

Richard secoua la tête.

— Je ne pense pas qu'ils auraient essayé de disparaître, et

on en parlait beaucoup à l'époque. Vous pourriez contrarier certaines personnes si vous commencez à agir comme si vous pensiez qu'ils sont partis… à la recherche d'une nouvelle vie.

— Vous avez entendu parler du corps retrouvé dans le City Park ?

— Oui, j'en ai entendu parler aux informations. Qui était-ce ?

Elle hésita puis répondit :

— Le fils de Zeus et Rosalina.

Richard la dévisagea, bouche bée.

— Quoi ?

Elle opina du chef.

— C'est pourquoi je me penche sur la question. Personne ne sait si la mort d'Edwin est liée à la disparition de ses parents. Personne ne sait si c'est juste de la malchance ou si quelque chose d'autre se passe ici. Sa grand-mère m'a appelée, elle m'a demandé de l'aider.

Richard resta sous le choc, puis sortit de sa torpeur en haussant les épaules.

— Je dois le dire à mon frère.

Il avait l'air sérieusement bouleversé et se laissa rapidement tomber derrière sa clôture.

— Hé, Richard ! l'appela Doreen.

— Oui, quoi ? bougonna-t-il, impatient. Quoi, encore ?

— Je peux aussi m'entretenir avec votre frère ? Peut-être lui demander s'il veut bien me parler des circonstances ?

— Oui, bien sûr. Je le lui dirai.

Sur ce, il se précipita à l'intérieur et la porte claqua dans son sillage.

Doreen entendit le bruit sourd et satisfaisant, mais cette fois elle savait que ce n'était pas parce qu'il était en colère contre elle ou dégoûté par le scénario qui se déroulait autour d'eux, mais plutôt à cause des circonstances de la nouvelle qu'il venait d'entendre.

Elle y réfléchit, tout en se dirigeant vers son jardin et en retrouvant ses gants de travail. Ce qu'elle devait vraiment, c'était se faire une meilleure idée des circonstances entourant la vie des Kinderline à l'époque. La mère avait parlé de problèmes conjugaux et de la nécessité de faire une pause et de prendre du temps pour les régler, ce qui expliquait peut-être pourquoi elle se sentait aussi coupable que n'importe qui d'autre.

Doreen devait découvrir quels étaient les problèmes entre Zeus et Rosalina.

Devrait-elle contacter la vieille femme et lui demander, ou la mère se mettrait-elle en colère contre Doreen ? Pourtant, peu importe qu'elle se mette en colère ou non. Il fallait poser ces questions pour obtenir des réponses.

Elle sortit son téléphone et, quand Bessie répondit, elle annonça :

— C'est Doreen.

— Vous avez quelque chose ? aboya Bessie dans le téléphone.

— Non, je cherche encore, mais apparemment…

Elle hésita.

— Allez-y. Parlez. Je n'ai pas le temps d'attendre que vous repreniez vos esprits. Il vaut mieux que vous m'appeliez quand vous avez les idées claires.

Avant que Doreen ne puisse articuler un mot, Bessie avait déjà raccroché.

Doreen regarda fixement son portable. Cela expliquait une partie du comportement qu'Oscar avait évoqué ; même Gina avait laissé entendre que la grand-mère n'était pas la plus facile à vivre. Mais qui pourrait en vouloir à Bessie en ce moment, alors que sa vie était au plus bas ? Donc, si quelqu'un avait besoin de quelque chose, il fallait vraiment arrêter de perdre du temps. Doreen s'empressa de la rappeler.

Lorsque Bessie cracha à nouveau dans le téléphone, Doreen expliqua :

— J'essayais de trouver une façon plaisante de le dire.

— Je ne me soucie guère des subtilités, marmonna-t-elle. Crachez le morceau, c'est tout.

— Votre petit-fils a laissé entendre avant sa mort qu'il avait fait une découverte concernant la disparition de ses parents.

Le choc était évident dans la voix de Bessie lorsqu'elle demanda :

— Edwin a dit ça ?

— Il l'a dit à son ex-meilleur ami, Oscar, répondit Doreen, détestant la façon dont cela sortait si maladroitement. Edwin pensait qu'il avait découvert quelque chose à propos de la disparition de ses parents.

— Vous pensez que c'est lié à la mort d'Edwin ? demanda Bessie.

— C'est tout à fait possible, oui.

— Bon Dieu.

La vieille dame resta silencieuse pendant un long moment.

— Maintenant, vous avez deux missions. Vous devez trouver des réponses à ces deux affaires.

Doreen regarda de nouveau fixement son téléphone.

— Je ne sais pas si je peux trouver des réponses à quelque chose qui s'est passé il y a vingt-cinq ans.

— D'après les ragots, vous avez déjà fait plus que ça, corrigea Bessie, alors c'est exactement ce qu'il vous faut. Qu'est-ce qu'une fois de plus ?

— Ça dépend des informations disponibles ou non, souligna Doreen. Tout le monde n'est pas disposé à parler ou à partager des choses qui se sont passées à l'époque.

— Surtout s'il s'agit d'un événement néfaste qui s'est déroulé à ce moment-là, concéda Bessie. Dans ce cas, il y a fort à parier que personne ne voudra parler.

— C'est une partie du problème. Dès que les gens découvrent ce que vous cherchez, ils ne vous disent pas toujours la vérité.

Bessie y réfléchit.

— Je ne sais pas ce qu'Edwin a pu trouver, dit-elle, confuse.

— C'est donc sur ce point que je vous interrogerai. Edwin aurait-il vu quelque chose qui aurait pu lui donner une idée ? Avez-vous des boîtes d'objets provenant d'eux ? Quelque chose de Zeus ou de Rosalina, ou d'Edwin d'ailleurs ?

— Oui, mais elles sont dans le grenier.

— Edwin y est-il monté ?

— Peut-être. Je ne le suivais pas à la trace. En plus, je deviens sourde. Il aurait pu aller n'importe où, je ne l'aurais pas su.

— Il ne vous a rien dit à ce sujet ?

— Non. Je lui aurais dit d'arrêter tout de suite de penser ainsi.

— Pourquoi ?

— Parce qu'on en a parlé à de nombreuses reprises, expliqua Bessie. Il n'y a absolument rien à gagner à faire resurgir toute cette douleur.

— Sauf que l'affaire n'est toujours pas résolue et que, peut-être pour Edwin, cette douleur ne voulait pas le quitter, pas tant qu'il n'aurait pas obtenu de réponses.

— Il n'y a pas de réponse, se lamenta Bessie. Vous pensez que je n'ai pas essayé pendant toutes ces années ? C'était ma fille. J'aurais fait n'importe quoi pour avoir des réponses sur ce qu'il lui est arrivé. Si j'avais pu la sauver, j'aurais volontiers pris sa place, où qu'elle soit. Elle est sûrement partie au paradis, mais son mari ? Eh bien, en ce qui me concerne, il finirait avec Hadès.

Cette remarque piqua la curiosité de Doreen.

— Pourquoi ?

— Parce que c'était un oiseau de mauvais augure.

— Et pourtant, vous vouliez qu'ils restent ensemble.

— Bien sûr, pour le bien du garçon. Edwin avait besoin de ses deux parents, pas d'un seul. D'ailleurs, ma fille aurait été une bonne mère pour Edwin, si elle avait été là pendant son enfance. Mais Zeus ? Il avait un long chemin à parcourir.

— Alors peut-être qu'il avait des relations qui étaient loin d'être *bonnes*.

— Absolument, surtout ce bon à rien de Kelowna qu'il voulait aller voir.

— De quel bon à rien parlez-vous ?

— Roscoe, cracha Bessie. Ils étaient amis depuis longtemps, mais il faisait partie de ces gens douteux.

— Comment ça ?

— Toujours dans les affaires où l'on s'enrichit rapidement, bougonna-t-elle, une note étrange dans la voix. C'étaient plutôt des escroqueries, si vous voulez mon avis. Ils planifiaient de gros coups.

— A-t-il un casier judiciaire ?

— Non, je ne crois pas, mais qu'est-ce que j'en sais ? Plus personne ne me parle de ce genre de choses. On dirait que dès qu'on vieillit et qu'on perd quelqu'un, les gens pensent qu'on a perdu toutes ses facultés aussi, et personne ne pense qu'on pourrait encore parler de tout ça. Lorsque vous perdez quelqu'un, les gens parlent fort autour de vous, comme si vous deveniez soudainement sourd. Ils parlent de toutes sortes de choses désagréables.

Doreen se souvenait d'avoir entendu des choses de ce genre de la part d'autres personnes au fil des ans, à propos de son propre mariage. Elle avait entendu beaucoup de commentaires sur la façon dont elle avait été dupée et sur le fait qu'elle aurait pu réussir dans un mariage plus sain.

— Je suis désolée que tout ça vous soit arrivé, déclara Doreen. Il est évident que vous êtes saine d'esprit.

— Merci. C'est vraiment irritant quand tout le monde pense en savoir plus que vous.

— Je suis d'accord.

Bessie gloussa.

— Je suppose que vous avez quelqu'un dans votre vie qui pense en savoir plus que vous.

— Avant, oui. J'essaie de faire signer les papiers pour me débarrasser de lui. J'espère que ce sera bientôt terminé.

Bessie ricana à nouveau.

— La meilleure chose à faire est de laisser tomber ces hommes. Pourtant, je crois toujours qu'il y a un mâle spécial dans cette mer d'hommes, mais le trouver ? Ce n'est pas facile.

— En effet. Et votre mari ?

— Mort depuis des années. Et le monde s'en porte mieux, si vous voulez mon avis.

— Oh ?

Bessie rit.

— Lui aussi, c'était un oiseau de mauvais augure. Et c'est ainsi que je le sais, grâce à mon expérience. Quand on commence à les voir, on les reconnaît partout.

— Je comprends. Comment était la relation entre Zeus et Rosalina ? Vous avez dit qu'ils avaient besoin d'un peu de temps pour régler leurs problèmes.

— Oui, le bébé Edwin avait fait toutes sortes de ravages. Rosalina ne pouvait pas dormir. Elle ne pouvait pas se reposer. Elle devenait grincheuse et malheureuse. Les bébés sentent toute l'angoisse de leur mère, alors Edwin s'énervait parce que sa mère était grincheuse et malheureuse. Et Zeus ne l'entendait pas de cette oreille. Vous savez, il n'y avait rien de bon à tirer de tout ça, alors j'ai voulu que les parents prennent quelques jours pour aller passer un peu de temps seuls, juste tous les deux.

— C'était une offre très généreuse de votre part.

— Peut-être, grommela-t-elle. Mais ils ne l'ont pas pris comme ça. Je pense qu'il y avait de la rancœur.

— Vous voulez dire, comme si vous leur donniez des ordres ?

— Pourquoi les gens ne font-ils pas ce qu'ils sont censés faire ? interrogea Bessie. Tout ce que Zeus avait à faire, c'était d'emmener Rosalina quelques jours. Est-ce que c'était trop demander ?

— J'imagine que ça dépend de la personne qui le demande.

— C'est le problème. Je l'admets. J'étais plutôt du genre à commander.

— *Étais* ? répéta Doreen, avec une pointe d'humour.

Le silence se fit d'abord à l'autre bout du fil, puis Bessie éclata de rire.

— Oh, j'aime bien vous parler, avoua-t-elle. Vous n'y allez pas par quatre chemins.

— J'essaie d'être honnête, confirma Doreen, sans être blessante sans raison.

— Parfois, ça ne fonctionne pas très bien.

— Peut-être pas, mais il est également possible que lorsque l'on donne une chance aux gens, ils deviennent meilleurs.

— Si vous espérez ça pour moi, vous poursuivez une cause perdue. Je vais devoir faire face à mon créateur très rapidement. Je veux juste savoir ce qui est arrivé à ma fille.

— Et à votre petit-fils aussi, je présume.

— Lui aussi, même si j'ai peur de ce que je vais entendre.

— Pourquoi ?

— Parce qu'il m'a dit qu'il suivait le droit chemin. Mais ça ne veut pas dire que c'était le cas. Encore une fois, en plus de l'aspect malentendant, il arrive souvent que les gens traitent une personne âgée comme si elle était stupide. Je ne suis pas stupide, siffla Bessie, la voix dure. Et ce n'est pas parce qu'Edwin a nié qu'il s'engageait dans cette voie qu'il ne l'était pas.

Bessie se tut un instant pour se reprendre, puis ajouta, après un soupir audible :

— Maintenant, ne me dérangez plus jusqu'à ce que vous ayez de nouvelles informations.

Puis, sans crier gare, elle raccrocha.

Chapitre 8

Lundi matin…

DOREEN SE RÉVEILLA le lendemain matin, épuisée, comme si elle avait couru toute la nuit. Elle savait que c'était essentiellement son esprit qui ressassait cette affaire. Ou *ces affaires*, pensa-t-elle. La soirée avait été calme, et tout ce qu'elle avait fait, c'était trier des notes. Pourtant, cela ne l'avait menée nulle part, car elle n'avait pas assez d'informations. Elle n'avait qu'un tas d'idées à la noix et une chronologie approximative de tout cela. Elle avait besoin de faire une longue promenade pour se changer les idées.

Ainsi, elle se demanda s'il ne fallait pas contacter Richard et lui poser des questions sur son frère. Elle ne pouvait qu'imaginer sa réaction. Elle se leva et s'habilla, descendit à la cuisine, ouvrit la porte arrière pour les animaux et sortit sur sa terrasse. Lorsque le café eut fini de couler, elle rentra, se servit une tasse, puis retourna dehors pour profiter de l'air frais et du soleil. Elle venait à peine de s'asseoir que Richard passa la tête par-dessus la clôture.

— Vous voilà, grommela-t-il.

— Oui, me voilà.

Doreen ne savait pas trop où elle était censée se trouver,

vu qu'il était 7 h 30 du matin. En consultant sa montre, elle se rendit compte qu'il était déjà plus de 8 heures.

— Il est tard pour vous, déclara Richard en la fixant du regard.

— Oui. Je n'ai pas bien dormi.

— Vous vous sentez coupable ? demanda-t-il, avant de glousser.

Elle secoua la tête.

— Je n'ai aucune raison de me sentir coupable. Bon, qu'est-ce que je peux faire pour vous ?

— Mon frère dit qu'il va vous parler, confirma Richard à contrecœur. Je ne suis pas sûr que ce soit une bonne idée, mais peut-être que si quelqu'un peut résoudre ce problème, c'est bien vous.

À ce commentaire peu élogieux, elle fronça les sourcils.

Il l'ignora et continua.

— Il s'appelle Roscoe. Il habite pas très loin d'ici.

— Bien, répondit Doreen, ce prénom résonnant en elle. À quelle heure pensez-vous qu'il voudra me parler ?

— Il espérait vous parler ce matin. Il a suggéré 9 h 00, mais j'attendais de voir si vous vous réveillerez à temps ou non.

— Il est 8 h 00, nota-t-elle. Il n'habite pas très loin ? À distance de marche ?

Richard acquiesça.

— En effet. Descendez en traversant Lakeshore. Il y a une belle allée qui mène au centre de loisirs, et sa maison y est adossée.

— Si vous me donniez son adresse, je pourrais étudier une carte et voir si je peux y arriver à temps à pied.

Il s'empressa de lui donner l'adresse.

— Voilà. J'ai fait ma part.

Et, sur ce, Richard disparut.

Heureusement, elle avait noté l'adresse, car il n'était pas là pour la répéter. Elle l'entra dans Google sur son téléphone et fit apparaître une carte, dévoilant où elle se rendait. Par chance, ce n'était pas si loin. Il était logique qu'en tant que frères, ils choisissent de vivre l'un près de l'autre, même si Doreen n'était pas sûre qu'ils partagent une vraie relation. Toutefois, Richard s'était montré désireux de parler à Roscoe, une fois qu'il avait découvert qui était mort récemment.

C'est avec cette idée en tête que Doreen prépara des toasts avec de la gelée de coing. Elle sourit lorsqu'elle s'en servit, car elle était vraiment bonne. Il faudrait qu'elle passe chez Esther pour lui dire combien elle l'appréciait. Mais Esther pourrait considérer que Doreen en redemandait, ce qui ne serait pas du goût de la vieille dame. Cependant, comme Doreen avait partagé l'argent de la récompense avec elle lors du retour du vrai diamant jaune, Doreen se demandait si elle serait mieux accueillie. C'était tout de même une belle gelée, et Doreen l'appréciait vraiment. Néanmoins, Esther ne voulait peut-être plus en vendre. Pourtant, tout le monde aimait être reconnu pour son travail.

Les animaux étaient en laisse, mais Goliath se montrait difficile bien que désireux de venir. Doreen détacha la laisse du gros maine coon et lui ordonna :

— Tiens-toi bien maintenant.

Cela fait, ils partirent.

Google indiquait qu'il y avait trente minutes de marche entre la maison de Roscoe et la sienne, ce qui lui convenait parfaitement. Elle avait besoin de sortir et de se changer les idées. Une nuit agitée n'était pas la meilleure façon de commencer la journée. La promenade, cependant, était agréable et contribuait grandement à la beauté de la matinée. Alors qu'elle se dirigeait vers la maison de Roscoe, elle réfléchit aux questions à lui poser.

Lorsqu'elle se rapprocha, elle remarqua qu'ils auraient quelques minutes de retard, mais que ce ne serait pas trop grave. Pourvu que Roscoe ne soit pas aussi grincheux que son frère, et tout irait bien. Elle s'approcha de la porte d'entrée et, alors qu'elle allait frapper, celle-ci s'ouvrit sous sa main. Et là, si ce n'était pas un jumeau de son voisin, elle ne savait que penser.

— Bonjour, je suis…

— Doreen, aboya-t-il.

— C'est exact.

— Entrez, entrez, entrez.

Elle ne savait pas trop quoi répondre, mais elle entra.

— J'espère que les animaux ne vous dérangent pas.

— Richard m'a prévenu que vous viendriez avec eux.

Il les regarda fixement, fronçant les sourcils.

— On peut s'installer dehors, si vous voulez.

Il réfléchit un instant, puis leur fit signe d'avancer.

— C'est bon. Venez. On va s'asseoir derrière.

Elle le suivit dans un très beau salon, joliment meublé, ce qu'elle n'avait pas eu depuis son mariage et qu'elle ne pouvait même pas imaginer maintenant, car les animaux les détruiraient en un clin d'œil. Elle le suivit à l'extérieur, où il avait dressé une belle table.

Il indiqua une chaise.

— Asseyez-vous.

Elle retint un sourire à l'énoncé de l'ordre. Elle avait remarqué beaucoup de similitudes entre son frère et lui.

— Merci de prendre le temps de me parler, commença-t-elle, encore un peu incertaine.

— Je vous aurais appelé de toute façon, déclara Roscoe. Alors, c'est plus simple comme ça.

Elle le dévisagea.

— Pourquoi m'auriez-vous appelé ?

— Je veux des réponses, grogna-t-il. Je veux des réponses à propos de ce qu'il s'est passé.

— J'y travaille, mais ça ne veut pas dire que j'y arriverai.

— On n'y est pas parvenu à l'époque, et vous semblez trouver des réponses là où personne d'autre ne parvient à en trouver dans toutes sortes d'affaires. Je pense donc que vous irez plus loin que nous tous. C'est pourquoi je voulais vous appeler.

— C'est une marque de confiance, nota-t-elle, et c'est très gentil.

Il fit un signe de la main, comme pour dire que cela n'avait aucune importance.

— Que pouvez-vous me dire sur ce qu'il s'est passé à l'époque ? demanda la jeune femme.

— Ils sont partis, ont pris la route et ont disparu. Ils nous avaient appelés la veille au soir, nous disant qu'ils partiraient tôt le matin et que nous devions les attendre vers midi, mais ils ne sont jamais venus. Je leur ai téléphoné encore et encore, sans réponse, et nous avons compris qu'il avait dû y avoir un accident. Nous les avons cherchés pendant tout le week-end et, n'ayant rien trouvé, nous avons fait un avis de disparition pour signaler qu'ils n'étaient jamais arrivés à destination. Avant de pouvoir le faire, nous avons contacté la mère de Rosalina pour savoir si elle avait eu des nouvelles d'eux. Ensuite, quelques copains et moi avons pris des véhicules et avons commencé à parcourir les routes jusqu'à leur point de départ, Vancouver.

— Alors vous avez cherché ?

— On a roulé jusqu'à Chilliwack et découvert qu'ils s'étaient excentrés pour faire le plein au début de leur voyage, juste avant de remonter l'autoroute de Coquihalla. Ils ont été reconnus. Leur véhicule a été reconnu. Les gens se sont souvenus d'eux, ce qui est une bonne chose.

— Pourquoi ?

— Parce qu'ils se disputaient, reconnut Roscoe d'une voix dure. Ce qui leur arrivait souvent à l'époque.

— Ce n'est pas un bon début pour des vacances, n'est-ce pas ?

— Non, mais ils étaient comme ça, cingla-t-il.

Il lui lança un regard noir, mais elle ne le prit pas personnellement, supposant qu'il s'agissait simplement de souvenirs qui remontaient à la surface. Il devait se passer tellement de choses dans sa tête, avec tout ce qui lui revenait en mémoire.

— Continuez. Et après ?

— On a roulé jusqu'à Vancouver. On s'est arrêtés partout en chemin. On a regardé dans les ravins… on a vérifié les hôpitaux locaux. On a cherché partout. Puis on est revenus jusqu'ici en voiture, en regardant partout.

— Mais, avec des centaines de kilomètres à parcourir, il serait si facile de manquer un véhicule, s'il avait quitté l'autoroute.

— Ça n'aurait pas été facile, corrigea-t-il, mais ça aurait pu arriver. Avec toutes les broussailles le long de cette route, on ne sait jamais vraiment jusqu'où quelqu'un a pu rouler. À ce moment-là, la police est passée à l'action, on avait des hélicoptères, des équipes de recherche et de sauvetage, tout ce qu'il faut. On avait tout ce qu'il fallait et on a fait tout ce qu'on pouvait imaginer.

— Qu'avez-vous trouvé ?

— Rien. Rien du tout. Ils ont disparu sans laisser de trace.

— Il y a cinq heures de route entre Vancouver et Kelowna, c'est ça ?

Roscoe hocha la tête.

— Ils étaient à l'embranchement de Chilliwack vers 8 h 15, je crois. Ils étaient attendus ici vers *midi*.

— Chilliwack n'est donc qu'à quatre-vingt-dix minutes de Vancouver. Ils sont donc partis vers 6 h 45 de chez eux ?

— À peu près, oui.

— D'accord, et il faut tenir compte des repas en cours de route, de la recherche de toilettes, de l'essence, et ainsi de suite, marmonna-t-elle en y réfléchissant. Il y a beaucoup de territoire à couvrir.

— Beaucoup trop, convint Roscoe, et c'était notre problème. J'ai passé des week-ends entiers à parcourir cette portion d'autoroute, jusqu'à ce que ma femme finisse par me forcer à arrêter. J'étais tellement obsédé par l'idée de les retrouver.

— Vous êtes toujours marié ?

— Non.

Son ton était si dur que Doreen s'interrogea.

Alors, Roscoe fronça les sourcils.

— Quelle différence ça fait ?

— Aucune, je me demandais juste combien de temps a duré sa tolérance.

— Beaucoup moins longtemps que la mienne, mais elle n'aimait pas particulièrement Zeus à l'origine, et c'était l'un de mes meilleurs amis, expliqua-t-il. Quand on perd un meilleur ami comme ça, et qu'on n'a pas de réponses, on fait tout ce qu'on peut pour le retrouver.

— Je sais, acquiesça Doreen avec douceur. Je ferai de

mon mieux pour découvrir aussi ce qu'il s'est passé.

Il se cala sur sa chaise, la foudroya du regard pendant un moment, puis ses épaules s'affaissèrent.

— C'était vraiment déchirant. Ils adoraient leur bébé.

Puis son regard noir s'intensifia à nouveau.

— Maintenant, à vous de jouer. Qu'en est-il de ce bébé ? J'ai entendu dire que c'était lui qui était mort il y a quelques jours.

Elle opina du chef.

— Oui, apparemment. Je n'ai aucun moyen de l'identifier, mais la nouvelle est venue de la police. J'ai parlé à la grand-mère et à sa cousine, Sylvee.

— C'est épouvantable. Affreux.

— Avez-vous été en contact avec Edwin à l'époque ?

— Non, pas du tout, aboya-t-il. Je connaissais son père et, une fois ses parents disparus… aucun d'entre nous ne savait vraiment quoi faire ou dire pour rester en contact avec la famille. Cette mère était folle. Je veux dire, sérieusement folle.

— Je lui ai parlé, précisa Doreen. J'ai cru comprendre qu'elle n'était pas facile.

Roscoe ricana.

— Il y a *facile*, il y a *difficile*, et il y a *elle*. Elle était pire qu'un chien de chasse. Clairement.

— Savez-vous quels étaient les problèmes familiaux du couple ?

Il fronça les sourcils.

— Qui a dit qu'ils avaient des problèmes familiaux ?

Doreen lui rendit son regard.

— La mère.

Il pouffa.

— Je n'écouterais rien de ce que dit cette vieille chauve-souris.

Presque immédiatement, Thaddeus, qui était resté silencieux jusque-là, sortit la tête de ses cheveux et s'écria, en battant des ailes :

— Vieille chauve-souris. Vieille chauve-souris. Vieille chauve-souris.

Roscoe le fixa d'un regard choqué.

— Je ne savais pas qu'il était là.

— Désolée, il a tendance à se fondre dans la masse.

— Je vois ça.

Pour la première fois, elle vit Roscoe se détendre, puis il éclata de rire.

— Mais tu as raison, mon pote. C'est une vieille chauve-souris.

Thaddeus recommença.

— Vieille chauve-souris. Vieille chauve-souris. Vieille chauve-souris.

Elle réussit finalement à le faire taire, mais Roscoe s'amusait trop avec Thaddeus.

— Qu'est-ce qui vous fait dire ça ? demanda-t-elle à Roscoe.

— Ils se disputaient tout le temps. Mon pote me disait que sa femme n'aurait jamais dit à sa mère de rester à sa place. Cette vieille femme était toujours en train de se mêler de tout, de se mettre en travers de leur chemin, c'était une vraie emmerdeuse, cingla-t-il. Pourquoi les gens s'immiscent-ils dans la relation des autres ?

— OK, pourtant, à la station-service, apparemment ils se disputaient aussi.

— Bien sûr, confirma Roscoe en haussant les épaules. Les couples se disputent.

— Vous ne pensez donc pas que leur relation était en

danger.

— Non, bien sûr que non. C'est encore la vieille chauve-souris.

Thaddeus reprit de plus belle.

— Vieille chauve-souris. Vieille chauve-souris. Vieille chauve-souris.

Doreen lui ferma le bec et il siffla :

— Hé-hé-hé-hé-hé.

Roscoe regarda l'oiseau avec fascination.

— Sacré numéro de fête.

— Oh, oui, c'est un *sacré* numéro de fête.

Elle ne trouva rien à ajouter et se contenta de lever les yeux au ciel.

Roscoe rit et ajouta :

— Pas étonnant que vous n'aimiez pas aller à des fêtes.

— Je ne peux pas dire que j'en ai été invitée à de nombreuses, répondit-elle en haussant les épaules. J'ai tendance à énerver les gens. *Énormément.* Les gens ne m'aiment pas.

— Comme mon frère, confirma-t-il avec une certaine satisfaction. Lui aussi, vous l'agacez beaucoup.

— Je ne sais pas ce qui le dérange en particulier.

— Vous avez commencé à l'enquiquiner avec l'attention des médias, les flics et tous les étrangers. Ensuite, vous sortez avec un flic et, après ça, bien sûr – il éclata de rire –, je pense que les bus de tourisme japonais l'ont achevé.

Doreen se renfrogna.

— Je pense que personne n'est content de ça, c'est sûr, soupira-t-elle. Maintenant, pensez à Zeus. Comment était-il ? Était-il du genre à conduire tout droit jusqu'à Kelowna ? Était-il du genre à s'arrêter, à visiter et à admirer tous les sites touristiques ? Était-il du genre à se coller derrière un camion et à rouler ?

Roscoe songea à ces questions.

— La plupart du temps, j'aurais choisi la dernière option… mais je sais que sa femme aimait souvent faire du tourisme. Donc, s'ils passaient du temps ensemble, j'imagine qu'ils se seraient arrêtés à quelques endroits.

— Auraient-ils emprunté des routes secondaires ou des chemins de terre pour explorer ? Est-ce une possibilité ?

— Ils ont dit qu'ils seraient là à une certaine heure, donc je ne pense pas. Cependant, on a toujours envisagé cela lorsqu'on les cherchait. En revanche, on ne savait pas pourquoi ils auraient fait ça.

— Ça peut être n'importe quoi, comme s'être arrêté sur le bord de la route pour changer un pneu et tomber sur quelqu'un en train de faire quelque chose de malfaisant, ou peut-être que quelqu'un les a forcés à quitter la route. Peut-être que quelqu'un leur a offert un million de dollars pour ne plus jamais rentrer chez eux. Qui peut dire ce qui leur est arrivé ? supposa Doreen.

Il fronça les sourcils.

— Je ne peux pas dire qu'aucun d'entre nous n'ait pensé à quelque chose comme ça.

— Non, mais il s'est passé *quelque chose*, affirma-t-elle, et tant qu'il s'est passé quelque chose, il n'y a qu'un nombre limité d'hypothèses qui fonctionnent. Il est évident que de nombreuses variables entrent en jeu, mais en général, il s'agit de savoir si les personnes ont décidé de disparaître d'elles-mêmes, si quelqu'un a décidé à leur place qu'elles devaient disparaître, ou si elles ont eu un de ces terribles accidents, et leur corps ne réapparaîtra peut-être pas avant cinquante ans.

— Ça se résume donc à ça ?

Le ton de sa voix était dur et la lueur de fureur dans ses yeux l'effraya.

— À moins que vous pensiez à une autre situation.

— On n'a pas évoqué les extraterrestres, riposta-t-il d'un ton détaché.

Surprise, elle le dévisagea.

— Quoi ?

Roscoe sourit.

— Non, je ne suis pas fou, mais beaucoup de gens à l'époque se sont demandé si les extraterrestres n'avaient pas quelque chose à voir avec leur disparition.

— Pourquoi les aliens ? demanda-t-elle avec hésitation.

— Votre hypothèse est aussi bonne que la mienne. Peut-être que c'était la mode à l'époque, dit-il en haussant les épaules. Quand on commence à parler de conspirations, on peut faire surgir toutes sortes de fous dans ce monde. Surtout ici.

— Je ne me lancerai pas dans une discussion sur l'existence ou non d'extraterrestres, car je n'en ai pas la moindre idée, mais je doute fort, compte tenu de toutes les autres choses qui peuvent mal tourner chez les gens, que des extraterrestres aient eu quelque chose à voir avec cette affaire.

— Ce serait bien si j'avais une réponse, même si ce n'est pas nécessairement la bonne. Mais il serait rassurant d'entendre une réponse raisonnable. L'idée que quelqu'un ait pu les tuer… n'a pas vraiment été envisagée, mais ce n'est pas impossible.

— Savez-vous si Zeus a rencontré quelqu'un d'autre ? Voyageaient-ils à plusieurs ? Était-il le genre de personne à rencontrer quelqu'un à la station-service et à l'aider ? Et si une femme était en difficulté ? Se serait-il arrêté pour lui donner un coup de main ? Vous voyez ? À quoi ressemblait ce Zeus ?

Roscoe réfléchit un instant.

— Honnêtement, il y avait beaucoup de choses à aimer chez lui, mais il avait quelques défauts, admit-il avec hésitation.

— Comme ?

— Il se serait certainement arrêté pour aider une femme, mais pas en présence de sa femme parce qu'il aurait probablement eu autre chose en tête. Zeus était du genre à sauter sur tout ce qui bouge, expliqua Roscoe en la regardant de travers.

— Ah, donc il n'était pas du genre à être fidèle.

— Pas vraiment. Il n'était pas vraiment certain qu'il devait respecter les règles du mariage. On a dû le retenir à maintes reprises lorsqu'on sortait ensemble.

— Ah, donc le mariage était plus une condamnation à perpétuité qu'une période de joie, c'est ça ?

— Quelque chose comme ça. Il était…

Roscoe se tut, puis haussa les épaules.

— Je ne sais pas vraiment comment le dire, à part que c'était un vrai mec.

Elle y réfléchit.

— C'est-à-dire ? Il s'entendait bien avec les hommes et les femmes étaient plus ou moins des jouets pour lui ?

— Oui, en quelque sorte, acquiesça lentement Roscoe. C'est juste qu'il aimait les femmes. Il aimait vraiment les femmes. Et il aimait vraiment Rosalina, mais je ne suis pas sûr qu'il lui ait été fidèle. Il n'y a rien que je puisse dire avec certitude.

Doreen hocha tranquillement la tête.

— D'accord, c'est bon à savoir.

— Mais ça n'a aucun rapport avec cette affaire. Quelle incidence ça pourrait avoir ? Et s'il flirtait à droite et à gauche ?

— Je ne sais pas, répondit Doreen. Tant que nous n'aurons pas fait toute la lumière sur cette affaire, il n'y aura aucun moyen de le savoir.

— Je ne pense pas que ça ait quoi que ce soit à voir avec ça, répéta-t-il d'un revers de la main. Il a fait beaucoup d'erreurs dans sa courte vie, mais c'était un bon gars.

Et Doreen présuma que c'était la définition d'un vrai mec. Les erreurs étaient facilement passées sous silence, et personne ne s'en souciait, tant que tout le monde mangeait son pain blanc.

— Aurait-il quitté sa femme ?

— Non, je ne pense pas. Il aimait être avec elle.

Roscoe se tut.

— L'avoir à disposition, j'imagine ? interrogea Doreen.

Il soupira.

— Vous parlez de lui comme d'un salaud.

— En effet. Comme vous l'avez dit, un vrai mec. Un homme le comprendrait, mais pas une femme.

— C'est vrai, je ne connais pas beaucoup de femmes qui seraient d'accord avec ça.

— Moi non plus, répliqua Doreen, le regard perdu au loin. Alors peut-être qu'il y a eu des problèmes conjugaux.

— Et encore une fois, ça n'a rien à voir, rétorqua-t-il brusquement. Je doute qu'elle ait tourné le volant et les ait précipités du haut d'une falaise, surtout si éloignée de la route qu'on ne les aurait plus jamais revus.

— Et même dans ce cas, je doute qu'elle l'ait fait exprès, à moins d'être effrayée d'une manière ou d'une autre. Ou qu'elle soit en colère. Elle n'avait pas l'air d'être de ce genre.

— Vous voulez dire qu'elle aurait eu peur pour sa vie ? questionna Roscoe. Je l'ai mal formulé. Zeus n'était pas du genre à tuer qui que ce soit. Il était très aimé par tout le monde, et c'était sûrement ça le problème. Il voulait aimer *trop de monde.*

Elle ne sut trop quoi répondre à cela.

— Et je ne pense pas, étant donné qu'elle avait un enfant à la maison, que Rosalina aurait envisagé de se suicider.

— Non, je ne le pense pas non plus.

— Était-elle du genre colérique ?

— D'après Zeus, oui, répondit Roscoe prudemment. Je ne la connaissais pas aussi bien que je le connaissais lui.

— Était-il colérique ?

— Oui, carrément. Zeus était capable d'entrer en éruption tel un volcan, affirma-t-il avec un grand sourire.

— Ah, encore une fois, c'est un truc de vrai mec, c'est ça ?

— Comment ça ?

— Pour une femme, avoir un homme qui s'énerve comme ça n'est pas vraiment un moment agréable, mais pour vous, les hommes, c'est quelque chose dont vous pouvez être fiers ?

— Je ne sais pas si on peut *en être fier.*

Roscoe eut l'air mal à l'aise.

— Ne me faites pas dire ce que je n'ai pas dit, ajouta-t-il.

— Non, ce n'est pas mon intention, j'essaie seulement de comprendre la personnalité de Zeus.

— De toute façon, il n'était pas du genre à s'emporter très souvent.

Pourtant, Roscoe semblait mal à l'aise face à cette déclaration.

— Mais quand il s'emportait, c'était phénoménal, n'est-ce pas ?

— Oui, reconnut-il à contrecœur. Quand il s'emportait, c'était assez impressionnant.

Et encore une fois, en ce qui concernait le concept d'être un vrai mec, elle resta délibérément silencieuse. Elle ne voulait pas donner d'impressions contradictoires et interrompre le flux d'informations.

— D'accord, alors quoi d'autre ? Quel métier exerçait-il ?

— Il était employé de banque.

— Oh, et c'était le métier qu'il avait envisagé ?

— Certainement pas, répondit Roscoe en riant. Je n'aurais jamais pensé qu'il se contenterait de quelque chose comme ça.

— Se contenter ?

— Oui, *se contenter*. Zeus a toujours eu de grands rêves, se souvint Roscoe, avec un grand sourire en coin. Il voulait voyager, être vu partout, devenir quelqu'un.

— Pas seulement le mari et le père de quelqu'un, j'imagine.

— Non, ça lui convenait aussi, mais il voulait être *quelqu'un*. Il avait des rêves plus grands que nature, si vous voyez ce que je veux dire.

Étant donné que c'était un thème commun à toute cette conversation, il n'était pas difficile de l'envisager.

— J'ai compris. Combien de temps a-t-il travaillé là-bas ?

Roscoe secoua la tête et fronça les sourcils.

— Peut-être six mois, peut-être un peu plus. Je ne suis pas vraiment sûr. Quelle différence ça fait ?

— Juste une idée pour savoir s'il était heureux, pas heureux, si c'était quelque chose qu'il voulait faire, quelque chose qu'il ne voulait pas faire ?

— Je ne sais pas s'il le voulait ou non, mais il essayait d'assumer la responsabilité de sa famille. Il voulait subvenir à leurs besoins.

— Et c'est toujours une bonne chose.

— Vous voyez ? C'est un truc de femme pour vous, fit-il remarquer. Pour moi, ce n'est pas du tout un truc de mec.

— Ce n'est peut-être pas le cas, mais les femmes apprécient généralement qu'un homme prenne ses responsabilités et aide à payer les factures. J'essaie seulement de me faire une idée de son état d'esprit.

— Il n'aimait pas l'idée de travailler pour gagner sa vie. Il voulait devenir *quelqu'un*. Vous vous souvenez ?

— Oui, je me souviens de cette partie. C'est juste que c'est souvent en contraste direct avec beaucoup d'autres, comme le paiement des factures.

Roscoe pouffa.

— C'est vrai.

— Était-il heureux à la banque ?

— Pas la dernière fois que je lui ai parlé. Il cherchait autre chose, il cherchait la *meilleure affaire possible*.

— Je vois. Et Rosalina ?

— Elle ne travaillait pas à l'époque. Il disait qu'elle avait l'intention de reprendre le travail. Elle voulait rester à la maison et s'occuper du bébé, mais ils ne pouvaient pas se le permettre. Zeus n'était pas plein aux as, et ils n'avaient pas les moyens de payer une crèche, mais comme sa mère était là pour s'occuper de l'enfant, ils ont décidé de partir.

— D'accord, alors parfois il est plus facile pour la mère de rester à la maison.

— Pas dans ce cas. Rosalina gagnait autant d'argent que Zeus. Elle avait besoin de reprendre le travail et d'aider à mettre la main à la pâte.

Le ton amer de son commentaire lui donnait envie de se tenir à l'écart de cette discussion, car il y avait certainement quelque chose de personnel en jeu.

— Bien. Que pouvez-vous me dire d'autre sur eux ? Combien de temps ont-ils été mariés ?

— Dix-huit mois.

Doreen se figea.

— Alors, le bébé…

— Oui, elle était enceinte du bébé quand ils se sont mariés.

— C'était un mariage précipité, marmonna-t-elle.

— Et pourtant, ça n'aurait pas dû l'être ! répliqua-t-il avec colère.

— Ne vous en prenez pas à moi. J'essaie juste de me faire une idée de ce qu'ils dégageaient pour les gens qui les entouraient.

Roscoe soupira.

— Je n'avais pas conscience de combien tout ça m'énervait.

— Apparemment, ça vous énerve pas mal, souligna Doreen en souriant.

— C'est bien vrai. Peu importe. Je veux juste obtenir des réponses.

Il tourna son regard au loin et reprit.

— Leur disparition n'a pas tué mon mariage, mais elle l'a mis dans une mauvaise passe parce que je n'arrivais pas à comprendre ce qui leur était arrivé.

— Je suis désolée. C'est difficile pour tout le monde quand quelque chose comme ça survient.

Il se contenta de hocher la tête, sans rien dire.

— Avait-il des amis avec…

Elle ne savait pas trop comment le formuler.

— Avait-il des amis qui avaient un casier judiciaire ou quelque chose qui aurait pu se retourner contre lui ? demanda Doreen.

Il secoua lentement la tête.

— Pas que je sache.

Elle n'insista pas.

Il fronça les sourcils en y réfléchissant davantage.

— À mon avis, ce n'était pas le cas.

— OK, encore une fois, je pose seulement des questions. Est-ce que quelqu'un dans son histoire avait un casier judiciaire ou aurait voulu que Zeus reprenne ce qu'ils faisaient ensemble ?

— Je ne crois pas, répéta-t-il. On était tous les deux mauvais à l'époque. J'avais un casier judiciaire en tant que mineur. Je suis rentré dans le droit chemin et me suis repris en main, mais la belle-mère de Zeus ne l'a jamais cru. Rosalina non plus.

Doreen hocha la tête.

— Je n'imagine pas Bessie du genre à le croire. Je pense qu'elle voit tout noir ou tout blanc.

— Vous croyez ? Cette femme est dure avec tout le monde.

— Notamment avec elle-même.

— Peut-être, mais ça n'a pas vraiment d'importance. Rien de tout ça ne les ramènera.

— En effet.

Doreen réfléchit à plusieurs options, puis dit :

— C'est tout ce qui me vient à l'esprit pour le moment.

— C'est toujours plus de questions que n'importe qui d'autre a pu en poser, déclara-t-il, en la regardant avec un respect renouvelé.

— Je suis sûre qu'ils ont posé des questions à l'époque, ou du moins ce style de questions. *Avait-il des rêves ? Y avait-il quelque chose qu'il voulait faire ou être quand il serait grand ?*

questionna-t-elle, faute d'une meilleure façon de le formuler.

— Non, je ne pense pas, sauf qu'il voulait devenir un gros bonnet. Il n'a jamais été très porté sur les détails. Ce n'était pas un penseur, si vous voulez mon avis.

— Il y a tellement de gens qui veulent devenir des gros bonnets. On a presque envie de leur dire d'arrêter d'essayer d'être un gros bonnet et de juste être eux-mêmes.

— Et c'est une très bonne leçon à retenir, convint Roscoe. La plupart des gens ne l'apprennent pas.

Elle lui adressa un sourire triste.

— C'est vrai.

Chapitre 9

DOREEN SE LEVA et tendit un papier à Roscoe.

— Voici mon numéro de téléphone. Appelez-moi si vous pensez à autre chose, quoi que ce soit.

Elle pivota vers la porte, puis se retourna vers lui, réfléchissant à la meilleure façon de présenter les choses.

— Aussi, quand vous les cherchiez, et je sais que beaucoup de gens cherchaient avec vous, est-ce que quelqu'un était un peu *trop* intéressé à obtenir des réponses ?

— Beaucoup de gens cherchaient. Les gens avaient l'air d'avoir été touchés en plein cœur. Un couple disparu sans laisser de traces, leur bébé derrière eux ? Je ne vois pas ce que vous voulez dire.

Elle soupira.

— Il est évident que nous ne savons pas si un crime a été commis ou s'il s'agit simplement d'un très mauvais accident. Parfois, cependant, les personnes impliquées dans un crime aiment regarder les flics de la même manière que les pyromanes aiment regarder les incendies qu'ils ont allumés. Ils deviennent très enthousiastes, énergiques, impliqués – après coup – et certains ont tendance à se porter volontaires pour aider à retrouver leurs victimes.

Doreen scruta le visage de Roscoe et conclut.

— Je me demandais donc si quelqu'un dans la foule des chercheurs se distinguait, quelqu'un d'un peu trop enthousiaste.

— Oui, il y avait un homme, mais il avait déjà perdu son fils, qui n'est jamais revenu à la maison. Il voulait donc s'assurer que ça n'arriverait à personne d'autre.

— Et savez-vous qui c'était ?

Il haussa les épaules.

— Oui, il s'appelait… Laissez-moi y réfléchir un instant.

Il se tut et reprit.

— Quelque chose comme… Je dirais *Stanley*, mais les gars de la recherche et du sauvetage le connaissaient à cause de l'affaire de son fils, donc ses antécédents ont été vérifiés.

— Je suppose que vous n'avez pas de nom de famille ?

— Non. Je n'ai jamais été doué pour les prénoms, et encore moins pour les noms de famille.

— Quelqu'un d'autre sort du lot ?

Roscoe secoua la tête.

— Non, les gens ont aidé le premier week-end, mais après ça, c'était un peu trop pour la plupart d'entre eux. Mais pas pour moi. Je cherche encore.

— C'est une recherche sans fin pour rien, et tout le monde n'est pas en mesure de la poursuivre. Personne ne cherche éternellement, pas sans quelque chose qui lui donne de l'espoir.

— Je comprends. C'était difficile. C'était vraiment difficile parce que je ne voulais pas abandonner, et pourtant tout le monde lâchait, ce qui m'a mis encore plus en colère et m'a rendu encore plus déterminé à trouver des réponses.

— Et peut-être qu'ils n'abandonnaient pas, seulement ils ne comprenaient pas la situation comme vous. Zeus était votre meilleur ami et vous essayiez de le garder en vie dans votre esprit.

— C'est certain, mais on ne les a jamais revus, déclara Roscoe, la voix prise.

— Entendu. Pourriez-vous me donner votre numéro de téléphone au cas où j'aurais d'autres questions ?

Il haussa les épaules.

— Bien sûr. Même si Richard m'a prévenu que vous pouviez être casse-pieds, ajouta-t-il en la regardant de travers.

— Je vous promets de ne pas vous déranger inutilement. Il se peut que j'aie des questions dès que je partirai d'ici. Ça m'ennuierait donc de ne pas avoir pu vous les poser.

— N'est-ce pas frustrant ?

— Très, reconnut-elle avec un sourire. Et je ne voudrais pas avoir l'impression de ne plus pouvoir poser de questions, juste parce que j'ai oublié de dire quelque chose la première fois.

— Si vous le dites. Je ne suis pas un poids plume comme mon frère. Si vous m'embêtez trop, croyez-moi. Je vous le dirai.

— Super.

Elle lui adressa un sourire radieux, s'efforçant de ne pas grimacer. La dernière chose qu'elle voulait, c'était que d'autres personnes pensent qu'elle était une enquiquineuse. Apparemment, Richard avait prévenu beaucoup de gens qu'elle en était une. Elle retourna à la porte d'entrée avec les animaux dans son sillage.

— Merci de m'avoir parlé.

— De rien. Maintenant, j'espère que vous pouvez aller faire ce que vous avez à faire. Je veux vraiment en finir avec tout ça.

Il regarda sa montre, fronça les sourcils et ajouta :

— Espérons que vous en aurez terminé d'ici ce week-end.

Elle fit volte-face et répéta :

— *Ce* week-end ?

Il hocha la tête.

— Nous organisons une commémoration ce week-end.

— Pourquoi ?

— Comment ça, pourquoi ? répliqua-t-il. Ça fait vingt-cinq ans.

— Vous voulez dire, un hommage pour Zeus, pour sa famille ?

— Oui, il a disparu il y a vingt-cinq ans hier.

Et, sur ce, il lui ferma la porte au nez.

Chapitre 10

NON SEULEMENT DOREEN devait maintenant trouver des réponses dans un délai imparti, mais cela soulevait une question sans aucun rapport avec le sujet, mais qui pourrait bien y être liée de manière importante. Elle sortit de la petite cour de Roscoe et se dirigea vers sa maison. Les animaux étaient devenus très silencieux. Elle ne savait même pas pourquoi. Parfois, Mugs était assez chaotique, et d'autres fois, il était juste très, très calme. Elle ne savait pas quand ni pourquoi, mais à cet instant, elle aurait préféré que ses animaux soient plus vivants.

— Qu'est-ce qu'il y a, Mugs ?

Il leva la tête vers elle et aboya.

— Ah oui ? Et pourquoi aboies-tu ? Ou bien tu pensais ?

Il aboya de nouveau.

— Penser, c'est bien. Il nous faut juste aller un peu plus loin que la simple réflexion.

En rentrant chez elle, Doreen appela Mack.

La voix du caporal était frustrée et lasse.

— Doreen, c'est important ?

— Peut-être pas. Je t'en parlerai plus tard.

— Non, attends. Pardon. Écoute, c'est juste que je ne

suis pas dans un bon jour.

— Je comprends. Je sors de chez Roscoe.

— Et qui est Roscoe ? interrogea-t-il. Je ne t'ai jamais entendue évoquer ce nom auparavant.

— En effet, c'est l'homme que votre couple disparu venait voir il y a vingt-cinq ans. Et tu savais qu'Edwin, le fils du couple, a été tué vingt-cinq ans plus tard, jour pour jour ? Ils préparent une commémoration.

— Qu'est-ce que tu racontes ? demanda Mack, comprenant soudain de quoi il s'agissait.

— Le couple qui a disparu s'est volatilisé il y a vingt-cinq ans hier, répéta-t-elle. Et leur fils a été tué vingt-cinq ans plus tard, jour pour jour. Il y a une commémoration en l'honneur du couple ce week-end en ville.

— Quoi ? C'est sûrement une coïncidence.

Elle attendit qu'il reprenne.

— Je sais. Je sais. Je sais. Je ne suis pas un grand fan des coïncidences.

— Moi non plus. Du moins plus maintenant. Je l'étais avant. Je trouvais ça génial, jusqu'à ce que je te rencontre, déclara-t-elle avec une pointe d'humour.

— Oh, donc c'est de ma faute maintenant ? la taquina le policier.

— Ce n'est pas forcément de ta faute, mais ça fait assurément partie de cette énigme où je me demande comment tout ça s'intègre dans ma vie. Et avant que tu ne me raccroches au nez, je sais qu'Edwin est le cadavre dont parlait le gars dans le parc, parce qu'on n'a pas retrouvé de femme morte. J'ai donc dû mal comprendre, et tu étais trop ravi de détourner mon attention, je me trompe ? Tu pensais que ça me permettrait de rester en dehors de ton enquête en cours un peu plus longtemps, n'est-ce pas ? Ne te donne même pas la peine d'argumenter à ce sujet. La fête est finie. Et je te préviens. Je serai attentive à l'avenir.

Cela dit, elle raccrocha.

Il la rappela presque une minute plus tard et évita la dernière question qu'elle avait soulevée, revenant à leur premier sujet de conversation.

— Je ne pense même pas, apparemment. Qu'est-ce que Roscoe t'a dit d'autre ?

— Apparemment, Zeus était un *vrai mec*, répéta-t-elle d'un ton sec. Il aimait un peu trop les femmes. Il travaillait dans une banque depuis quelques mois seulement, mais il cherchait à faire un gros coup, à être un homme important. Il a mis Rosalina enceinte et ils se sont mariés peu après. C'était plutôt un mariage précipité, et tu peux rejeter la faute sur la mère de Rosalina.

— Je vois, s'esclaffa Mack. Vingt-cinq ans, c'était il n'y a pas si longtemps.

— Il n'y a peut-être pas si longtemps que ça pour sa maman, mais elle est de la vieille école.

— Clairement. Très bien. On se parle plus tard. On pourra parler de Roscoe quand j'aurai plus de temps et que je pourrai me concentrer sur le sujet.

Et il raccrocha.

Sur le chemin du retour, elle passa devant le restaurant chinois, son préféré, et se demanda si elle pouvait se permettre d'acheter quelque chose.

M. Wu était justement dehors en train de laver les vitres. Il la reconnut et lui demanda :

— Vous venez commander ?

Elle haussa les épaules.

— J'étais en train de me poser la question.

— Non, vous venez commander de la nourriture, dit-il,

la voix quelque peu insistante.

Elle hésita, car cette conversation avait quelque chose d'étrange.

— D'accord, murmura-t-elle, mais juste un plat.

— Juste un plat, affirma-t-il. Juste un plat.

Il entra et revint avec une commande à emporter pour elle.

Elle l'observa.

— Mais je n'ai pas commandé ça.

— Un autre client a commandé, expliqua-t-il, mais ne s'est pas présenté. C'est pour vous.

Et, sur ce, il retourna à l'intérieur et disparut derrière le comptoir.

Elle fixa du regard le sac à emporter, sachant qu'une partie d'elle devrait simplement dire *merci*, et qu'une autre devrait dire *ah, c'est très bizarre*. Elle décida de l'emporter chez elle et de ne pas se monter la tête, prenant conscience que, de toutes les choses qui s'étaient produites, celle-ci était l'une des bonnes.

Lorsque Doreen arriva chez elle, elle était épuisée. Comment était-ce possible alors qu'elle n'avait pas encore fait grand-chose ? C'était seulement un sentiment d'épuisement, probablement plus dû au fait que son cerveau tournait à la vitesse de l'éclair et qu'elle ne trouvait rien à se mettre sous la dent. Son esprit fonctionnait tellement mieux lorsqu'elle avait des choses à étudier. Bien sûr, c'est ce qu'elle avait fait autant que possible, mais certaines choses ne s'emboîtaient pas. Elle désactiva l'alarme, entra, porta la nourriture sur la table de la cuisine et détacha tout le monde.

Elle ouvrit la porte arrière pour laisser sortir Mugs, puis annonça :

— Je vais d'abord te donner à manger, OK ?

Mugs aboya, mais il semblait toujours un peu ailleurs. Elle se demanda si quelque chose clochait ou… C'était son meilleur ami. Elle ne voulait pas qu'il lui arrive quelque chose. Elle se pencha pour le câliner.

— Tu vas bien, mon grand ? Que se passe-t-il ?

Il se contenta d'aboyer à nouveau, avant de sortir, où il s'écroula sur la terrasse. Elle était tellement inquiète qu'elle mangea dehors, essayant de voir si quelque chose n'allait sérieusement pas chez lui. Il ne semblait pas être dans son assiette.

— Peut-être que tu t'ennuies. Peut-être que tu as besoin d'un autre mystère pour t'occuper, murmura-t-elle.

Bien sûr, d'aucuns penseraient que c'était une bonne idée. Elle avait beaucoup de choses à faire pour s'occuper et beaucoup aussi pour faire tourner son esprit. Pourtant, en ce moment même, elle s'inquiétait pour Mugs.

Elle soupira, s'allongea à côté de lui sur la terrasse et lui demanda à nouveau :

— Tout va bien, bonhomme ?

Il aboya et roula sur le dos afin d'être collé à ses bras, puis se blottit contre elle.

Le cœur serré, elle le serra contre elle et lui chuchota :

— Je ne veux pas qu'il t'arrive quelque chose. Tu le sais, n'est-ce pas ? Tu es trop spécial.

Il aboya de nouveau et cette fois ferma les yeux, comme s'il était satisfait.

Elle pensa à tous les moments où il lui avait sauvé la vie et s'était jeté dans la mêlée pour s'assurer qu'elle allait bien. Et elle commença à s'inquiéter d'avoir manqué un signe. Elle l'examina pendant qu'il somnolait, mais ne décela aucune blessure ni aucune douleur. Il ne boitait pas. Il ne semblait rien y avoir. Pourtant, quelque chose ne tournait pas rond.

Elle l'avait remarqué quelques semaines plus tôt, puis les choses étaient devenues folles, et elle l'avait de nouveau oublié.

Elle se réprimanda pour cela, car il ne servait à rien d'avoir des animaux de ce genre et d'oublier si quelque chose n'allait pas. Elle n'avait pas voulu oublier, mais sa vie était bien remplie. Pendant le reste de la journée, chaque fois qu'il se retournait, Doreen se levait et l'examinait, mais rien ne semblait aller de travers. Il dîna très bien, ce qui ne fit que l'inquiéter davantage.

Lorsque Mack téléphona plus tard, il demanda :

— Quel est le problème ?

— Comment sais-tu qu'il y a *un problème* ? répliqua la jeune femme distraitement.

— Parce qu'on dirait que quelque chose ne va pas.

— Je m'inquiète pour Mugs, avoua-t-elle en soupirant. Je l'ai remarqué il y a quelques semaines, et aujourd'hui, il était juste, je ne sais pas, il ne montrait pas beaucoup d'enthousiasme pour la vie autour de lui.

— C'est-à-dire ?

— Je ne sais pas, s'écria Doreen. Je ne… Je ne sais pas ce que je raconte. Seulement qu'il est… bizarre.

— Il est peut-être fatigué. Ça fait longtemps qu'il court après les méchants avec toi.

— Je sais, mais je ne pensais pas que c'était un problème.

— Personne n'a dit que c'était un problème. Pas du tout. Peut-être penses-tu que c'est un problème. Ne t'y attarde pas trop.

— *D'accord*, grommela-t-elle. Tu dis ça, mais ça me semble être un problème.

— Peut-être que tu devrais te détendre. Peut-être qu'il perçoit ton humeur ou quelque chose comme ça. S'il mange, fait ses besoins et dort, tout va bien.

— Peut-être, concéda-t-elle. Je vais garder un œil sur lui.

— Voilà, et si tu es vraiment inquiète, tu peux l'emmener chez le vétérinaire, mais réfléchis-y. Tu n'es pas capable de me dire ce qui ne va pas chez Mugs, alors qu'est-ce que tu penses qu'un vétérinaire dira à ce sujet ?

Sur ce, il raccrocha, la laissant fixer le téléphone parce qu'il avait raison. Elle ne pouvait pas décrire facilement à Mack ce qu'il se passait. Elle espérait que quelqu'un jetterait un coup d'œil au chien et trouverait la solution. Mais la seule personne qui connaissait vraiment Mugs comme elle le connaissait, c'était elle. Alors, s'il fallait trouver une solution, c'était à elle de le faire.

Pendant le reste de la journée, il sembla tout à fait normal et, peu à peu, la panique de la jeune femme se dissipa.

Lorsqu'elle se glissa dans son lit ce soir-là, elle lui dit :

— N'oublie pas de me dire si quelque chose ne va pas.

Il aboya et se coucha sur le lit.

Elle se souvint de toutes les fois où elle avait eu des *mauvais* jours et se dit : *Peut-être que c'est seulement ça.* Dieu savait que Mugs y avait droit, comme tout le monde. D'autant plus que Mugs était un chien très occupé, toujours prêt à vivre une nouvelle aventure à n'importe quel moment.

Peut-être que ça n'allait pas plus loin que ça. Peut-être qu'il avait juste besoin de faire autre chose. Pourtant, en route vers la maison de Roscoe, Mugs n'avait pas semblé soucieux. Peut-être parce que rien ne l'intéressait chez Roscoe. Elle songea au prénom Roscoe. Richard et Roscoe.

Alors qu'elle s'assoupissait, elle reçut un message de Roscoe.

Je viens de me souvenir du nom. Stanley Gupta.

Le nom de l'homme trop intéressé parmi les chercheurs.

Roscoe avait dit qu'il le retrouverait pour Doreen.

Elle répondit par un pouce levé, décidée à en savoir plus sur ce type dans la matinée. Mais elle emporta le nom dans ses rêves et se retrouva à marcher, marcher et marcher, cherchant toujours ce nom sur un panneau de signalisation.

Chapitre 11

Mardi matin...

LORSQUE DOREEN SE réveilla le lendemain matin, elle était fatiguée, épuisée. Nan l'appela presque aussitôt, alors que sa petite-fille essayait encore de s'habiller après une douche chaude.

— Tout va bien ? lui demanda sa grand-mère.

— Oui, marmonna la jeune femme. Je suis juste très fatiguée. Encore une mauvaise nuit.

— Oh, ma pauvre. Tu n'es pas censée mal dormir.

— Il faut que quelqu'un le dise à mon subconscient, plaisanta Doreen.

Mais Nan ne se laissa pas décourager.

— Tu devrais peut-être aller consulter un médecin.

Doreen savait qu'il était inacceptable pour sa grand-mère, qui s'inquiétait, d'être malade.

— Non, je n'ai pas besoin de voir un médecin, affirma Doreen. Je vais bien, Nan.

Mais la vieille dame n'en était pas si sûre.

— Tu sais que tu peux tomber facilement malade et que tu en fais beaucoup trop.

— Je n'en fais pas trop en ce moment, si ?

— Je ne sais pas. Qu'est-ce que tu fais ? demanda Nan.

Doreen bougonna.

— Je m'apprête à lancer la cafetière.

— Quoi ? Tu viens de te lever ?

Nan avait l'air si horrifiée que Doreen soupira et gloussa légèrement.

— Oui, je ne suis pas encore en bas. Je suis en train de me réveiller.

— Il est presque 8 heures, s'étonna Nan.

— Je sais. Comme je l'ai dit, j'ai passé une mauvaise nuit, et je sors juste de la douche.

— Très bien, souffla la vieille dame. Prends ton café, puis appelle-moi, et on en parlera plus tard, ici, en personne.

— Parler de quoi ? s'enquit Doreen.

— J'ai trouvé des informations. Je ne te l'ai pas dit ? Bien sûr que je te l'ai dit. Tu vois ? Il faut vraiment que tu te réveilles tôt le matin, ma chérie. Rappelle-moi dans une heure.

Ainsi, Nan raccrocha.

Doreen fronça les sourcils devant son téléphone.

— Elle n'a pas parlé d'informations, murmura-t-elle.

Mais elle se demanda ensuite si sa fatigue n'était pas telle qu'elle n'avait pas entendu ce que Nan avait dit. Le week-end précédent, elle avait également mal compris une conversation dans le parc. Mais, non, elle ne voulait pas se perdre. Et, bon sang, il y avait de quoi s'y perdre avec Nan. Doreen but sa première tasse de café, sachant qu'elle aurait besoin d'une double dose pour aujourd'hui, vu la façon dont la journée avait commencé.

Puis elle ouvrit la porte arrière et laissa sortir Mugs. Il s'élança en aboyant et elle courut derrière lui.

— Qu'est-ce qu'il y a, mon grand ?

Presque aussitôt, il s'arrêta. Il renifla le jardin et se dirigea vers la rivière. Elle marcha à côté de lui. Elle ne l'appela pas, voulant seulement voir ce qu'il faisait et où il allait. Il connaissait très bien la zone. Elle ne savait pas ce qui avait pu le contrarier.

Les autres animaux traînant à proximité, Doreen jeta un coup d'œil à Thaddeus. Ce dernier déambulait sur le sentier en regardant autour de lui, comme s'il n'avait encore rien vu ce matin. Il dormait presque autant qu'elle. Elle ne savait pas comment cela fonctionnait, mais cet oiseau avait une sacrée capacité de sommeil.

Lorsque Doreen arriva à la rivière, Mugs entrait dans l'eau. Elle l'observa avec étonnement se précipiter dedans et éclabousser autour de lui, comme s'il n'avait pas pris de bain depuis une éternité.

— Ça va, bonhomme ?

Il aboya et remua la queue, avant de sauter dans tous les sens. Elle ramassa un bâton et le lui lança. Elle revit alors l'ancien Mugs, enjoué et plein de vie. Elle secoua la tête.

— Tu avais besoin d'une journée de repos, c'est ça ? se marmonna-t-elle à elle-même, tout en continuant à l'observer.

Car c'était ce qu'il semblait faire pour le moment, s'amuser. Peut-être qu'ils travaillaient trop et ne jouaient pas assez. Elle se sentait coupable, car c'était probablement de sa faute. Ils avaient tellement à faire ces derniers temps qu'ils n'arrivaient plus à s'amuser autant. Ou même se reposer. C'était devenu secondaire.

Déterminée à faire mieux, elle prit le bâton et passa vingt bonnes minutes à jouer avec Mugs, jusqu'à ce qu'il en ait marre. Il sortit de la rivière et s'écroula à ses pieds. Ensuite, haletant, il se roula joyeusement sur le dos, s'amusant comme un fou.

Doreen se pencha et lui fit un gros câlin.

— Tu as l'air d'aller beaucoup mieux. Je me suis inquiétée pour toi pendant un moment, mon grand.

Le chien aboya, se leva d'un bond et commença à marcher vers la maison. Elle le regarda avec étonnement gravir les marches pour s'étirer de tout son long sur la terrasse, avant de s'endormir à nouveau.

— Peut-être que c'était tout ce qu'il y avait à faire. Peut-être qu'il voulait juste s'amuser un peu. Peut-être qu'il voulait juste faire de l'exercice. Je ne sais pas.

Elle rentra, remplit sa tasse de café et sortit à nouveau. Mugs resta là où il était, joyeusement étalé sur la terrasse. Il ne leva même pas la tête quand elle s'assit à côté de lui. Elle lui frotta le ventre, il grogna une fois et ce fut tout. Doreen sourit.

— Vous êtes un sacré personnage, mon cher monsieur.

Thaddeus atterrit à côté d'elle, dans un bruit sourd et maladroit.

— Personnage. Personnage. Personnage.

Elle rit.

— Toi, mon fol ami, tu es le plus grand personnage de tous.

Le perroquet fit le fier, comme s'il avait compris. Elle s'émerveilla des pitreries de tous ses animaux. Même Goliath. Surtout en ce moment, alors qu'il avait trouvé une parcelle d'herbe à chat dans son jardin – peut-être Richard avait-il fait tomber les graines par-dessus la clôture ? Goliath était étendu sur le dos au milieu des plantes, faisant de beaux rêves.

Ils étaient tous si différents et pourtant si amusants. Ils remplissaient les espaces vides de son monde. De plus, la proximité de Nan et de Mack avait beaucoup contribué à éclaircir les ténèbres de sa vie.

Lorsqu'elle eut terminé sa deuxième tasse, Doreen commença à se sentir mieux. Nan la rappela à l'heure dite.

— Je croyais que c'était moi qui devais t'appeler, dit Doreen d'un air amusé.

— Je n'en pouvais plus d'attendre. Tu devrais venir.

— Tu veux dire, maintenant que je suis réveillée ?

— Oui, tant que ton cerveau est en marche et que l'on peut te parler en toute sécurité, tu devrais venir.

— Vendu. Pourquoi ?

— On a des nouvelles informations. Je ne l'ai pas déjà dit ?

Nan raccrocha.

Doreen grommela face aux pitreries de sa grand-mère, mais elle demanda quand même :

— Mugs, tu veux aller voir Nan ?

Il bondit sur ses pattes et aboya.

Même Thaddeus se réveilla à côté d'elle.

— Thaddeus aime Nan. Thaddeus aime Nan.

— Je sais, mon grand. Allons voir ta personne préférée. Tu veux marcher ?

Thaddeus sauta sur la table et la regarda.

— Alors, tu veux monter ?

Il croassa plusieurs fois, puis sauta sur son bras. Il remonta sur son épaule et cria :

— Hue, hue, hue !

Doreen lui lança un regard noir.

— Ce n'est pas drôle.

— Hé-hé-hé-hé.

— Non, le gronda-t-elle. Tu devrais être gentil quand tu te fais porter.

Tout ce qu'elle obtenir en retour fut un autre *Hé-hé-hé-hé*, et elle soupira.

— Tu as de la chance que je t'aime.

La réponse du volatile ne se fit pas attendre.

— Tu as de la chance que je t'aime.

Bon sang, il avait parfaitement accentué le *je*.

Elle grommela.

— Tu es trop intelligent pour ton propre bien.

— Trop intelligent pour ton propre bien. Trop intelligent pour ton propre bien.

Doreen lui jeta un regard noir.

— Il ne faut pas dire ça aux gens.

— Pas dire ça aux gens. Pas dire ça aux gens. Pas dire…

— OK, ça suffit, s'écria Doreen, frustrée.

Thaddeus se contenta de rire de plus belle, puis il se calma et se blottit contre l'épaule de Doreen.

— Vous êtes tous fous aujourd'hui, maugréa-t-elle.

Elle se tourna vers Goliath, qui était allongé sur le sentier derrière eux.

— Allez, Goliath. Allons voir Nan, bonhomme.

Il la dévisagea.

— Oh non, pas toi non plus, s'exaspéra Doreen. Je ne sais pas quel est le problème de tout le monde en ce moment, mais wouah.

Alors qu'ils étaient presque trop loin de Goliath pour que Doreen se sente à l'aise, le chat se leva finalement d'un bond et courut vers elle. Alors qu'il passait à côté d'elle, il sauta par-dessus le dos de Mugs, ce qui étonna Doreen, puis se laissa tomber devant le chien, manquant de le faire trébucher.

— Bon Dieu, vous êtes tous enjoués.

Peut-être qu'ils s'ennuyaient. Peut-être avaient-ils besoin

d'un petit quelque chose en plus dans leur vie. Et pourtant, qui aurait pu penser qu'il n'y avait pas assez d'activités pour chacun d'entre eux ? En peu de temps, tout en gardant un œil sur les pitreries des animaux, Doreen arriva chez Nan en pleine forme. Cette dernière était assise à l'extérieur, tout comme ses copains, Richie en tête, et Maisie s'était jointe à eux aujourd'hui. Nan devait lui avoir pardonné d'avoir fréquenté l'un de ses anciens petits amis.

Doreen leur sourit en s'avançant vers eux.

— Bonjour, tout le monde.

Elle entendit alors un cri venant de l'autre côté. Elle se figea et pivota : le jardinier lui montrait le poing.

Doreen leva une main et l'agita.

— Bonjour.

— Ce n'est pas un bon jour, idiote. Mettez ces animaux en laisse.

Elle grommela, les avisa et s'empressa de mettre Goliath sur la terrasse de Nan.

— Nous ne faisons que passer, répondit Doreen.

Il continua de la fusiller du regard.

Elle se renfrogna et se tourna vers Nan.

— Wouah, vous avez encore un nouveau jardinier ?

Nan opina du chef.

— Et celui-là est grincheux, précisa-t-elle.

— Oui, je crois que je l'ai découvert par moi-même.

Doreen secoua la tête, s'assit et observa le trio, qui souriait avec une certaine expectative, comme s'il attendait de toucher le jackpot.

— OK, je ne sais pas ce que vous préparez, mais ça a l'air important.

— Oh, c'est très important, affirma Richie, rayonnant.

— Ah bon ? Et de quoi s'agit-il ? interrogea Doreen.

— Nous avons décidé de te le dire d'abord, et ensuite tu décideras si nous devons le dire à Darren et à Mack.

— *D'accord*, répondit Doreen, le cœur serré. Est-ce en lien avec une de nos affaires ou c'est un tout autre problème ?

— Nous ne sommes pas sûrs, déclara Richie, avec ce même air important.

— D'accord… Vous voulez bien me dire de quoi il s'agit alors ?

— Encore une fois, nous ne sommes pas sûrs, ajouta Maisie.

— OK, convint Doreen avec un sourire pour sa grand-mère, avant d'annoncer : je ne suis pas contre une tasse de thé.

Nan rayonna.

— Va lancer la bouilloire.

Surprise, Doreen se leva et se dirigea vers la cuisine, alors qu'elle les entendait tous marmonner dans son dos. Elle mit la bouilloire à chauffer et attendit, encore et encore.

Finalement, Nan l'appela.

— Tu peux venir dehors, tu sais.

Doreen les rejoignit.

— Je n'étais pas sûre que vous ayez assez de temps pour votre discussion confidentielle. Vous étiez tous occupés à bavarder, vous vous débrouilliez très bien sans moi ici.

— En effet, confirma sa grand-mère, mais ça ne veut pas dire que tu n'as pas le droit d'être là.

— Si tu le dis. Je n'ai pas l'impression que vous êtes encore prêts pour ma visite.

Nan l'avisa et acquiesça.

— Très perspicace, ma chérie. Et tu as raison. On aurait dû mettre les choses au point avant de te faire venir ici.

— Ce n'est pas grave, les rassura Doreen avec un geste

de la main. Qu'avez-vous décidé ?

— Nous avons décidé de te le dire, déclara Richie de son air suffisant.

Elle se tourna vers lui et hocha lentement la tête.

— D'accord, et qu'allez-vous me dire ?

Dérouté, Richie la dévisagea, puis se tourna vers Nan.

— Oh, pour l'amour du ciel, Richie, tu ne peux pas avoir déjà oublié.

Il arbora un air blessé et argumenta :

— Bien sûr que non. Je ne m'attendais pas à ce que Doreen soit aussi directe.

— Richie, ai-je déjà été *évasive* ? demanda Doreen. Il est évident que vous préparez quelque chose, alors pourquoi ne pas me mettre au courant. Il vaut mieux le faire rapidement.

Maisie sauta le pas.

— On sait qui a tué Edwin ! s'écria-t-elle d'un air triomphant.

Doreen la fixa du regard.

— Quoi ?

Nan acquiesça prudemment.

— Du moins, c'est ce qu'on pense.

— D'accord, commença Doreen. Vous êtes sûrs de ne pas vouloir mettre Mack dans le coup ?

— Non, parce que, si on se trompe… il va se fâcher contre nous, alors on va te le dire, et tu iras le lui dire.

— Ainsi, si vous avez tort, il pourra se mettre en colère contre moi ? devina Doreen, avec une pointe d'humour.

Surpris, ils opinèrent tous du chef. Maisie et Richie articulèrent même *exactement* en même temps.

Chapitre 12

LA MÂCHOIRE DE Doreen se décrocha et elle dévisagea les trois aînés, qui la regardaient tous avec un air radieux. C'est à ce moment-là que son téléphone sonna. Elle jeta un coup d'œil et vit qu'il s'agissait de Mack. Elle leva un doigt pour contenir leurs réactions et demanda :

— Mack, quoi de neuf ?

— Il faut que je te parle. Tu es chez toi ?

— Non, répondit-elle, le ton du policier la laissant perplexe. Je suis chez Nan.

Mack hésita.

— Tu peux rentrer chez toi ? Il faut que je te parle.

Doreen était toujours perplexe.

— Oui, bien sûr. On se retrouve dans quelques minutes.

— D'accord.

Et il raccrocha.

Elle avisa les trois personnes devant elle.

— Alors, vous voulez bien me dire qui, selon vous, a tué Edwin ?

Maisie sauta sur l'occasion de répondre.

— C'était le petit ami.

— Quel petit ami ?

— Le nouveau petit ami de l'ex-petite amie, Oscar. Il était le meilleur ami du pauvre Edwin, jusqu'à ce que Gina et ce dernier se séparent. Il paraît qu'Oscar s'est acoquiné avec Gina avant qu'elle ne rompe avec Edwin, murmura Maisie d'une voix rauque.

Doreen la fixa du regard.

— Comment le savez-vous ?

Maisie gloussa.

— Parce que la tante d'Edwin travaille à l'hôpital et qu'elle est l'une des infirmières qui passent tout le temps à Rosemoor.

— Elle vous a dit qu'ils s'étaient mis ensemble avant que la petite amie ne rompe avec Edwin ?

Ils acquiescèrent tous les trois.

Nan expliqua plus en détail.

— Edwin revient en ville, contrariant le petit ami actuel, et *boum*. Comme ça, Edwin est mort. C'est simple, conclut Nan, l'air ravi.

— Mais vous ne savez pas s'il est coupable, sans compter qu'il y a un décalage temporel.

— Certes, mais qui d'autre pourrait être coupable ? interrogea Nan. Tu sais que c'est toujours un triangle amoureux.

— C'est *souvent* un triangle amoureux, corrigea sa petite-fille.

Cette dernière baissa les yeux vers son téléphone et ajouta :

— C'était Mack. Il doit me parler, et il veut que je le retrouve à la maison.

— Oh, vas-y, acquiesça Nan. Maintenant, c'est à toi de décider si tu veux lui dire toi-même ou si tu veux lui avouer que l'information vient de nous.

— Je lui dirai que l'information vient de vous, sans aucun doute, affirma Doreen. Ne vous inquiétez pas pour ça.

Alors qu'elle partait, ils se regardèrent tous, imaginant sûrement la réaction de Mack quant à leur intervention. Doreen ajouta :

— Je vous rappelle d'ici quelques heures. Laissez-moi réfléchir à votre idée.

— Il n'y a pas vraiment à réfléchir, ma chérie, répliqua Nan avec dédain.

— Entendu.

Elle voulut pousser Mugs vers le parking, mais il était couché, sans aucune envie de bouger. Elle fronça les sourcils.

— Je ne sais pas ce qui ne va pas chez lui ces derniers temps. Il n'est pas lui-même.

— Il est peut-être temps de lui trouver un ami, suggéra Maisie.

Doreen se tourna vers elle.

— Un ami ? Il a Goliath et Thaddeus, sans parler de moi.

— Mais il est aussi fatigué, nota Nan.

— C'est possible, mais il a vraiment aimé jouer dans la rivière aujourd'hui. Je ne sais pas ce qui lui arrive. Peut-être qu'il est simplement épuisé par cette matinée.

Elle réussit à le mettre debout et il se dandina vers l'herbe.

Nan fit un demi-sourire.

— Il a besoin d'un régime, voilà tout.

Doreen regarda sa grand-mère avec stupeur.

— Il est gros ?

— Il a clairement pris du poids ces derniers mois.

— Oh là là.

Doreen se tourna vers son chien, remarqua son ventre et

son dandinement.

— Au moins, c'est réparable.

Richie s'esclaffa.

— Tout le monde n'est pas en mesure de manger ce qu'il veut sans que ça ne se répercute sur son ventre, dit-il en tapotant son ventre plat. Honnêtement, ça me rendrait fou de voir mes repas réduits. Pas question.

Doreen soupira.

— Viens, Mugs. On va faire plus d'exercice. Ça va arranger les choses.

Mugs remua la queue et commença à sautiller.

— Bien. Continue. Allez, mon grand. On y va. On va marcher beaucoup plus au cours des prochains jours, juste pour que tu puisses perdre un ou deux kilos.

Ils avaient beaucoup marché lorsqu'ils étaient arrivés en ville, notamment afin que Doreen puisse voir ce qu'il y avait à offrir ici. Même dans plusieurs de ces affaires non résolues, ils s'étaient déplacés assez régulièrement, et elle pensait qu'elle avait continué à le faire, mais peut-être qu'ils s'étaient contentés de cela.

Se promettant de faire mieux et de réduire quelque peu les friandises – même si Mugs n'apprécierait certainement pas cette idée – elle rentra chez elle à un rythme beaucoup plus soutenu que d'habitude. De plus, elle savait que Mack l'attendait. Elle ramassa tout de même des bâtons qu'elle lança à Mugs et, lorsqu'il arriva à la maison, il haletait lourdement. Elle remonta l'allée arrière et trouva Mack sur sa terrasse, les mains sur les hanches, en train de l'attendre.

Elle lui adressa un sourire.

— Salut, dit-elle en lançant un autre bâton à Mugs.

Celui-ci s'élança, saisit le bâton, l'apporta à Mack et le déposa à ses pieds, avant de s'allonger, pantelant, à ses côtés.

— Wouah, il vient de faire du sport ? demanda-t-il en scrutant le chien.

— Je l'ai fait exprès, car il semble avoir pris du poids, expliqua Doreen. Je me sens tellement coupable.

Le policier esquissa un sourire.

— Ce n'est pas désastreux. Il n'est pas terriblement en surpoids. Peut-être un ou deux kilos, mais pas beaucoup plus.

— Il est en perte de vitesse ces derniers temps, marmonna-t-elle. Je t'en ai parlé. Je ne savais pas ce qui n'allait pas, et puis Nan et ses copains ont fait remarquer qu'il devenait un peu costaud.

— C'est vrai.

Elle soupira.

— Tu trouves aussi ? Je me sens nulle.

— Je suis certain qu'il les perdra en un rien de temps et peut-être qu'il suffira de réduire certaines friandises.

— J'y ai songé aussi, mais je ne pensais pas lui en donner trop.

— Peut-être pas, mais tu sais, parfois ils peuvent manger trop ce qu'ils aiment, et ils ne s'arrêteront pas ou ne diront pas non plus non.

— Tu as raison. Bref, pourquoi voulais-tu me voir dans l'immédiat ?

Il haussa les épaules.

— Tu te souviens quand on était au City Park ce week-end.

— Bien sûr. J'ai entendu cette conversation à propos d'un cadavre.

Le caporal acquiesça, fixa la jeune femme à dessein, puis demanda :

— Tu te souviens *exactement* de ce qu'il s'est dit dans

cette conversation ?

Doreen se figea.

— Tu veux savoir maintenant ?

Mack lui jeta un regard noir et elle leva les mains en l'air.

— D'accord, c'était un truc du genre : on doit se débarrasser du corps.

— La phrase exacte était-elle « *on* doit se débarrasser du corps » ?

— C'était quelque chose comme ça, il faut que j'y réfléchisse. Pourquoi ?

Le policier parut hésiter.

— Edwin est donc *lié* à ça ? s'enquit-elle, excitée. Je le savais. Je te l'avais dit. Tu ne peux pas continuer à le nier.

Il soupira et secoua la tête.

— Certes, je ne suis pas censée être aussi enjouée à propos de cadavres, marmonna Doreen. Mais c'est compliqué.

— Pour toi, oui, acquiesça-t-il avec un sourire. Et on a découvert quelque chose qui pourrait relier le corps au parc.

— Quoi donc ?

— Ils ont trouvé une feuille.

— Une feuille de ?

— De glycine.

— Ce serait une bonne preuve médico-légale.

— Bien sûr, mais il y a la médecine légale et puis cette glycine, qui pousse dans de nombreux endroits de la ville.

— Je me demande s'ils peuvent la faire correspondre à celle dans le parc.

Mack haussa les épaules.

— C'est pour ça que je voulais t'interroger sur ce qu'on a entendu ce jour-là.

— Pas seulement ton point de vue, mais aussi le mien, souligna-t-elle en souriant.

— Doreen, on a tous les deux entendu des bribes. Toi plus que moi. Et je t'ai déjà parlé de l'élément de distorsion du vent. C'est pourquoi on préfère avoir des témoins concordants, et ne pas nous fier à une seule personne.

La jeune femme sourit, toujours aussi heureuse qu'il lui demande son aide pour l'une de ses enquêtes en cours.

— Au fait, Richie, Nan et Maisie sont tous d'avis qu'ils ont résolu le meurtre d'Edwin. Ils m'ont dit que je pouvais te le dire et prétendre que c'était mon idée ou leur en donner le crédit, ajouta-t-elle en levant les yeux au ciel.

— Oh, vraiment ?

Mack croisa les bras et s'adossa à la rambarde de la terrasse.

— J'ai hâte de l'entendre.

Doreen rit.

— Ils sont convaincus que c'est le petit ami ?

— Le petit ami ?

— Oui, le *petit ami*, l'ancien meilleur ami d'Edwin, Oscar, qui est devenu le nouveau copain de l'ex-petite amie d'Edwin.

Le policier soupira.

— Évidemment qu'ils pensent que c'est lui.

Elle opina du chef.

— Et je ne peux pas les convaincre du contraire pour l'instant, tant que nous n'avons pas quelque chose à leur dire.

— J'espère que tu ne leur dis rien, rétorqua Mack avec un regard noir.

— Je ne cherche pas à leur dire quoi que ce soit, mais tu sais à quoi ressemblent les ragots à Rosemoor.

— C'est terrible, c'est ça ?

— C'est fascinant. C'est une microsociété à part entière.

— Je vois, mais ce n'est pas forcément une société dont

nous avons tous besoin, aussi active soit-elle.

Mack se pencha et tapota l'épaule de Mugs. Celui-ci aboya et se mit à courir dans tous les sens en aboyant follement. Mack ramassa le bâton et le lui lança plusieurs fois.

— Fais ça plusieurs fois par jour et les kilos superflus fondront.

— Il est aussi plus heureux. Je me demande si mes périodes de repos ne l'ont pas ennuyé.

— Peut-être, ou peut-être que ton temps de repos doit inclure un temps de jeu pour lui.

— Je ne voudrais pas qu'il lui arrive quelque chose.

Mack se tourna vers elle et lui adressa un sourire.

— Hé, ce n'est rien, tu sais. Il va bien.

— Je n'ai jamais été confrontée à tout ça auparavant, marmonna-t-elle. Parfois, je me dis qu'il y a d'énormes lacunes dans mon éducation.

— Mais il a toujours été ton chien, n'est-ce pas ?

— Bien sûr, mais ce n'est pas comme si je m'étais occupée de lui, pas pendant mon mariage. Je n'étais pas responsable de ses promenades, de son alimentation, rien de tout ça. Alors maintenant, j'ai l'impression que tout est de ma faute et que je me plante.

Elle regarda Mugs, les sourcils froncés, incertaine.

— Tu fais un excellent travail avec lui, affirma Mack. Ne pense pas le contraire.

— Mais si je fais tout foirer ? Et si je détruis sa vie ? Peut-être qu'il a besoin de voir un psy pour chiens.

Il la dévisagea un long moment, puis grommela.

— Sérieusement ? Est-ce que ça existe vraiment ?

Doreen se mit à rire.

— Bien sûr. Je suis sûre que ma copine a emmené le sien

voir un psy parce qu'il avait des problèmes de comportement.

— Un psy pour chiens, répéta Mack. Sérieux ?

Elle haussa les épaules.

— C'est comme ça qu'elle l'a appelé. Pourquoi est-ce
que j'en douterais ?

Mack secoua la tête.

— Non, tu n'aurais aucune raison d'en douter.

La jeune femme le foudroya du regard.

— Tu ris encore de moi ?

— Jamais, réfuta-t-il avec un sourire, avant de clarifier :
je ris *avec* toi.

— Mais je ne ris pas, souligna-t-elle en fronçant les sourcils.

— Tu pourrais, si tu le voulais.

Doreen soupira.

— Je suppose que ça a l'air drôle, je me trompe ?

— Ça a l'air drôle, mais on a certainement entendu des
choses plus drôles dans la vie. Je n'appartiens pas au monde
des riches, où des choses comme les psys pour chiens sont
monnaie courante, mais ça ne veut pas dire que ça n'existe
pas. Si tu avais dit que quelqu'un travaillait sur les problèmes
de comportement de son chien, ça aurait été logique pour
moi, mais…

— Mais un psy pour chiens, ce n'est pas la même chose,
c'est ça ? s'enquit Doreen.

— Je ne sais pas, répondit-il, à la fois confus et amusé.

Elle haussa les épaules.

— Le nom qu'on leur donne n'a pas d'importance,
j'imagine. Mais en fin de compte, je pense que Mugs a été un
peu déprimé, que je ne lui ai pas fait faire assez d'exercice et
que les animaux ont probablement les mêmes problèmes de

sérotonine que nous.

Elle fronça les sourcils et se tapota la mâchoire.

— Il va falloir que je fasse des recherches.

— Fais ça, convint Mack. Pendant que tu te renseignes sur Google, je retourne au travail.

— Je croyais que tu n'étais plus en service, dit-elle en regardant son téléphone portable. Tu ne déjeunes pas ?

— Pendant que l'affaire est encore fraîche, expliqua Mack, on essaie de suivre toutes les pistes. On mange tous sur le pouce, si tant est qu'on puisse manger.

— D'accord, et je parie que vous n'avancez pas beaucoup.

— La médecine légale aide beaucoup, mais en même temps, elle embrouille tout.

— C'est parce qu'il y a des glycines dans toute la ville. Cependant, il n'y aura pas beaucoup de gens qui parlaient de cadavres en ville, surtout lorsqu'ils étaient près des glycines – que ce soit le cadavre ou le type au téléphone.

— Mais on n'a pas de description. Tu l'as mieux vu que moi. Je l'ai juste aperçu de dos, en train de courir, et rien ne m'a tapé à l'œil.

— Exact, marmonna-t-elle. Y a-t-il des caméras dans ce coin ?

Mack hocha la tête.

— Chester est en train de vérifier. Il y en a plusieurs à différents endroits, donc il faut essayer de localiser le type au téléphone.

— Il y a aussi tous ces appartements autour de ce parc. Vous devriez vérifier les caméras de sécurité.

Mack sourit.

Elle soupira et leva les mains.

— Je comprends. Je sais. *C'est bon. Tout est sous contrôle.*

Tu sais ce que tu fais. Je suis juste *choquée* que ton cerveau fonctionne si bien, plaisanta-t-elle.

Il rit.

— Si tu trouves autre chose, dis-le-moi.

— Oui, parce que, bien sûr, c'est *ton* affaire.

— Exactement, confirma-t-il. Et si tu trouves quelque chose sur l'affaire non résolue et sur ce qui est arrivé à ce couple…

Doreen baissa la voix.

— Oui, ça concerne…

Et elle désigna la maison de Richard, à côté.

Mack la dévisagea, puis se tourna vers la clôture de Richard.

— Tu veux bien m'expliquer ? Comment Richard est-il impliqué dans tout ça ?

— On ferait mieux de retourner à l'intérieur, chuchota-t-elle.

Il s'approcha de la porte de la cuisine, attendit qu'elle l'ouvre et qu'elle désactive l'alarme. Lorsqu'elle entra, elle lui expliqua plus en détail les informations concernant Richard et Roscoe.

— Le couple disparu venait donc voir le frère de Richard ? s'étonna Mack.

— Oui, il s'appelle Roscoe, et je lui ai parlé tout à l'heure. La grand-mère d'Edwin, Bessie, m'a dit que Roscoe était un loser et qu'il n'avait que des problèmes, et lui… Roscoe, m'a dit qu'elle était pareille. Si je me souviens bien, il a utilisé des jurons pour la décrire.

— Évidemment.

— Ce qu'ils pensent l'un de l'autre n'est que du bruit à ce stade. Cependant, il m'a donné un aperçu intéressant de Zeus, le qualifiant de vrai mec.

Mack sourit.

— C'est un terme courant.

— Cela fait-il de toi un vrai mec ? demanda-t-elle avec méfiance.

Les lèvres du policier tressaillirent.

— J'aime à penser que les hommes me respectent, mais je ne me qualifierais pas forcément de vrai mec.

Doreen fronça les sourcils.

— Donc, si tu n'es pas un vrai mec, tu es un faux mec ?

Il la regarda plusieurs fois en clignant des yeux.

— Est-ce une question piège ? interrogea-t-il prudemment.

— Je ne sais pas, reconnut-elle. Ces termes m'embrouillent.

— Bien. Reste embrouillée, mais ne te monte pas trop la tête. Qu'as-tu découvert d'autre ?

Elle haussa les épaules.

— Ce n'est pas grand-chose. Pas si l'on considère que Roscoe et les habitants, y compris la police et les services de recherche et de sauvetage, ont passé de nombreux week-ends à essayer de retrouver le véhicule, et que personne n'a jamais rien trouvé. Pas le moindre signe du couple ou de leur véhicule dans les environs.

— Le fait qu'aucune carte de crédit ou même aucun passeport n'ait été réutilisé est toujours suspect. Soit ils se sont terrés, soit quelqu'un les a *enterrés*.

Le caporal sourit, puis continua.

— Ou…

Il attendit que Doreen réagisse.

— Ou bien c'était un accident, et ils sont tombés dans un lac ou dans une crevasse ou un ravin. Qui sait ?

— Tout à fait. Et ce n'est pas parce qu'ils ont fait le trajet il y a vingt-cinq ans que le terrain et le tracé sont les mêmes qu'aujourd'hui.

— Comment ? Il y a dû y avoir une prolifération de la nature.

— À l'exception de tous les incendies que nous avons connus, qui ont nettoyé une grande partie des vieux buissons et des déchets.

Doreen y réfléchit.

— C'est un très bon point. Tout pourrait être très différent aujourd'hui, n'est-ce pas ?

Il hocha la tête.

— Si nous avions un week-end de libre, nous pourrions aller jeter un coup d'œil. Tu pourrais rappeler à Roscoe que ce qui n'aurait pas été vu pourrait être découvert maintenant. Mais je préférerais que l'enquête soit terminée avant que tout le monde ne devienne fou et que nous soyons inondés d'appels pour savoir ce que les gens ont vu d'autre.

— Oui, il compte sur moi pour résoudre ce problème.

Mack fit volte-face.

— Tu sais que tu dois arrêter de promettre trop, n'est-ce pas ?

— Je n'ai rien promis, se défendit-elle en se mordillant la lèvre inférieure, mais personne ne m'écoute. Il m'a aussi rappelé que j'avais résolu de très anciennes affaires non résolues, des affaires dont la *date d'échéance* était dépassée, pour ainsi dire.

Mack sourit, s'approcha et la serra dans ses bras.

— C'est très vrai. Je te proposerais bien de dîner plus tard, mais je dois y aller maintenant, et je risque de ne pas pouvoir m'échapper même à ce moment-là.

— Je sais. Vas-y. Je vais me faire un sandwich.

En entendant cela, il se figea et demanda :

— Tu as mangé autre chose que des sandwichs ces derniers jours ?

Doreen fronça les sourcils.

— Je prenais des vacances de cuisine, annonça-t-elle.

Lorsque les lèvres de Mack tressaillirent, elle lui lança un regard noir.

— On dirait que tu te moques de moi, fit-elle remarquer, les mains sur les hanches.

— Jamais, répliqua-t-il avec un large sourire. D'ailleurs, je n'aime pas me moquer des gens. Je ris *avec* eux, mais je ne veux pas me moquer d'eux.

— Bien, pourtant j'ai vraiment l'impression que tu te moques de moi.

— Non, réfuta-t-il joyeusement. Mais on va intégrer plus d'aliments dans ton régime alimentaire. Que penses-tu des pierogis ?

— *Pierogis* ? répéta Doreen, perplexe.

Mack afficha la même expression.

— Smokies, choucroute, pierogis ? Ça te dit quelque chose ?

Elle secoua lentement la tête.

— J'ai entendu parler de la choucroute, mais ce n'est pas du chou pourri ?

Il leva les yeux au ciel et souffla quelque chose entre ses dents.

— *Nooon*, c'est fermenté.

— Et ce qui est fermenté est mauvais, n'est-ce pas ?

— *Non*, ce n'est pas mauvais. D'où tu sors ça ?

Doreen fronça les sourcils.

— Est-ce qu'on n'attend pas que ça tourne ?

Il se frotta l'arrière de la tête et ajouta :

— Je suppose qu'il s'agit d'un problème d'interprétation.

On attend que ça *aigrisse*, c'est ce que tu entends par *tourner* ?

— Que ça tourne ? Que ça fermente ? répéta-t-elle. Ce n'est pas *mauvais* ?

— Certaines choses, lorsqu'elles sont fermentées, *sont* mauvaises, concéda-t-il en la regardant avec fascination. Mais j'ai l'impression que je vais perdre ce débat de toute façon. Laisse-moi te demander si tu me fais confiance.

— Bien sûr.

— Bien, alors quand je te dirai que la choucroute est bonne, tu me croiras, n'est-ce pas ?

Elle hésita et il la fusilla du regard. Elle leva les deux mains en signe de reddition.

— Je vais essayer. Mais je ne vois pas pourquoi tu voudrais manger quelque chose de mauvais.

— Ce n'est pas mauvais. C'est comme de l'ensilage.

— De l'ensilage, dit-elle, avant de rayonner. C'est du mauvais foin donné aux vaches.

Puis elle fronça les sourcils.

— Alors…

— Arrête, l'avertit Mack. Ne le dis même pas.

Les lèvres de Doreen tressaillirent. Il pointa un doigt vers elle.

— Non, non, non, non, non, tu n'as pas le droit de le dire.

— Quelle partie ? Je suis confuse maintenant, alors je ne sais pas ce que je dois penser du fait que tu me donnes du mauvais chou ou que tu insinues que je suis une vache.

Il la dévisagea, haussa les mains, puis la prit dans ses bras. Il la fit virevolter dans la cuisine et, lorsqu'il la reposa, l'embrassa fougueusement et longuement.

— Ne change jamais, chuchota-t-il.

Ensuite, il partit.

Chapitre 13

L E LENDEMAIN MATIN, Doreen se réveilla avec un sourire radieux. Étant donné qu'elle s'occupait de deux affaires – l'une dont elle n'avait pas le droit de s'occuper, mais dont elle pouvait difficilement se passer, et l'autre qui ne contenait aucune information sur un couple disparu depuis vingt-cinq ans –, Doreen se trouvait dans une situation étrange. Elle n'avait pas non plus consacré plus d'un instant ou deux à faire des recherches sur ce Stanley Gupta. Pourtant, ce qu'elle avait vu, c'était un père en deuil qui voulait aider quelqu'un d'autre. Et il était décédé quelques années auparavant.

D'un autre côté, Mack avait été de si bonne humeur quand il était parti la veille, et son baiser d'au revoir était responsable de son sourire ce matin, même si elle était un peu confuse sur la raison de ce baiser. Elle ne s'y opposait pas et savait qu'il était plus agréable de se concentrer sur les bonnes choses que sur les tristes. Sur ce, cela lui rappela qu'elle avait encore un problème majeur.

Elle prit son téléphone et envoya un message à Nick. **Tu as eu des nouvelles ?** Elle reçut un pouce vers le bas.

Combien de temps doit-on attendre ?

Tu es pressée maintenant ?

Peut-être.

Elle reçut un pouce en l'air suite à ça.

Doreen soupira. Elle ne pouvait rien y faire. Elle se retourna pour voir Mugs, allongé là, en train de ronfler. Elle l'examina et remarqua qu'il avait un peu plus de *joues* que d'habitude.

— Debout, dit-elle à son chien. Sortons et faisons un peu de jardinage.

Il renifla et la regarda, puis se retourna et l'ignora. Doreen se leva et s'habilla en vitesse. Mugs était toujours allongé sur le lit et ronflait. Goliath était juste à côté de lui. Ils se retournèrent ensemble quand elle les appela.

— Allez, les marmottes. On descend.

Goliath se leva d'un bond et se dirigea vers elle, avant de se jeter sur le sol à ses pieds.

La jeune femme soupira.

— Wouah, qu'est-ce qui se passe les gars ?

Elle s'approcha de Mugs, lui caressa le ventre et répéta :

— Allez, bonhomme. On descend.

Il la dévisagea, se leva lentement, puis elle ajouta :

— Allons jouer avec des bâtons.

Le chien renâcla. Toutefois, elle le fit descendre les escaliers et sortir. Elle commençait à s'inquiéter pour lui. Pourtant, lorsqu'elle ouvrit la porte, il se précipita dehors et lui apporta immédiatement un bâton. Doreen rit.

— Tu te comportes de plus en plus comme un chien normal, je ne m'y attendais pas, mais c'est très bien ainsi.

Elle remarqua alors l'absence de Thaddeus. Elle sortit sur la terrasse et l'appela :

— Thaddeus, viens nous rejoindre dehors !

En l'absence de réponse, elle appela à nouveau. Toujours rien. Elle soupira, lança à nouveau un bâton pour Mugs et monta à toute vitesse dans sa chambre, où elle trouva l'oiseau blotti sur son perchoir, profondément endormi. Elle s'approcha et lui caressa doucement le dos. Il ouvrit un œil et lui cria dessus.

— On est dehors. Tu ne veux pas venir ?

Elle lui tendit le bras et il grimpa jusqu'à s'asseoir contre son cou.

— Wouah, murmura-t-elle. On dirait que tout le monde a besoin de vacances.

Mais en y réfléchissant, elle se rendit compte qu'ils avaient vécu des semaines et des semaines – voire des mois – d'excitation. De toute évidence, tout le monde avait un coup de pompe, et peut-être même Doreen, mais elle ne voulait pas l'admettre. Et elle avait d'autres affaires à régler. Elle emmena Thaddeus dehors et le posta sur la terrasse avant de ramasser le bâton que Mugs avait rapporté et de le lui lancer à nouveau. Elle joua avec lui pendant un bon quart d'heure, jusqu'à ce qu'il s'effondre à ses côtés.

Elle rentra et prépara du café, se demandant toujours comment il avait pu prendre du poids sans qu'elle s'en aperçoive.

Doreen l'entendit alors aboyer. Et Thaddeus gloussait :

— Attends ton tour. Attends ton tour.

Elle se figea et jeta un coup d'œil dans le garde-manger ouvert, où Thaddeus était occupé à sortir des friandises pour chiens du sac et à les laisser tomber sur le sol. Mugs les dévorait à grandes bouchées.

— Wouah, wouah, wouah, wouah !

Thaddeus poussa un cri et eut un mouvement de recul.

— Tu ne peux pas faire ça, Thaddeus.

Il lui lança un regard perçant.

— Non, non, non, non, non. Mugs ne peut pas avoir autant de friandises.

Mais cela expliquait certainement sa prise de poids. Elle soupira.

— Non, dans tes rêves, Mugs.

Elle baissa les yeux et secoua la tête.

Il lui jeta le plus triste des regards.

— Non, non, non, tu le sais bien, marmonna Doreen.

Presque comme s'il comprenait Doreen, Mugs renâcla. Puis Thaddeus répéta le son.

— Non, ça suffit. Quelle arrogance, les gars.

La jeune femme se tourna vers Thaddeus et lui demanda :

— Où as-tu appris à faire ça ?

— Où as-tu appris à faire ça ? répéta-t-il. Où as-tu appris à faire ça ?

— Arrête, arrête, arrête, dit-elle en lui lançant un regard noir, les poings sur les hanches.

Et ne replia-t-il pas ses ailes à ce moment-là, comme pour l'imiter ?

Elle leva les mains. Immédiatement, ses ailes se soulevèrent.

— Tu te moques de moi, n'est-ce pas ?

— Non, moque pas toi, moque pas toi, bougonna-t-il.

Elle rit, hors d'elle.

— Bien, tu ne te moques pas de moi. Tu t'amuses juste à mes dépens. Mack et toi êtes de mèche, c'est ça ? Peu importe. Mugs ne peut pas manger autant de friandises. Ce n'est pas bon pour lui.

Thaddeus la regarda, puis, d'un air défiant, fouilla dans le sac, en sortit une autre et la laissa tomber sur le sol. Mugs se précipita pour l'attraper avant que Doreen ne l'en empêche.

Elle saisit le sac de friandises et affirma :

— Ça veut dire qu'on ne peut plus garder les friandises ici, dans le garde-manger.

Elle se retourna, cherchant un meilleur endroit pour les mettre. Mais il devait s'agir d'un endroit que Thaddeus ne pouvait pas ouvrir. Alors qu'elle examinait la cuisine à la recherche de l'endroit idéal, Thaddeus lui marcha sur le pied et déclara :

— Thaddeus veut monter. Thaddeus veut monter.

Elle le fixa du regard.

— Tu dis les choses les plus bizarres.

Elle s'empressa de le ramasser et de le mettre sur son épaule. Puis elle continua à chercher une meilleure cachette pour les friandises.

— Je me demande si ça irait, murmura-t-elle en ouvrant un placard.

Thaddeus rit de nouveau.

— Hé-hé-hé-hé.

Doreen secoua la tête.

— Inutile d'essayer de te cacher quoi que ce soit si tu es là à me regarder.

— Hé-hé-hé-hé.

Elle le fusilla du regard.

— Rien que pour ça, tu peux aller t'asseoir sur ton perchoir. Pendant ce temps, je vais leur trouver une nouvelle cachette.

Doreen entra dans le salon et installa le perroquet sur son perchoir, au grand désarroi de ce dernier, puis elle retourna rapidement dans la cuisine et cacha les friandises dans un placard au-dessus du réfrigérateur.

— Tu ne les trouveras pas là.

Elle pivota et lança un regard noir à Mugs. Il lui jeta un autre regard dépité et sortit.

— Oui, on va jouer encore un peu. Il faut bien que tu perdes toutes ces calories en trop, grommela-t-elle.

La jeune femme prit son téléphone et envoya un SMS à Mack, expliquant qu'elle savait comment Mugs avait pris du poids. Elle essaya d'être aussi brève que possible.

Lorsque son téléphone sonna quelques minutes plus tard, le caporal lui demanda :

— Tu es sérieuse ?

Doreen rit.

— Oui, je viens de surprendre Thaddeus en train de lui donner tout un tas de friandises.

Elle raconta également qu'il disait à Mugs d'*attendre son tour*.

— Ça veut dire que Goliath mangeait les autres ?

— Oh, je n'ai pas pensé à Goliath, ce petit sournois.

Elle se précipita vers le garde-manger pour vérifier les autres friandises.

— Il n'y a presque plus de friandises pour lui non plus ! s'écria-t-elle.

— Voilà qui répond à la question. Goliath est simplement plus doué pour cacher quelques kilos en trop, avec toute cette fourrure.

— Ce n'est pas beaucoup mieux, constata-t-elle d'un air maussade. Maintenant, je sais pourquoi il ne mange pas beaucoup. Ils ont tous des friandises en cachette.

— Mugs s'est manifestement trop habitué à en recevoir.

— Je les ai cachées, précisa-t-elle, en évitant délibérément de lui parler du problème qu'elle avait rencontré en essayant de cacher des choses à Thaddeus.

— Bonne chance, s'amusa Mack. Cet oiseau arrive à tout trouver apparemment.

— Je sais. Je n'avais pas pensé que c'était un aspect difficile de l'avoir comme membre de la famille.

— Mais ça n'a pas vraiment d'importance, si ?

— Il faut seulement s'assurer que Mugs ne mange pas trop de friandises.

— Je compatis presque avec le pauvre, répondit Mack. Il se trouve que j'aime bien les friandises, surtout les brownies.

— D'accord, et en parlant de brownies, j'ai envie de me remettre à cuisiner quelque chose. Alors, des brownies ?

— Tu peux toujours essayer d'en préparer, suggéra-t-il. Ça te donnera un autre sujet de réflexion.

— Ça n'a pas l'air très amusant. J'aimais bien manger un morceau de brownie avec mon thé, mais quand il faut les faire soi-même… ça enlève un peu du plaisir.

— Pour beaucoup de gens, il est plus amusant de cuisiner. C'est à toi de voir, quelle que soit la façon dont tu veux appréhender les choses, déclara le policier, avant de conclure d'un ton pressé : je dois y aller. À plus.

Il avait déjà raccroché.

Elle fronça les sourcils en regardant son téléphone parce que c'était l'une de ces leçons de vie sur le travail, contrairement aux passe-temps. Et cela valait-il la peine d'essayer à nouveau de faire des brownies toute seule pour avoir le sentiment d'avoir accompli quelque chose ? Elle y réfléchit en emportant son café à l'extérieur, où elle lança le bâton encore quelques fois, jusqu'à ce qu'elle se dise que Mugs avait peut-être perdu les calories ingurgitées. Puis elle se posa le même problème pour elle-même. Si elle préparait des brownies, elle aurait probablement l'impression de devoir faire un travail physique supplémentaire pour se débarrasser des calories du brownie.

— Wouah, wouah. Non, non, non. Je ne suis plus sous la coupe de Mathew. Je ne suis pas obligée de suivre un entraînement sportif éreintant parce que j'ai mangé des pommes de terre au dîner, maugréa-t-elle.

Elle en rit. Elle ne mangeait presque jamais de pommes de terre et, la seule fois où elle en avait mangé, Mathew avait été très perturbé, car elle aurait pu prendre rapidement beaucoup de poids. Elle avait appris par la suite à ne plus rien manger en sa présence, même s'il s'agissait de pommes de terre. Sinon, elle finissait par recevoir les mêmes commentaires.

Il y avait beaucoup de choses qu'elle n'aimait *pas* chez Mathew, mais elle avait aussi beaucoup appris, et elle était devenue une personne très différente. Pourtant, elle ne voulait pas nécessairement le mettre à l'épreuve. Son mari n'était pas la personne la plus facile avec laquelle s'entendre, et apparemment elle non plus.

En fronçant les sourcils, elle se dirigea vers son ordinateur portable et chercha s'il était difficile de faire des brownies.

Quand Mack s'était blessé, elle avait réussi à préparer des choses simples à apporter chez lui, et ils avaient mangé un beau gâteau d'anniversaire, mais maintenant elle avait envie de brownies. Et Mack venait de lui dire que c'était aussi son gâteau préféré.

Elle choisit donc une recette qui semblait prometteuse. Elle rassembla rapidement le nécessaire, mélangea la pâte et l'enfourna. Le plus beau dans tout ça, c'était qu'elle en mangerait un morceau avec son thé de l'après-midi. Elle s'approcha du four à chaque instant pour vérifier qu'il n'y avait pas de problème. Elle sortit le plat avec précaution et le posa sur la cuisinière. Puis elle envoya une photo à Mack. **J'ai réussi.**

Il lui envoya un emoji de visage heureux et écrivit : **Je suis là dans cinq minutes.**

Mais le message était conclu par un bonhomme qui riait aux éclats, et elle savait donc qu'il ne viendrait pas. Du moins, elle ne le pensait pas. Elle fixa le plat, se demandant si elle devait en cacher. Puis elle se dit que non, il n'avait vraiment pas l'intention de venir. Avec un sentiment de satisfaction, elle sortit pour jardiner. Quelques heures plus tard, elle revint dans la maison, en quête d'une tasse de thé et d'un morceau de brownie, lorsqu'elle entendit un pick-up s'arrêter dans l'allée. Elle se dirigea vers l'entrée et, évidemment, Mack était là. Toutefois, l'expression sur son visage n'était pas joyeuse. Doreen fronça les sourcils.

— Je pensais que tu venais pour le gâteau.

Il sourit.

— Je ne dis pas non au gâteau, mais ce n'est pas pour ça que je suis là.

— Pourquoi es-tu là alors ?

Il hésita, puis répondit :

— On a trouvé un autre corps.

Chapitre 14

E N ENTENDANT CES mots, Doreen pivota et se dirigea vers la cuisine, Mack sur ses talons.

— Je peux avoir un café, par hasard ? demanda-t-il, contrarié et frustré.

Elle perçut dans son ton cette urgence de progresser, alors qu'ils n'avaient rien à se mettre sous la dent. Elle ne connaissait que trop bien cette envie et cette dépendance.

— Absolument, répondit-elle calmement.

Il aperçut le plat de brownies.

— Wouah.

Doreen lui sourit.

— Je sais. Je fais des progrès.

— Tu fais mieux que des *progrès*, précisa-t-il en se tournant vers elle. Ne t'en fais pas pour autant. C'est un grand changement. Il n'y a pas lieu de se laisser submerger. Et n'oublie pas de fêter les victoires. Les brownies sont des victoires.

Doreen entama de préparer le café, toujours le sourire aux lèvres.

— Tu rejoues les pom-pom girls, c'est ça ? le taquina-t-elle.

Il haussa les épaules.

— Parfois, je pense qu'on oublie de se souvenir des bonnes choses de la vie. On est tellement occupés à essayer d'accomplir des choses que… ça ne marche pas toujours.

Elle y songea tout en remplissant la carafe d'eau, avant de faire chauffer la cafetière.

— C'est peut-être en partie pour ça… Tout ça, c'est… tellement nouveau pour moi que c'est encore un accomplissement, mais je sais aussi que ce n'est pas un accomplissement pour quelqu'un d'autre. C'est donc bizarre d'en faire toute une histoire.

Mack secoua la tête.

— Fais-en toute une histoire, une montagne. S'il y a bien une chose que toutes ces affaires nous montrent… il est nécessaire de passer plus de temps à faire tout un plat des choses qui sont importantes pour toi.

Elle rit, prit un couteau et découpa le brownie.

— Depuis quand les brownies sont-ils importants ?

Le policier en prit une part dans le plat et répondit :

— Honnêtement ? Depuis que tu as commencé à en préparer, ils sont très importants. Ils devraient constituer un groupe alimentaire.

— Je suis persuadée que tu as dit la même chose pour la pizza.

— La pizza n'est pas un groupe alimentaire ? s'étonna-t-il.

Elle leva les yeux au ciel devant sa plaisanterie et réalisa qu'il essayait de détendre l'atmosphère.

— Alors, qui est mort ? interrogea Doreen parce que, franchement, même si elle était secouée, elle voulait quand même la vérité.

Il la dévisagea un long moment.

— Nous ne sommes pas sûrs. Nous attendons une identification.

— Mais, tu es venu pour une raison.

Mack lui sourit.

— Pour le brownie et le café ?

— Non, tu penses que ce deuxième décès est lié à moi d'une manière ou d'une autre, à l'affaire non résolue et même à ton enquête actuelle.

Il secoua la tête.

— Je ne suis pas sûr qu'il y ait un lien entre les deux, affirma-t-il. Je me pose des questions sur l'homme que nous avons entendu sous la glycine.

Doreen était perplexe.

— Tu penses que c'est lui, l'homme mort ?

Mack fronça les sourcils en regardant le brownie qu'il tenait dans sa main.

— Je pense que…

Il prit une grande inspiration avant d'ajouter :

— C'est une possibilité.

Il expira lentement.

— Wouah, ça craint, non ?

— Ça craint pour tout le monde, fit-il remarquer. Personne ne veut être retrouvé mort, mais les gens doivent attendre une identification positive. Il pourrait s'agir de lui. Je n'ai pas de description assez précise, et je ne l'ai pas vu lorsque nous étions dans le parc.

Elle scruta Mack en y repensant.

— Il portait un sweat à capuche. Je me souviens juste d'une large mèche rebelle.

Lorsque Mack fronça les sourcils, elle expliqua :

— Au-dessus de son œil droit, une mèche de cheveux, qui n'en faisait qu'à sa tête. Elle partait dans la direction opposée au reste de sa chevelure.

Le policier songea.

— Tu as rencontré d'autres personnes dans cette affaire ?

— Seulement au téléphone, sauf Roscoe, répondit Doreen. Pourquoi ?

Elle comprit au même moment.

— Tu penses que c'est le petit ami ?

Mack se renfrogna.

— Penser est une chose, mais j'attends une identification avant de tirer des conclusions.

— Évidemment. Si c'est le petit ami… si c'est bien Oscar, il ne devrait pas être très difficile de le faire correspondre. Je t'ai déjà donné son nom.

— Je sais, et on n'a pas réussi à le contacter.

— Tu as appelé sa petite amie ?

— Oui. Je n'ai pas réussi à la contacter non plus.

Doreen fixa Mack du regard, sortit son téléphone et composa à la hâte le numéro de Gina.

La petite amie décrocha et demanda d'une voix pressée :

— Qui est-ce et qu'est-ce qu'il se passe ? Je suis très occupée pour l'instant.

— Désolée, c'est Doreen. On s'est parlé à propos de la mort d'Edwin.

Après un moment de silence choqué, Gina marmonna :

— Oh, je me souviens de vous… Ça peut attendre un autre moment ? Je suis vraiment pressée.

— Peut-être. Que se passe-t-il ?

— Je n'arrive pas à trouver Oscar, se lamenta Gina. Je ne veux pas appeler les flics parce que je sais que ça va l'agacer, mais je n'arrive pas à le trouver.

— Quand l'avez-vous vu pour la dernière fois ? interrogea Doreen en mettant son téléphone sur haut-parleur.

— Ce matin. On s'est disputés, puis il est parti au milieu de la dispute, en colère, comme un fou. Je suis inquiète. Il conduit de manière imprudente, et il était vraiment énervé.

— La dispute portait-elle sur Edwin ?

— Bien entendu, cingla Gina, amère. On ne se disputait qu'au sujet d'Edwin.

— Je suis désolée.

Puis Doreen hésita et se tourna vers Mack.

— Je vous appelle également pour vous poser quelques questions. Oscar s'est-il présenté au travail ou avez-vous une idée de l'endroit où il a pu aller ? Où avez-vous cherché ?

— J'ai cherché partout, geignit-elle. Il ne s'est pas présenté au travail et j'ignore ce qu'il lui est arrivé. J'ai même appelé les hôpitaux, et il n'y a rien.

Doreen zieuta Mack et arqua un sourcil. Il acquiesça et, à son signal, Doreen ajouta :

— Écoutez. Un de mes amis est policier, et il a essayé de joindre Oscar plus tôt dans la journée.

— Pourquoi ? s'étonna Gina. Il a fait quelque chose de mal ?

— Je ne sais pas s'il a fait quelque chose de mal, mais je vais vous laisser parler à mon ami.

Et, sur ce, elle passa le téléphone à Mack. Doreen l'écouta se présenter à Gina et lui raconter ce qu'il avait trouvé. Doreen entendit Gina haleter à l'autre bout du fil.

— Nous ne sommes pas certains qu'il s'agisse d'Oscar. On essaie de l'identifier, ajouta Mack.

— Oh mon Dieu. Oh mon Dieu, s'écria Gina dans le téléphone.

— Ça ne veut pas dire que c'est forcément lui, répéta Mack prudemment.

— Il faut que je le voie, affirma Gina. Je vais

l'identifier… C'est horrible ? D'aller là-bas ?

Mack haussa les épaules.

— Pour certains, oui. Ça peut être dur, et ils ont besoin de quelqu'un avec eux. Quelqu'un peut-il venir avec vous ?

— Non, sanglota-t-elle. Je n'ai personne.

Doreen arracha son téléphone des mains de Mack.

— Vous voulez que je vienne ? Je peux vous retrouver là-bas.

— Vraiment ? Je… Je ne… Si ce n'est pas lui, c'est… c'est bon. À part le fait de voir un cadavre, ce que je n'ai jamais vu auparavant. Mais si c'est lui…

— On va vous rejoindre là-bas. Quand peut-on faire ça ? demanda Doreen en se tournant vers le caporal.

Ce dernier était déjà au téléphone.

— Mon ami est en train de s'organiser pour convenir d'une heure, expliqua-t-elle à Gina.

— Il faut que ce soit maintenant, exigea Gina. J'ai été hors de moi toute la journée. C'est presque comme si je le savais.

— Encore une fois, ne vous emballez pas. Ce n'est peut-être pas lui.

— Non, c'est sûrement lui, marmonna Gina. Ça lui ressemble.

— Qu'est-ce qui lui ressemble ? demanda Doreen, perplexe.

— Foncer tête baissée et s'attirer des ennuis.

— Et vous ne connaissez personne à qui il aurait parlé aujourd'hui, rien ? Edwin est mort. Ça ne peut donc pas être lui le meurtrier.

— Je sais. Je sais.

Gina éclata alors en sanglots.

Doreen fit grise mine.

— Écoutez. Je vous rappelle, dès que j'ai l'heure et l'adresse.

Gina raccrocha, sans un mot de plus.

Doreen attendit que Mack termine son appel.

Il l'observa, alors qu'elle avait encore son téléphone à la main.

— Elle a raccroché ?

Doreen opina du chef.

— Elle était en train de pleurer à chaudes larmes, alors j'ai dû la laisser. J'attendais que tu reviennes vers moi avec un horaire.

— On peut y aller tout de suite.

Doreen rappela Gina. Lorsque celle-ci répondit, la voix encore tremblante, Doreen annonça :

— On peut y aller maintenant. Voulez-vous que je passe vous chercher ? Vous ne devriez pas conduire.

Gina haleta.

— Pourquoi êtes-vous si gentille ?

Doreen haussa les épaules.

— Je suis comme ça. Laissez-moi venir vous chercher et je vous emmènerai là-bas.

Gina était reconnaissante pour l'aide, et Doreen confirma l'heure à laquelle elle passerait la prendre – juste assez de temps pour arriver chez elle. Doreen raccrocha et se tourna vers Mack.

— Tant pis pour le café.

Le policier se renfrogna.

— Tu as une tasse de voyage ?

Elle opina du chef.

— C'est une bonne idée.

Doreen s'empressa de préparer deux mugs, un pour lui et un pour elle, et avisa Mack en train de chaparder une autre part de brownie.

Il haussa les épaules.

— La journée risque d'être longue.

Prenant conscience que cela pourrait être plus que cela, que la journée pourrait être riche en émotions, elle se demanda si elle ne devrait pas en prendre une aussi, mais décida de ne pas le faire.

Alors qu'elle se dirigeait vers la porte, Mack ajouta :

— On se retrouve dans quelques minutes.

— J'espère pouvoir la faire monter dans le véhicule et la conduire là-bas.

— Ce n'est peut-être pas Oscar. C'est ma seule préoccupation.

— On le saura bien assez tôt, marmonna Doreen. Si ce n'est pas le cas ? C'est bien… Si c'est lui ? Ce sera la prochaine étape de l'enquête.

Mack fit la grimace.

— Une enquête qui prend une tournure peu glorieuse. On avait déjà un cadavre, ajouté à deux disparitions mystérieuses datant d'il y a vingt-cinq ans, et maintenant ça.

Et, d'un signe de la main, il monta dans son pick-up et partit. Doreen le suivit.

Cette fois-ci, elle laissa les animaux à la maison. Même si elle voulait vraiment les avoir avec elle, cela aurait pu être trop accablant pour elle de les avoir pour une identification à la morgue ou d'interagir avec Gina, déjà stressée. Comment réagissait-elle aux animaux ? Même si Mugs aurait pu faire un bon chien de thérapie, il ne connaissait pas non plus Gina.

Doreen suivit les indications du GPS et trouva une femme à l'extérieur, se balançant nerveusement d'un pied sur l'autre alors qu'elle attendait. Lorsqu'elle vit Doreen s'arrêter,

Gina la regarda et fronça les sourcils.

Doreen ouvrit la vitre et la salua.

— Bonjour, je suis Doreen.

Gina s'empressa de monter sur le siège passager.

— Merci d'être venue me chercher. Je ne pense pas que j'aurais pu conduire.

— Je n'en doute pas et, à ce stade, ce n'est pas un problème, déclara Doreen en regardant la jeune femme avec compréhension. Allons-y et réglons cette question.

Gina dit à peine quelques mots durant le trajet et, lorsque les deux femmes arrivèrent à la morgue, Mack les attendait à l'extérieur.

— Je vous présente Mack. Vous lui avez parlé tout à l'heure.

Gina la regarda et acquiesça.

— Je suppose que la police a vraiment besoin de savoir, n'est-ce pas ?

Elle resta nerveusement à l'extérieur de la voiture pendant que Doreen fermait à clé. Puis les deux femmes se dirigèrent vers la morgue.

— C'est Gina, annonça Doreen à l'attention de Mack.

Le policier sourit, se présenta et ajouta :

— Je suis désolé de vous demander ça.

Gina secoua la tête.

— C'est bon. J'ai été hors de moi toute la journée, à me demander ce qui avait bien pu se passer. Mais, au fond… je savais.

— Ne nous emballons pas, pas avant d'avoir vu, pas avant d'être sûrs, affirma Mack en ouvrant la voie.

Au moment de voir le visage du cadavre, Gina se tourna vers Doreen.

— Et si ce n'est pas lui ?

— Alors nous allons continuer à chercher Oscar, répondit Doreen. Espérons que ce n'est pas lui.

La jeune femme acquiesça et se tourna à nouveau vers le corps. Lorsque le drap fut retiré pour révéler son visage, Gina plaqua une main sur sa bouche et hoqueta.

— Alors, ça veut dire oui ou non ? interrogea Doreen.

Gina, les larmes aux yeux, hocha la tête.

— C'est lui.

Et elle s'effondra sur le sol en pleurant.

Doreen s'accroupit à côté d'elle et l'entoura de ses bras. Doreen leva les yeux vers Mack et hocha la tête.

— Tu as raison. C'est le type que j'ai vu au parc.

— Vous allez bien toutes les deux ? demanda-t-il.

Doreen acquiesça.

— On va rester là quelques minutes, et ensuite, je la ramènerai chez elle.

Les choses prenaient une tournure différente pour chacun d'entre eux. Doreen était persuadée que quelque chose d'autre s'était encore libéré, et que les choses allaient s'envenimer avant d'être réglées pour de bon.

Chapitre 15

DOREEN APPELA DEUX amies de Gina afin qu'elles viennent lui tenir compagnie pendant l'après-midi. Gina était dans un piteux état quand Doreen la déposa chez elle. Doreen lui promit de l'appeler plus tard dans la journée pour s'assurer qu'elle allait bien. Gina était sortie de la voiture et s'était dirigée avec raideur vers son appartement. Doreen s'était demandé si elle devait rester, mais Gina ne voulait personne pour l'instant, elle voulait seulement être seule.

Doreen la comprenait. C'était déjà assez difficile d'affronter le décès d'Oscar.

Lorsqu'elle rentra chez elle, Doreen prit une part de brownie – elle avait besoin d'une dose de sucre – et sortit avec les animaux. Elle se rendit sur le patio et s'assit, prenant conscience une fois de plus de la chance qu'elle avait d'avoir ce calme et cette tranquillité à disposition chez elle. Si, à la morgue, elle avait dû identifier quelqu'un qu'elle connaissait et à qui elle tenait, il n'y aurait eu que très peu de réconfort à trouver dans cet endroit. Même si la nouvelle était encore si fraîche, le simple fait d'être chez soi, dans un environnement familier, faisait aussi une différence.

Au moins, Doreen était prête à essayer de le croire. Elle resta assise là, repoussant le souvenir de la réaction de la femme au cœur brisé à la vue de l'être aimé mort. Goliath sauta sur la table et envoya valser un morceau de brownie. Mugs se jeta dessus en même temps que Thaddeus. Ce qui avait été un moment sombre se transforma en un véritable chaos, chacun se jetant sur le morceau de brownie pour essayer de l'attraper en premier.

Heureusement, Doreen réussit avant que l'un d'eux ne puisse le manger et tomber malade. Elle était à la fois choquée et en train de rire lorsqu'elle rattrapa Thaddeus et le posa sur la table. Le perroquet avait battu Goliath, il était à deux doigts d'obtenir le morceau de chocolat. Goliath avait perdu de justesse, et il était maintenant couché dans l'herbe, observant Doreen avec dédain.

— Tu l'as fait exprès ? le gronda-t-elle, mais toujours avec un sourire.

Elle avait presque envie de le récompenser pour avoir atténué la lourdeur de la journée. Il se contenta de remuer la queue. La jeune femme se rendit dans la cuisine, sortit les friandises des animaux et revint pour en donner une à Goliath.

Mugs arbora une fois de plus son expression dépitée. Doreen soupira et céda.

— Très bien, tu peux en avoir une.

Elle retourna à l'intérieur, où elle avait caché les friandises, et en sortit une pour lui. Elle n'osait pas lui en donner trop, et elle devait garder sa cachette. À présent beaucoup plus heureuse et le cœur plus léger, elle descendit jusqu'à la rivière, ramassa plusieurs bâtons et joua avec Mugs pendant dix bonnes minutes. Se sentant mieux, elle réfléchit à ce qu'elle allait faire.

La question qui lui trottait dans la tête était de savoir comment ils allaient trouver ce qu'il était arrivé à cette famille. Faire un tour en voiture pendant des heures ne serait pas d'une grande aide, surtout sans aucune destination précise, mais elle pensa alors à Google Maps. En y réfléchissant, elle retourna à l'intérieur. Des groupes locaux s'occupaient-ils de ce genre de choses ? Qui pourrait bien le savoir ?

Elle pensa aux secouristes avec lesquels elle s'était mise en relation à propos du petit garçon qui s'était noyé dans le lac à bord d'un pick-up, tant d'années auparavant. Elle consulta ses contacts, essayant de trouver un nom et un numéro. *Nathan*, un ancien plongeur, connaissait d'autres personnes dans le domaine de la recherche et du sauvetage, et elle avait son numéro.

Lorsqu'elle l'appela, il reconnut aussitôt Doreen.

— Salut ! répondit-il d'une voix claire et joyeuse. Comment vas-tu ? Tu as résolu d'autres mystères ?

Elle rit.

— Oh, je ne sais pas s'ils sont résolus, mais j'y travaille en ce moment.

— Oh, bien. De quoi as-tu besoin ?

Et heureusement, c'était la personne qui lui demandait tout simplement ce dont elle avait besoin.

— Je me demande, et c'est sûrement peu probable, si tu peux retrouver quelqu'un qui a disparu sur la terre ferme il y a de nombreuses années ?

— Il va me falloir plus de détails.

— Je travaille sur une autre affaire non résolue, dans laquelle deux personnes ont disparu il y a vingt-cinq ans à bord d'un véhicule, alors qu'elles venaient de la côte. Pourrions-nous examiner une carte aérienne des terres concernées par ce voyage en voiture ? À la fois de l'époque et d'aujourd'hui ?

— Je n'ai jamais entendu parler de ce couple, nota-t-il pensivement. Il est évident qu'il y a de l'argent en jeu lorsqu'il s'agit d'obtenir la main-d'œuvre nécessaire pour effectuer des recherches physiques, surtout si tard dans l'enquête.

— À l'époque, de nombreux habitants de la région ont parcouru la route, expliqua-t-elle. Certaines personnes s'y sont consacré tous les week-ends pendant des semaines, elles ont roulé en long et en large, à la recherche d'un véhicule qui aurait pu sortir de la route – ou de tout autre signe.

— Des centaines de kilomètres séparent ces deux villes, souligna Nathan, et je dis bien des *centaines* de kilomètres. Les chances que quelqu'un tombe sur cette voiture en dehors de la route ne sont pas très grandes.

— J'y ai pensé aussi. Qu'est-ce qui aurait changé au cours des vingt-cinq dernières années ? Pas seulement le paysage, mais aussi la technologie. Mack a indiqué qu'une grande partie de la géographie aurait changé à cause des incendies de forêt.

Nathan acquiesça.

— Bien sûr, il pourrait y avoir vingt-cinq ans de croissance. Mais Mack a raison. C'est exactement ce qu'il s'est passé. Avec les incendies de forêt, beaucoup de terres qui étaient restées ouvertes ont repris vie. Tout le monde ne sait pas que les incendies de forêt peuvent parfois reconstruire une forêt, en fonction des arbres. S'ils ont un système racinaire étendu, les bourgeons dormant sous terre sont protégés. Les nutriments stockés dans le système racinaire permettent une germination rapide après un incendie. Enfin, s'il s'agit de pins, certaines pommes de pin ne libèrent leurs graines qu'en cas d'incendie, ce qui rajeunit la forêt.

— Oh, wouah, souffla Doreen.

Nathan poursuivit.

— Nous disposons de quelques outils aériens et je connais tout un groupe d'internautes amateurs qui aiment faire des recherches en ligne pour ce genre de choses. Nous faisons appel à leurs services de temps en temps pour des opérations de recherche et de sauvetage, et certains de nos hommes appartiennent même à ce groupe.

— Vraiment ? Quelle bonne idée.

— En effet, ils peuvent être très impliqués lorsque quelqu'un disparaît. Il est vrai qu'ils préfèrent rechercher les personnes récemment disparues, car ça augmente les chances de les retrouver. Quoi qu'il en soit, ça permet d'attirer l'attention sur un problème.

— Et dans ce cas, je ne sais pas quel véhicule ils conduisaient. Il a pu être enterré ou bloqué pendant vingt-cinq ans, puis potentiellement pris dans un incendie… Alors à quoi ça ressemblerait ?

Nathan répondit d'un air lapidaire :

— Sûrement *marron*. À mon avis, il se fondrait parfaitement dans le décor. Mais ça ne veut pas dire qu'une partie du métal n'a pas survécu, donc tout reflet pourrait être capté. Je peux te mettre en contact avec ces types, si tu veux.

— Ce serait génial. Merci.

— Il n'y a aucune garantie qu'ils vous aideront, fit-il remarquer avec prudence.

— Non, non, je sais, mais si certains s'ennuient…

— Exactement, c'est pourquoi tu fais ça aussi, n'est-ce pas ? plaisanta Nathan.

— L'ennui, et maintenant je ne peux pas abandonner ces gens, marmonna-t-elle.

— Je comprends, convint Nathan. Pourquoi penses-tu que je fais ce travail ? La plupart des membres de notre équipe sont des bénévoles et nous avons tous un autre travail à côté. Nous rentrons chez nous le soir pour apprendre que quelqu'un a disparu en VTT ou est tombé quelque part, et nous sommes tous là pour les aider.

— Et c'est parce que vous êtes de très bonnes personnes. Le monde a besoin de plus de gens comme vous.

Nathan rit.

— On essaie d'amasser du bon karma.

— On ne sait jamais. Je me suis attiré des ennuis plus d'une fois. Et tu peux parier que certains de mes amis aimeraient que j'arrête ce *passe-temps*.

— Oh, j'imagine, acquiesça Nathan. J'ai entendu quelques histoires, mais si tu veux aller prendre un café et discuter, je suis toujours partant.

— Merci, dit-elle, agréablement surprise.

— Attends une seconde, je vais chercher quelques numéros pour toi. Mais la plupart seront des adresses email.

— C'est très bien. Tant que j'ai un moyen de contacter les gens, ça ne me pose pas de problème de le faire.

— Je pense que tu es douée pour ce que tu fais parce que tu n'as pas *peur* de contacter les gens. Beaucoup ont du mal avec cet aspect.

— Je ne l'ai jamais vraiment compris, reconnut-elle. Si on a besoin de savoir quelque chose, n'est-il pas préférable de le demander directement ?

Nathan éclata de rire.

— Absolument, et ainsi… tu prends souvent les gens au dépourvu, j'imagine, et ils ne savent pas vraiment quoi dire.

— Peut-être, mais parfois ils disent simplement la vérité, et ça me facilite la tâche.

— Je suis d'accord. Je suis tout à fait d'accord avec ça. Ne quitte pas.

Quand il revint au téléphone, il annonça :

— J'ai trois adresses email ici. Donne-moi la tienne, et je te les enverrai.

Elle lui communiqua et, après avoir raccroché en lui promettant de le retrouver un de ces jours pour boire un café, elle ouvrit sa boîte mail et attendit son message. Lorsqu'elle le reçut, elle rédigea une réponse, qu'elle laissa mûrir une minute, le temps de réfléchir à ce qu'elle devait dire. Elle donna les détails – le peu qu'elle avait – et pensa qu'elle avait vraiment besoin de plus d'informations sur la voiture. Un rapide coup de fil à Roscoe confirma qu'il s'agissait d'une Toyota Corolla bleu clair.

— Presque argentée, ajouta-t-il. C'était une couleur bizarre. Mais elle était d'occasion lorsqu'ils l'ont achetée, et je n'imagine pas que le temps ait été très clément avec elle.

— Je ne peux pas vous dire.

— Pourquoi ? interrogea-t-il. Vous avez une piste ?

Il avait l'air ravi.

— Je ne sais pas si j'ai une piste. Ça ne sert à rien de se lancer à l'aveuglette, sans certains de ces détails.

— Non, non, vous avez raison, confirma Roscoe. J'aurais dû vous les donner dès le début.

Après avoir raccroché, elle termina rapidement l'email et indiqua aux trois personnes chargées de la recherche en ligne l'itinéraire que les premiers chercheurs avaient emprunté et le dernier point de contrôle du véhicule. Elle l'envoya en y ajoutant une référence personnelle. *Si vous avez des questions sur mon identité, n'hésitez pas à contacter Nathan, que vous connaissez déjà.*

Elle reçut une réponse presque immédiatement. Ce type

devait être assis devant son ordinateur, en train de lire ses emails.

Salut, c'est sympa. Je vais jeter un coup d'œil et contacter certains de mes amis. Je ne promets rien.

Rien de plus. Mais elle ne pouvait pas non plus *promettre* quoi que ce soit à qui que ce soit. Puis elle rappela Nathan et lui demanda :

— Hé, si je voulais perdre quelques heures à faire des recherches en ligne, où est-ce que je dois aller ?

Il lui donna des instructions pour obtenir la meilleure vue aérienne de la région et ajouta :

— En fait, il suffit de regarder des diapositives et d'être sur Google Earth.

— D'accord. Ça peut prendre beaucoup de temps.

— C'est aussi la raison pour laquelle il faut que le plus grand nombre de personnes possible participent aux recherches. Ceux qui font ça, c'est leur passe-temps. Ils peuvent y passer des heures, mais ils savent aussi ce qu'ils recherchent.

— Je les ai contactés, tous les trois, et l'un d'entre eux m'a répondu immédiatement en me disant que la recherche semblait sympa, mais qu'il ne me promettait rien. Cependant, il allait contacter quelques-uns de ses amis.

— C'était sûrement Donnie, non ?

Elle consulta l'email.

— Si, c'était lui.

— Bien. C'est l'un des meilleurs. Il ne parle pas souvent aux gens, et pour qu'il t'ait répondu, ça veut dire que quelque chose dans ta demande l'a interpelé.

— J'ai essayé de lui donner toutes les informations dont il avait besoin pour commencer. Mais qu'est-ce que j'en sais moi ?

Nathan rit.

— Ne te laisse pas abattre. Tu commences à faire partie de ces gens du coin qui savent. Aucun d'entre nous ne sait vraiment avec qui et quoi tu vas surgir ensuite.

— Merci pour ton aide.

— Pas de soucis, conclut Nathan avant de raccrocher.

Au moins avec l'idée que peut-être, juste peut-être, quelque chose sortirait de tout cela, et, faute de mieux, elle avait entamé quelque chose, elle prit des notes sur toutes les personnes qu'elle avait contactées, quand et pourquoi. Lorsque le téléphone sonna un peu plus tard, elle répondit distraitement.

— J'ai signé. Voilà. Tu es contente ? cingla Mathew dans le téléphone.

Doreen se raidit.

— C'est vrai ? Parce qu'il m'a semblé évident que tu n'avais pas tout signé, à dessein.

Il grommela quelque chose d'incompréhensible.

— Tu as dit quelque chose ? demanda-t-elle. Je ne t'entends pas bien.

— Si tu ôtais tous ces rêves de richesse de tes oreilles, cracha-t-il, tu entendrais très bien !

Il grogna audiblement puis raccrocha avec force.

Elle fixa son téléphone avec consternation. C'était étrange de l'entendre s'énerver à ce point sans être à portée de main. C'était génial. C'était absolument charmant, mais en même temps, c'était étrange. Il lui semblait que c'était il y a une éternité, une éternité dont elle n'imaginait même pas qu'elle pût être possible. Et pourtant, elle était là, si loin de tout ce scénario qu'elle en avait presque des larmes de joie qui lui montaient aux yeux. Elle s'empressa d'appeler Nick, mais comme elle n'arrivait pas à le joindre, elle lui laissa un message à propos de l'appel de Mathew.

Lorsqu'il la rappela une vingtaine de minutes plus tard, il lui demanda :

— Tu as encore répondu à son appel ?

La jeune femme se renfrogna.

— J'aurais été étonnée que tu ne poses pas la question. Pourquoi pas : *Salut, Doreen ? Comment vas-tu, Doreen ? Comment va mon frère, Doreen ?*

Nick éclata de rire.

— Évidemment que j'ai posé cette question. Je croyais qu'on avait décidé que tu ne répondrais plus à ses appels, que tu ne lui parlerais plus.

— Je sais, et j'étais vraiment prise par ce que je faisais, se défendit-elle, alors j'ai oublié de vérifier le numéro.

— Au moins, il t'a dit quelque chose d'utile. Mais je n'ai toujours pas reçu les documents.

— Évidemment. Ce n'est pas parce qu'il a *dit* qu'il avait signé qu'il l'a fait, je suppose.

— Espérons qu'il ait signé. Nous nous rapprochons du but maintenant. L'audience doit encore avoir lieu.

— Il n'avait pas l'air très bien, et ce n'est pas du tout dans ses habitudes qu'il me raccroche au nez, souligna Doreen. J'espère que nous n'avons pas complètement détruit sa vie.

Nick marqua une pause à l'autre bout du fil, comme s'il réfléchissait à ses paroles.

— Tu es bien trop gentille, tu le sais ?

Elle fixa du regard le téléphone.

— Je n'en sais rien, répondit-elle prudemment. Mais, comme tu le sais, il y a toutes sortes de problèmes dans la vie des autres… Alors, est-ce qu'ils doivent vraiment faire des pieds et des mains pour gâcher la vie de quelqu'un d'autre ?

—À toi de me le dire, vu ce que tu as appris sur l'humanité ces derniers mois, répliqua Nick. J'ai affaire à des gens de la sorte tout le temps, et ce n'est pas très agréable parfois.

— Tu as raison, concéda-t-elle. Je suis une personne gentille, car, à mon avis, le monde a besoin de plus de personnes gentilles. Je suis heureuse d'être l'une d'entre elles.

Nick s'esclaffa.

— Tu es sûre que tu n'as pas une sœur ?

— Non, pas de sœurs du tout. Pourquoi ?

Nick éclata de rire. Doreen soupira.

— Encore une de ces blagues, *hein* ?

— Non, ce n'est pas du tout une blague, corrigea Nick, mais mon frère a beaucoup de chance de t'avoir trouvée.

— Tu peux toujours venir à Kelowna et trouver quelqu'un toi-même.

— Ou bien je pourrais trouver quelqu'un ici, nota-t-il avec un petit rire. Là-bas, je n'ai aucune garantie de trouver quelqu'un, d'autant plus que je n'ai trouvé personne pendant toutes ces années.

— *Aah*, souffla Doreen, sentant quelque chose dans la voix de l'avocat. Et peut-être que la personne que tu as quittée à l'époque est libre maintenant.

Le silence se fit à l'autre bout du fil.

— Ai-je dit que j'avais quitté quelqu'un ? s'enquit Nick.

— Tu n'as pas eu à le faire. Je l'ai senti dans ta voix.

— Wouah, tu es dangereuse.

— Non, je ne suis dangereuse pour personne, déclara Doreen. Cependant, la vie ne te donne que quelques options, quelques chances et quelques choix. Alors, peut-être devrais-tu essayer de te lancer.

— Oui, peut-être, concéda-t-il, sans pour autant en

avoir l'intention, comme si c'était la dernière chose qu'il voulait faire.

— Ou pas, suggéra-t-elle, car apparemment, ce n'est pas une idée qui te ravit.

— Lorsque quelqu'un te quitte, c'est difficile de revenir en arrière.

— Ça dépend si tu veux revenir ou non, déclara-t-elle joyeusement. Ça dépend de la valeur de ce que tu as perdu et de ce que ça vaut pour toi.

— Qu'est-ce qu'on fait quand la confiance n'est plus là ? demanda Nick.

— Ah, la confiance est un élément important. J'en sais quelque chose.

— Tu as perdu confiance très tôt ?

— Oui, et ensuite j'ai attendu, pendant très longtemps. Je suis vraiment reconnaissante de ne plus être dans cette situation. J'y ai pensé ce matin et j'ai constaté combien de choses ont changé dans ma vie et combien j'en suis reconnaissante.

— Bien. Accroche-toi à cette joie. Ça t'aidera à supporter le reste de ce charmant divorce.

Doreen grimaça, mais Nick avait déjà raccroché. Que pouvait-il y avoir de plus ? En ce qui concernait la succession de Robin, Doreen avait pensé qu'il ne restait presque plus rien à faire que de vendre ses biens, mais Nick lui avait donné l'impression qu'il y avait encore une procédure à suivre.

C'était peut-être parce qu'il n'avait toujours pas reçu les papiers de Robin ou de Mathew. Doreen l'ignorait, mais elle espérait, espérait et espérait que peut-être, juste peut-être, son divorce serait bientôt terminé.

Plus tard dans l'après-midi, alors qu'elle était assise à

l'extérieur, le regard rivé sur son ordinateur portable, luttant contre la lumière du soleil tout en essayant d'incliner l'écran afin de pouvoir voir certaines des photos du sol qu'elle regardait, Mack arriva. Elle leva les yeux.

— Tiens. Tu reviens pour une autre part de brownie ?

Il sourit.

— Je ne suis pas contre le brownie, mais j'ai pris des burritos.

Doreen avisa le sac et fronça les sourcils.

— C'est quoi un burrito ?

Le policier baissa lentement le sac et la dévisagea. Elle haussa les épaules.

— Ça a l'air mexicain, ajouta-t-elle.

— *C'est* mexicain. Dis-moi que tu as déjà mangé des burritos.

Elle fronça le nez.

— Tu vois ? Tu agis comme si je devais le savoir, alors que je l'ignore. Tu ne devrais pas faire ça.

Mack soupira.

— Qui aurait cru que tu ne saurais pas ce qu'est un burrito.

— Peut-être que lorsque je le verrai, je le reconnaîtrai, devina la jeune femme.

— *Peut-être.*

Toutefois, il avait l'air si dubitatif qu'elle éclata de rire.

— D'accord, d'accord, dit-elle dédaigneusement. J'espère que tu es content parce que je suis restée à la maison à ne rien faire.

— Je suis vraiment surpris.

— Tu ne me laisses pas me mêler de ton affaire, même si tu es bien content de venir ici et d'obtenir mon aide quand c'est nécessaire, maugréa Doreen. Tu pourrais me laisser faire plus que ça.

— Que veux-tu faire ? demanda-t-il avec une pointe d'amusement. On a des flics partout. Maintenant qu'on a deux corps, tu peux parier qu'on a des choses à faire. Des choses de *flics*.

— Je suis sûre que vous avez tracé le chemin du petit ami et toutes ces bonnes choses.

— En effet.

Le ton du caporal était calme, presque pensif.

— Et ?

Il se tourna vers elle et sourit.

— Et quoi ?

Doreen soupira.

— Très bien, tu ne veux pas me le dire. Ça ne fait rien.

— Tant mieux. *J'aimerais* t'en parler, mais je n'ai pas le droit.

Elle opina du chef.

— Oui, j'ai compris. Je n'aime pas ça, mais d'accord.

Il l'avisa et elle haussa les épaules.

— C'est comme ça, reprit Doreen. En plus, je veux seulement m'assurer que ce n'est pas la petite amie qui est coupable.

— Quoi ?

— Pourquoi cette surprise ? Si on y réfléchit bien, c'est Gina qui avait le mobile le plus important.

— Quel mobile avait-elle ? interrogea Mack.

— Gina et Oscar ont eu une grosse dispute à propos d'Edwin, parmi d'autres grosses disputes à propos d'Edwin, et maintenant les deux gars sont morts. Alors peut-être que la dispute a un peu dérapé.

— C'est exact, ils se sont disputés. Il y a peut-être quelque chose à creuser, mais quid du corps d'Oscar ?

— Tu ne m'as pas dit où ils ont trouvé le corps, comment il est mort, donc je ne peux pas répondre à cette question.

— Je vois, déclara Mack, le regard perdu dans le vide. Je ne pense pas qu'elle l'ait tué.

— Bien, parce que je n'aimerais vraiment pas penser que je suis allée à la morgue pour l'aider à s'afficher.

— À moins que…

Mack se tut, songeur.

— Oui, je sais, *à moins que*, acquiesça Doreen.

— Non, non, on ne va pas se lancer là-dedans, refusa-t-il. D'ailleurs, je prends ma soirée, et le reste de l'équipe a pris un congé hier, alors maintenant ils sont de retour.

— Bien. J'en déduis que les burritos nous attendent.

Elle observa le sac qu'il tenait dans sa main.

— Est-ce qu'ils sont faits pour être mangés chauds ?

Il acquiesça et concentra son regard sur la jeune femme.

— Wouah, oui, ils sont faits pour être mangés chaud. Allons chercher des assiettes. Je vais te montrer comment on les mange.

Les manger était une évidence, sauf qu'en les tenant dans la main, il fallait essayer de ne pas se couvrir complètement les deux mains avec le contenu de l'emballage. Doreen constata qu'elle ne pouvait pas s'arrêter une fois qu'elle avait commencé, car sinon tout partait dans tous les sens. Le temps qu'elle eut mangé la moitié de son burrito, Mack avait déjà englouti le sien.

Il la fixa du regard.

— Même ça, tu le manges avec élégance.

Doreen haussa les sourcils.

— Comment peut-on manger *ça* avec élégance ? J'ai l'impression d'en perdre les trois quarts.

— C'est effectivement le cas, répondit-il joyeusement.

Il ajusta le papier d'aluminium enroulé au bas.

— Ça devrait t'aider, dit-il.

Elle soupira, mais continua de manger.

— Qu'est-ce que tu en penses ? demanda-t-il avec curiosité.

— C'est bon, et non, je n'en ai jamais mangé auparavant.

Il secoua la tête.

— Wouah, ton éducation en matière de nourriture est tellement basique.

Doreen lui lança un regard noir. Il sourit et ajouta :

— Ce n'est pas grave.

— Mais tu ne m'as toujours pas dit où vous avez trouvé le corps.

— Le premier a été trouvé dans la zone du City Park, il s'agissait d'Edwin. L'autre, Oscar, vient d'être trouvé dans le parc de Mission Creek.

Doreen se redressa et observa son petit ruisseau.

— Quoi ?

— À l'Eco Center, précisa Mack. C'est fermé pour l'instant pour que la police scientifique puisse travailler dessus.

— Bien sûr. Pourquoi n'ai-je pas posé la question plus tôt ?

— Parce qu'une fois que tu as compris qui c'était, tu étais plus préoccupée par l'obtention des informations de la part de Gina.

— C'est vrai. Mission Creek, *alors* ?

Elle passa son regard de Mack au ruisseau.

— Ne me dis rien, commença-t-il, avant de deviner avec un soupir : tu veux aller t'y promener tout à l'heure.

— Tout à fait. Ça m'aide d'avoir une idée du lieu en tête.

— Mais ce n'est pas à toi de résoudre cette enquête, lui rappela Mack.

— En effet… Cependant, lorsque je l'ai récupérée et emmenée à la morgue, Gina n'habite pas très loin de l'endroit où Oscar a été retrouvé. Bien sûr, ils vivaient ensemble dans cet appartement, non loin de l'endroit où le nouveau centre va être construit.

— C'est juste en face de l'endroit où le corps a été trouvé, confirma Mack. Et je suis sûr que tu as remarqué, quand on était tous à la morgue pour identifier le corps, que Gina n'a jamais demandé où le corps d'Oscar avait été trouvé.

Doreen dévisagea Mack, et sa bouche s'ouvrit lentement.

— Gina n'a pas non plus demandé ce qu'il s'est passé, comment Oscar est mort, à quelle heure, rien. Maintenant, on pourrait prendre un risque et supposer qu'elle était tellement choquée que ça n'a fait aucune différence à ce moment-là.

— On pourrait. Et, bien entendu, on a encore quelques questions à régler.

Doreen acquiesça passivement, n'appréciant pas vraiment la tournure que prenaient les choses.

— Et pourtant tu disais justement que tu ne pensais pas qu'elle l'avait tué.

— Je ne pense pas, mais ça ne veut pas dire qu'elle n'a rien à voir avec ça.

— Cette idée ne me plaît pas.

— Je sais. Je ne devrais pas t'en parler, mais tu es un peu trop facile à aborder.

Il lui lança un regard noir.

Elle arbora un large sourire.

— J'ai aussi reçu un appel de Mathew aujourd'hui.

Mack se figea.

— Depuis quand c'est une bonne accroche ?

La jeune femme éclata de rire.

— Depuis qu'il me raccroche au nez.

— Donc tu as répondu ?

Il la fixait du regard, abasourdi.

Elle le foudroya du regard.

— Super, c'est la seule chose que ton frère a relevée lui aussi.

— Oui, parce qu'on ne comprend pas pourquoi cette femme intelligente en face de nous continue à faire des choses comme ça.

— J'ai oublié, répliqua-t-elle avec un sourire.

— D'accord. Comment est-ce possible ? demanda-t-il en la regardant avec incrédulité.

Elle soupira.

— J'étais vraiment plongée dans ce que je faisais. Alors, quand le téléphone a sonné, j'ai répondu machinalement. Je n'ai même pas pris le téléphone en main. J'ai appuyé pour décrocher, c'est tout.

— Je vois, et qu'est-ce qu'il voulait ?

— Il m'a dit qu'il a signé les papiers et que je devrais être heureuse.

Et elle l'avait dit si joyeusement que son bonheur se refléta sur le caporal.

— Et tu es heureuse ?

— Évidemment, si c'est terminé. J'adorerais que ce soit terminé.

— Et mon frère a-t-il les papiers ?

— Non, pas encore, répondit Doreen en fronçant les sourcils. Pas au moment où je l'ai contacté. Mais j'ignore si l'avocat de Mathew devait en faire quelque chose d'abord.

Mack ne dit rien, se contentant de la regarder. Elle lui adressa un sourire et proposa :

— Maintenant qu'on a mangé, tu veux aller te promener ?

— Tu veux marcher jusqu'à l'Eco Center ? interrogea-t-il d'un ton sec.

Doreen sourcilla.

— Bien sûr, ça ne nous fera pas de mal. En plus, je t'ai aidé jusqu'à présent.

Il hocha la tête d'un air sombre.

— D'accord, mais on n'ira pas sur la scène de crime.

— Non, bien sûr que non, accepta-t-elle.

— Comment se fait-il que tu puisses rendre une chose si simple si complexe ?

— C'est un don, déclara-t-elle, avant d'éclater de rire.

Lorsqu'elle revint des toilettes, prenant les laisses au passage, Mugs était à moitié sur les genoux de Mack.

— C'est devenu un vrai lèche-bottes, lança Doreen.

— C'est un bon chien.

Doreen sourit.

— C'est vrai. Et je t'ai raconté que Thaddeus donnait des friandises à tout le monde, alors j'ai dû les cacher.

Comme c'était assez drôle, elle lui raconta à nouveau l'histoire, en ajoutant les détails qui lui avaient échappé la première fois.

Mack rit aux éclats, manquant de tomber de sa chaise. Mugs descendit de ses genoux et lui jeta un regard mécontent.

— Oh mon Dieu, souffla Mack en essuyant ses larmes quelques minutes plus tard. J'en avais vraiment besoin. Je n'aurais jamais pu l'imaginer.

— Oui, ils faisaient une sacrée équipe, marmonna-t-elle. Maintenant, j'ai déplacé les friandises en toute sécurité dans un autre placard.

— Oui, et une fois que Thaddeus saura où elles sont ? Sait-il ouvrir les placards ?

Elle réfléchit puis secoua la tête.

— Je ne pense pas. J'avais pris l'habitude de laisser la porte du garde-manger grande ouverte, donc ouvrir une porte n'était pas vraiment un problème, mais maintenant c'est au-dessus du réfrigérateur.

Puis elle se tut et se tourna vers Thaddeus, lui jetant un regard noir.

Le perroquet inclina la tête sur le côté.

— Au-dessus du réfrigérateur. Au-dessus du réfrigérateur.

Doreen soupira.

— Ce qui est bien, c'est qu'il peut imiter, mais il ne sait pas encore ouvrir les placards.

Mack s'esclaffa.

— Je ne compterais pas là-dessus. Il est plutôt intelligent.

— Il est *très* intelligent, bougonna-t-elle. De plus, Mugs devenait un peu trop suffisant à l'égard des friandises.

— Ce n'est rien. Les animaux sont ainsi, un point c'est tout.

— Et les gens ne changent pas, ajouta Doreen d'une voix ferme, comme on ne cesse de le constater.

Mack opina du chef et sourit.

— Et tu continues à évoluer et à changer d'une manière qui me surprend.

— Je n'en sais rien. Je ne pense pas que tu devrais être surpris – sauf que, eh bien, je suppose que je suis aussi constamment surprise.

Le caporal rit.

— Et parfois, tu dis les choses les plus bizarres, comme si tu ne savais même pas ce qu'il se passe dans ta tête.

— Et bien souvent, je l'ignore, reconnut-elle.

— Alors, qu'est-ce qui t'occupait tant ? demanda-t-il, alors qu'ils marchaient vers la rivière, pour que tu ne te rendes pas compte que tu devais vérifier qui te téléphonait ?

Doreen sourit.

— Tu te souviens de Nathan, le plongeur qui a des liens avec les services de recherche et de sauvetage de la région ?

— Je connais bien Nathan. Pourquoi ?

— Je l'ai contacté et lui ai demandé s'il était possible de retrouver un véhicule qui aurait disparu il y a vingt-cinq ans dans la région.

Il la regarda avec étonnement.

— Les services de recherche et de sauvetage n'ont ni le temps ni le budget pour ce genre de choses, répondit Mack lentement.

— Je sais. Je sais, et je ne lui demandais pas d'entamer ce genre de recherches, expliqua-t-elle. Je me demandais s'il y avait un autre moyen. Sais-tu qu'il existe un groupe d'enquêteurs amateurs sur Internet, des gens que Nathan connaît et avec lesquels je pourrais entrer en contact ?

Mack s'arrêta et se tourna vers elle.

Doreen haussa les épaules.

— C'était juste une idée.

— C'est une très bonne idée, confirma-t-il en la fixant toujours du regard.

— Je savais que tu en viendrais à cette conclusion rapidement.

Elle haussa les épaules, satisfaite d'elle-même.

— Quoi qu'il en soit, reprit-elle, j'ai contacté les trois personnes vers lesquelles Nathan m'a dirigée, et l'un d'entre eux m'a répondu qu'il s'agissait d'un projet intéressant et qu'il pourrait mettre quelques personnes sur le coup.

— Ce serait énorme. Je n'ai jamais envisagé une telle chose.

— Pourquoi pas ? Ou est-ce une idée stupide ?

— Non, pas du tout, mais il faut des gens qui ont du temps, qui n'ont pas d'intérêts particuliers et qui ont la capacité de traquer ces informations. C'est une véritable compétence.

— Je n'en doute pas. Je n'ai pas les mêmes compétences, mais je me suis dit que peut-être, si des gens s'ennuyaient…

— Et il y a toujours des gens qui s'ennuient, affirma Mack en souriant. Donc, si tu trouves quelqu'un qui fait partie d'un de ces grands groupes, tu ne sais jamais ce qu'il peut arriver.

Il passa un bras autour de ses épaules, la serra contre lui et murmura :

— Wouah, je n'avais pas réalisé à quel point tu étais brillante.

Elle leva les yeux et sourit.

— Comment as-tu pu ne *pas* t'en rendre compte ? s'écria-t-elle, feignant l'horreur.

Il s'esclaffa.

— Hé, tu sais, quand tu as tout compris, tu te débrouilles vraiment bien.

— En revanche, ça ne veut pas dire qu'on aura des réponses.

— C'est vrai, mais tu fais ce que tu peux et tu as contacté des personnes qui font ce qu'elles peuvent. C'est tout ce que chacun d'entre nous peut faire dans cette vie.

Mack haussa les épaules et reprit :

— Et on espère que c'est suffisant, et parfois ça l'est, parfois ça ne l'est pas… Arriver à faire la paix avec ça ? C'est énorme.

Doreen sourit.

— On verra. Je ne sais pas si je pourrai les contacter par la suite ou s'ils me contacteront, mais l'essentiel, c'est que j'ai au moins entrepris quelque chose.

Chapitre 16

À L'Eco Center, Doreen, Mack et les animaux s'arrêtèrent pour se reposer un peu. Jusqu'ici, la promenade avait été belle, un peu longue, mais une belle journée qui avait sûrement fait du bien à Mugs aussi. C'était du moins ce qu'elle pensait en le regardant. Il était encore plein d'énergie et prêt à redémarrer.

— Qu'est-ce que tu t'attends à voir ici ? murmura-t-elle.

— Je ne m'attends pas à voir quoi que ce soit, répondit Mack. Qu'est-ce que *tu* t'attends à voir ?

Elle fronça les sourcils.

— Ça ne va pas te plaire.

— Sûrement pas, marmonna-t-il avec un sourire pénible. Ça ne veut pas dire que je ne t'écouterai pas.

Doreen soupira.

— Je veux seulement m'assurer que les personnes qui sont ici ne sont pas des personnes qui ont quelque chose à voir avec ce meurtre.

— J'ai des policiers qui surveillent la foule, nota Mack. Cependant, la plupart d'entre eux sont partis à l'heure qu'il est. Tout ça s'est passé plus tôt dans la journée.

Elle opina du chef.

— On sait que la foule aime aller et venir.

— Et même des personnes liées au crime. N'oublie pas qu'Oscar avait une mère et des sœurs.

— Aïe, souffla Doreen. C'est triste, n'est-ce pas ?

— Ça l'est, mais c'est la vie.

Ils marchèrent jusqu'au ruban de la scène de crime et le contournèrent. L'un des policiers leva la main pour saluer Mack.

Mack rendit le geste et indiqua à Doreen :

— Reste ici.

Il avança et discuta avec l'agent pendant quelques minutes. Lorsqu'il revint se placer à côté de Doreen, il ne semblait pas inquiet.

— Pas de problème ? demanda-t-elle.

Le caporal secoua la tête.

— Non, aucun problème.

— Bien.

Elle se promena autour du ruban de la scène de crime, observant la zone et le parc environnants. Pourtant, ce n'était qu'un parc. Le même parc qu'elle avait déjà parcouru à maintes reprises. Rien ne sortait de l'ordinaire.

— Je me demande pourquoi le coupable a choisi un lieu public comme celui-ci, interrogea Doreen.

— En général, c'est parce qu'on veut que le corps soit retrouvé rapidement, précisa Mack. Si tu ne veux pas que ce soit le cas, tu l'emmènes n'importe où sur l'autoroute, tu vois ?

— Quelqu'un qui disparaît sur l'autoroute, ça devient récurrent ?

Doreen lança un regard complice à Mack. Tout en se promenant, elle étudia la zone délimitée par le ruban adhésif.

— Quand allez-vous rouvrir au public ? demanda-t-elle.

— Pas tant que tout n'a pas été traité. Même si je veux des réponses rapidement, c'est à l'équipe médico-légale de s'en charger, et on suit ses directives.

— J'aurais pensé que ce serait déjà terminé.

— Oui, moi aussi, déclara Mack en fronçant les sourcils. Reste encore ici.

Il se dirigea vers deux hommes, vêtus de combinaisons de protection complète, couverts de la tête aux pieds, et leur parla. Lorsqu'il rejoignit Doreen, il hocha la tête.

— Ils ont terminé. Ils ont été appelés sur une autre zone.

— Une autre zone ?

— Oui. Enfin, pas une autre scène de crime, juste une autre zone dans ce parc qu'ils ont également considérée comme… intéressante.

Doreen fit volte-face et dévisagea Mack, comme si elle réfléchissait à cette nouvelle information.

— Tu veux dire, une zone par laquelle le coupable a pu entrer et sortir ?

Le caporal haussa les épaules.

— Je ne peux pas encore le dire. On attend les résultats des analyses médico-légales.

— D'accord. Vous attendez beaucoup, non ?

— Oui, acquiesça Mack, on en est au stade de la *collecte des preuves*. On doit découvrir comment Oscar a été tué.

— Et si sa mort est liée à celle d'Edwin, ajouta-t-elle en hochant la tête.

Mack lui sourit.

— Exactement. Alors, pas de spéculation tant qu'on ne sait pas.

— Trop tard, répliqua-t-elle joyeusement.

Elle appela Mugs, mais celui-ci s'écarta soudain et passa sous le ruban de la scène de crime.

La laisse lui échappa des mains et elle cria :

— Mugs, reviens ici. Mugs !

— Tu l'as fait exprès ? l'interrogea Mack.

— Non, cingla-t-elle, avec un regard noir.

Mack passait déjà sous le ruban, en direction de la zone où Mugs reniflait le sol. Doreen se demanda quelle était l'odeur que Mugs captait. Si c'était là que le corps avait été déposé, cela s'expliquerait. Le temps que Mack rattrape Mugs, le chien avait ramassé quelque chose dans l'herbe et le lui avait apporté. Avec soulagement, elle vit qu'il s'agissait d'un bâton.

— Sérieusement, il fallait que tu prennes *ce* bâton ? se récria-t-elle, avant de se tourner vers Mack. Je ne l'ai vraiment pas fait exprès.

— Je sais.

— Est-ce qu'il peut prendre ce bâton ?

— Ils ont fini de toute façon, donc, oui.

— OK.

Elle caressa son chien, puis ajouta :

— On devrait peut-être rentrer.

Mack hésita.

— Tu dois rester ? demanda-t-elle.

Il réfléchit à cette question pendant une courte minute, puis l'un des autres hommes l'appela.

— Tu dois rester, conclut-elle. Vas-y. Je vais rentrer.

Il la fustigea du regard, mais elle lui sourit.

— C'est bon. Va faire ce que tu as à faire. Ça fait partie du job.

— Certes, mais je ne veux pas te laisser seule.

— Pas de quoi s'inquiéter, dit-elle en haussant les épaules. Les animaux sont avec moi. Tout va bien. On rentrera par le même chemin qu'à l'aller.

— Tu es sûre que c'est bon ?

— Oui, pas de problème. *Vas-y.*

Doreen le regarda partir avec hésitation. Elle appela Mugs et Goliath à prendre la direction opposée, car le chien avait toujours très envie de suivre Mack, mais ce n'était pas à l'ordre du jour.

Enfin, une fois les animaux rassemblés, elle se dirigea vers sa maison, avec Mugs qui traînait son bâton. Lorsqu'il le fit tomber, il aboya sur sa maîtresse. Elle s'arrêta pour le ramasser et s'apprêta à le jeter, quand elle le regarda attentivement.

— *Oh-oh*, marmonna-t-elle.

Elle sortit son téléphone de sa poche et appela Mack.

— Wouah, tu es allée loin, non ? fit-il remarquer, avec hilarité.

— Le bâton, commença-t-elle, celui que Mugs a trouvé ? Des fleurs de glycine séchées sont coincées dans l'écorce.

Il y eut un moment de silence, puis Mack jura dans le téléphone. Elle sourit.

— J'en déduis que tu veux que je revienne avec.

— Je te rejoins à mi-chemin, proposa-t-il. Je viens avec un sac pour pièces à conviction.

— Bonne chance. Il te faudra quelque chose de plus grand et de meilleur que ça pour éloigner le bâton de Mugs.

— Peut-être que tu devrais l'attraper et ne pas le lui redonner, s'alarma Mack. Des preuves précieuses sont dessus.

Doreen rit.

— Je l'ai dans la main. On est en chemin vers toi.

— D'accord, à tout de suite.

Avec les animaux dans son sillage, elle marcha vers Mack rapidement. Mugs était très excité et ne savait pas trop ce qu'il se passait, mais il n'avait pas l'air de s'en préoccuper.

Goliath, quant à lui, n'était pas impressionné ; il voulait rentrer chez lui et le lui faisait savoir en s'écroulant sur le sol, traîné par sa laisse.

Doreen gémit.

— Allez, Goliath. Je dois donner ça à Mack. Ensuite, on pourra rentrer à la maison.

Mais Goliath se contenta de la fusiller du regard.

Enfin, elle leva les yeux et vit Mack courir vers eux. Elle leva les mains en le voyant.

— Mugs est très heureux de te voir, comme toujours, mais Goliath ne voulait pas revenir.

— Je comprends.

Elle tendit le bâton qu'elle n'avait pas lâché.

— Je ne l'ai saisi qu'ici, mais je suis sûre que tu peux prélever mes empreintes digitales sur tous les autres échantillons que je t'ai donnés pour qu'ils sachent que ce sont les miennes et pas celles de quelqu'un d'autre.

De l'autre main, tenant la laisse de Mugs, elle désigna les fleurs de glycine violettes séchées, nichées dans l'écorce.

— Savais-tu qu'une variété spéciale de glycine à floraison tardive a été testée il y a quelques années, ici même à Kelowna ?

Mack afficha une expression perplexe.

— Non. Wouah, tu te tiens à la pointe du jardinage, n'est-ce pas ?

— Regarde-moi ça. Cette variété spéciale a prospéré.

Mack acquiesça, puis son expression s'assombrit.

— C'est difficile à voir, du point de vue des preuves. Je pense que lorsque Mugs l'a traîné, l'écorce s'est un peu détachée ici.

— Malheureusement, il y a aussi beaucoup de bave et de morsures de Mugs.

— Ce n'est pas grave, dit Mack. Je vais prendre ça. Si la police scientifique confirme qu'il s'agit de tes fleurs de glycine spéciales, tu sais ce que ça signifie.

— Bien sûr. Ça veut dire que c'est lié à l'autre décès, ce qu'on savait déjà.

— Mais maintenant, on a des preuves médico-légales qui relient les deux cadavres, et ça fait toute la différence.

Puis il passa son regard de Doreen aux animaux et fronça les sourcils.

— Pourquoi je ne demanderais pas à quelqu'un de te raccompagner chez toi ?

Elle s'esclaffa.

— Non, c'est bon. Je ne peux pas non plus laisser Goliath s'en tirer comme ça.

— Mais il fait sombre maintenant, souligna le caporal.

— Et on a fait ce chemin de nombreuses fois, le rassura Doreen avec un sourire.

Il hésita, visiblement peu convaincu par l'idée qu'elle parte une fois de plus seule.

Elle sourit de plus belle et le salua d'un geste de la main.

— Vas-y. Tu dois toujours revenir à la maison pour récupérer ton véhicule.

Il secoua la tête, jurant dans sa barbe.

Doreen rit.

— C'est bon. Vas-y. On se parle à ton retour.

Sur ce, elle pivota et reprit résolument le chemin de la maison. Cette fois-ci, les animaux étaient tout à fait disposés à suivre le rythme et à courir à ses côtés, en particulier Goliath.

— Pourquoi es-tu si pressé de rentrer ? demanda Doreen à ce dernier.

Goliath garda le rythme pendant tout le chemin, tirant

sur la laisse, puis courant plus vite au point qu'elle se rendit compte que quelque chose n'allait peut-être pas. D'un autre côté, c'était Goliath. Se pourrait-il que ce soit l'heure de la sieste et qu'il se soit mis à courir vers son petit matelas ?

Dès qu'elle arriva chez elle, Goliath se précipita dans le jardin et, au lieu d'aller jusqu'à la porte de la cuisine, courut jusqu'à l'avant de la maison. Mugs prit la même direction que Goliath. Suivant leur instinct, Doreen se dirigea vers l'avant de la maison et s'arrêta.

— Regardez. Il n'y a rien ici, les gars, à part le pick-up de Mack, marmonna-t-elle.

Elle aperçut un véhicule garé devant la maison de Richard. Secouant la tête, elle s'adressa de nouveau à ses animaux.

— Il n'y a personne ici. Tout est normal, s'écria-t-elle.

Mugs lui aboya férocement dessus, puis, tout à coup, il se laissa tomber. Elle fronça les sourcils en le regardant, puis se tourna vers Goliath, qui était assis sur les marches de l'entrée et regardait fixement la maison de Richard.

— OK, donc c'était juste une fausse alerte ? s'exaspéra-t-elle, encore essoufflée par la course jusqu'à la maison.

Elle envoya un SMS à Mack pour lui dire qu'ils étaient déjà rentrés.

C'était rapide, répondit-il.

La faute à Goliath. Il ne voulait pas ralentir.

Le policier l'appela aussitôt.

— Il y a un problème chez toi ?

— Au lieu de passer par la porte de la cuisine, ils ont insisté pour passer directement dans le jardin avant, alors qu'il n'y a rien de suspect ici.

— Tu es rentrée ?

— Non, pas encore. Je suis en train d'ouvrir.

Elle déverrouilla la porte, l'ouvrit, désactiva l'alarme et appela les animaux à l'intérieur.

— Ils n'ont pas l'air d'être préoccupés.

— Et tu es à l'aise dans la maison ?

— Oui, répondit Doreen en errant dans les pièces. Ils sont détendus.

— Il n'y a personne dehors ?

— On dirait que Roscoe, le frère de Richard, est là, ajouta-t-elle, mais je n'ai aucune raison de me méfier de lui.

— Non, bien sûr que non. D'ailleurs, il a une raison parfaitement légitime d'être là. Ils sont frères.

— Oui, soupira Doreen. Pourtant, je ne sais pas pourquoi les animaux agissent comme si quelque chose n'allait pas. C'est inquiétant.

— On doit respecter leurs actions parce qu'ils t'ont rendu service pendant tout ce temps, déclara Mack. Alors, fais attention, d'accord ? Je serai là dès que possible.

Et il raccrocha.

Doreen entra dans la cuisine et bougonna :

— Maintenant, c'est l'heure d'une tasse de thé, à moins que vous n'ayez une objection à ça aussi.

Elle mit la bouilloire en marche. Pendant que l'eau bouillait, elle donna leur repas aux animaux. En attendant Mack, elle sirota son thé et retourna à ses recherches en ligne sur les canyons entre ici et Vancouver. Quelque trois-cent-quatre-vingt-dix kilomètres. C'était une tâche ardue. Elle pourrait probablement passer les vingt prochaines années à chercher et n'arriver à rien. L'idée de perdre quelqu'un dans ce vaste espace était également assez choquante.

Ce devait être si dur pour tous ces gens qui avaient passé des années, des décennies, à attendre des réponses. Bien sûr, elle avait vu cela plus d'une fois dans d'autres affaires non résolues, en particulier dans l'affaire du petit garçon, qui avait finalement été retrouvé dans le lac. C'était au cours de cette affaire qu'elle avait rencontré Nathan pour la première fois. Il vivait au bord du lac et pratiquait la plongée sous-marine. Il avait joué un rôle déterminant dans la localisation de ce petit garçon perdu depuis longtemps.

Néanmoins, en l'absence de réponses, tout le monde avait fait de son mieux et les recherches avaient dû s'arrêter. Malgré tout, elles ne s'étaient jamais vraiment arrêtées. Tout le monde était resté aux aguets.

Elle ignorait où les chercheurs d'Internet finiraient par creuser, et elle n'avait aucun moyen de savoir si le couple disparu était arrivé à Kelowna ou avait quitté la route au cours d'une dispute juste avant d'y arriver, ou encore s'ils avaient disparu ailleurs. Malgré tout, elle se plongea dans Google Earth, passant facilement des heures à essayer de localiser des points de repère géographiques et des pentes abruptes près de l'autoroute principale qui reliait Kelowna à Vancouver. En fait, elle aimait bien cela. Elle comprenait que les gens pouvaient devenir accros à la recherche de tout ce dont ils avaient besoin sur Google Earth.

Durant la pause qui suivit, et une deuxième tasse de thé à la main, elle s'assit sur la terrasse, profitant du calme et de la tranquillité du moment. Lorsqu'elle entendit un véhicule devant la maison, Mugs se mit à aboyer comme un fou.

— C'est Mack ? demanda-t-elle. L'un des policiers vient de le déposer ?

De l'autre côté de la clôture, Richard grogna :

— Vous pouvez faire taire ce chien ?

— Difficilement, répondit-elle d'une voix enjouée.

Sur ce, elle rentra. Mack était arrivé. Elle sourit lorsqu'il sortit du véhicule. Il se tourna vers elle et elle observa l'expression de soulagement qui se lisait sur son visage.

— Tu vois ? Je t'avais dit que j'étais en sécurité.

Elle avisa la maison de son voisin, et le véhicule de Roscoe n'était plus là.

— Bien entendu, Richard est dans tous ses états.

— Pourquoi ? demanda Mack.

— Mugs aboyait comme un fou. Ça le dérangeait.

Les sourcils de Mack se levèrent. Il s'accroupit devant Mugs et lui offrit un bon câlin.

— On s'en moque. Je préfère que Mugs aboie quand il y a une raison d'aboyer, au lieu de rester silencieux quand c'est nécessaire.

Elle comprenait, car Mugs lui avait déjà sauvé la mise à maintes reprises.

— Et rien d'autre de la part de l'ex ? interrogea-t-il, sans quitter le chien des yeux.

— Non, je n'ai pas demandé à Nick s'il avait reçu les documents.

— Je suis sûr qu'il te tiendra au courant quand il les aura.

— Tu as raison. Il me semble idiot que Mathew prenne tout ce temps et tous ces efforts pour en finir.

— Peut-être, peut-être pas, murmura Mack.

Doreen retourna dans la cuisine.

— Je suis en train de boire du thé. Tu en veux une tasse ?

Il hésita.

— Ou tu dois repartir ? devina-t-elle.

— Je dois repartir, confirma-t-il. Il est 22 heures et je n'ai pas beaucoup dormi ces dernières nuits. Je voulais juste m'assurer que tout allait bien ici.

Doreen sourit.

— Sans compter que tu as été déposé parce que ton véhicule était là.

— Aussi, s'esclaffa Mack.

— Va dormir un peu, dit Doreen avec un nouveau sourire. On se verra demain ou après-demain.

Il acquiesça, puis hésita de nouveau. Elle rit.

— Quoi ? Tu veux emporter une part de brownie ?

— Plutôt quelque chose de sucré, marmonna-t-il, avec un regard taquin, mais ça pourrait m'empêcher de dormir.

La jeune femme rougit.

— Un câlin serait vraiment le bienvenu, risqua-t-elle.

Il lui lança un regard ironique.

— Les câlins sont très agréables, surtout s'ils s'accompagnent d'autre chose.

Elle soupira.

— Tu deviens difficile, tu ne trouves pas ?

Mack éclata de rire.

— J'espère que non. J'ai fait preuve de beaucoup de patience jusqu'à présent.

— Oui, c'est sûr.

Elle s'approcha de lui, le serra dans ses bras et ajouta :

— Voilà ce que tu reçois. Un câlin pour ta patience.

Il s'esclaffa.

— Je l'accepte.

Il la prit dans ses bras et la serra contre lui.

Elle se blottit contre lui, enroulant ses bras autour de sa large carrure.

— C'est agréable d'être tenue.

— Tout à fait, et parfois, c'est tout ce dont nous avons besoin. Savoir que nous ne sommes pas seuls.

Elle pensa à toutes les fois où, au cours de l'année écoulée, elle s'était sentie très seule et réalisa qu'il avait raison.

— Je ne pense même pas que l'on comprenne nécessairement, lorsqu'on est seuls, que c'est ce dont on a besoin, affirma-t-elle. Parfois, la solitude s'insinue et nous frappe comme un coup de massue.

Mack sourit, souleva le menton de la jeune femme et l'embrassa avec passion.

— Va dormir, souffla-t-il.

— Je vais assurément dormir, répondit-elle en papillonnant du regard. J'espère que toi aussi.

— Promis. Des pensées positives. Assurons-nous que cette stupide paperasse soit signée par ton ex, pour qu'on puisse aller de l'avant.

Et, sur ce, il partit.

Doreen se rendit compte que Mack et elle se dirigeaient vers un moment de sa vie où elle devait prendre une décision. Le problème, c'était qu'elle avait déjà l'impression que celle-ci avait été prise. Elle attendait seulement que les détails soient réglés. En souriant, elle se dirigea vers son lit pour une bonne nuit de sommeil.

<h1 style="text-align:center">Chapitre 17</h1>

DOREEN SE RÉVEILLA le lendemain matin, et bâilla en s'étirant. Mugs était couché sur le dos à côté d'elle, l'air d'être mort pendant la nuit. Pourtant, sa poitrine qui se soulevait et s'abaissait la rassura.

Elle sourit et le serra dans ses bras.

— Gros balourd, je ne veux pas qu'il t'arrive quoi que ce soit, chuchota la jeune femme.

Il renifla et bâilla, puis se rendormit. Doreen se leva et Thaddeus entonna :

— Hé-hé-hé-hé.

Elle le fusilla du regard.

— Pas besoin de te moquer de moi dès le matin.

— Hé-hé-hé-hé-hé.

— D'accord, d'accord. Tu veux venir prendre une douche avec moi ?

Il pencha la tête sur le côté.

— Tu veux un bain ?

Il battit des ailes.

— Bain. Bain.

Elle se demanda s'il savait de quoi elle parlait. Elle se

dirigea tout de même dans la salle de bains et ouvrit l'eau de la douche. Au moment d'enlever son pyjama, elle se rendit compte qu'il avait déjà pris possession des lieux.

— Dommage, dit-elle en riant.

Elle avait lu quelque part que les oiseaux aimaient prendre des bains, alors elle ne savait pas si elle devait lui laisser un bol d'eau à disposition pour qu'il s'y ébatte ou si elle devait laisser couler l'eau, juste pour voir comment il réagirait. Il faudrait qu'elle se penche sur la question. Alors qu'elle écartait le rideau et entrait, elle se figea parce que Thaddeus se pavanait sous la douche, se prélassant, ébouriffant ses plumes et s'amusant comme un petit fou.

Elle rit de plus belle.

— Eh bien, tu as compris ce que je disais.

Il la surprenait sans cesse par son intelligence et sa facilité de compréhension. Sous ses yeux, il s'éclatait.

— Il y a de la place pour moi aussi, bonhomme ?

Il leva la tête et cria plusieurs fois, puis répondit :

— Thaddeus est là. Thaddeus est là.

— J'ai compris. La question est de savoir si tu partages ou non.

Décidant qu'il valait la peine de tenter sa chance, elle entra dans la douche et se mit elle aussi sous l'eau. Il ne semblait pas gêné par l'interruption du flux, marchant de long en large comme s'il s'amusait beaucoup.

Elle sourit et se lava, en espérant que cela ne le dérangerait pas, tout en faisant attention à ne pas lui mettre de savon sur la tête. Puis, lorsqu'elle fut prête à sortir, elle annonça :

— Bon, la douche est terminée. Je ferme l'eau.

Il la regarda fixement pendant qu'elle s'exécutait. Immédiatement, il émit un croassement bizarre.

— Non, c'est tout pour l'instant.

Elle se baissa, l'attrapa et marmonna :

— Allons te sécher.

Doreen le secoua très légèrement afin qu'il ouvre les ailes. Ce qu'il fit, afin de se débarrasser d'autant d'eau que possible. Elle le posa sur le meuble, prit une serviette et se sécha. Elle le laissa ensuite où il était, alla dans la chambre et s'habilla. Comme il n'était pas encore sorti, elle retourna dans la salle de bains. Ce petit malin jetait un regard de travers à son copain dans le miroir.

Elle descendit en s'esclaffant avec un Thaddeus encore humide sur son épaule. Lorsqu'il poussa un cri triste, elle l'installa sur le perchoir du salon et le déplaça de façon à ce qu'il soit exposé au soleil du matin. Puis elle prit une serviette en papier et l'épongea doucement.

Il se blottit contre elle et murmura :

— Thaddeus aime Doreen.

Cet oiseau pouvait lui briser le cœur sans même essayer. Elle savait qu'il ne comprenait pas vraiment, mais elle voulait croire que c'était le cas. Et elle lui répondit :

— Doreen aime Thaddeus.

Un son étrange émana de la gorge du perroquet. Elle ignorait pourquoi, mais c'était presque… Elle baissa les yeux et vit Goliath à ses pieds, ronronnant bruyamment. Doreen reporta son attention sur Thaddeus.

— Est-ce que tu ronronnes ? demanda-t-elle.

Ce n'était pas le propre des oiseaux, n'est-ce pas ? Mais ça y ressemblait. Il *imitait* le chat, qui était manifestement très heureux de la voir. Mais en même temps, c'était le son le plus bizarre et le plus agréable à entendre. Elle serra Thaddeus contre elle pendant un moment, puis recula, donna plusieurs bonnes caresses à Goliath, le prit dans ses bras, le fit virevolter et le câlina encore un peu.

— Tout le monde est en manque d'affection, au-jourd'hui. Que se passe-t-il ?

Évidemment, aucun des animaux ne lui répondit. Elle se rendit alors compte que la gamelle de Goliath était vide. Elle ricana.

— Vraiment ? Tout tourne autour de la nourriture, c'est ça ? Tu attends que je te nourrisse.

Sur ce, elle le posa devant sa gamelle, qu'elle prit, et ou-vrit une boîte de pâtée. Lorsqu'elle la lui servit et la plaça devant lui, son ronronnement passa à la vitesse supérieure. Il s'assit et mangea. Doreen sourit. Elle donna ensuite sa nourriture à Thaddeus, puis à Mugs.

— Très bien, et moi alors ? J'aimerais manger aussi.

Elle lança une cafetière, fit griller ses toasts habituels, prit son fidèle beurre de cacahuète et sa gelée de coing – se rappelant qu'elle voulait toujours rendre visite à Esther pour s'assurer qu'elle allait bien. Peut-être qu'ils iraient la voir après le petit déjeuner.

Doreen sortit avec son café et ses toasts, avant de s'asseoir à la table sur la terrasse. Ses animaux s'agitant autour d'elle, elle marmonna :

— C'est une belle journée, vous savez.

Au même moment, il y eut un écho étrange, comme un téléphone trop proche d'une radio, un retour grinçant, qui la surprit. Elle se tourna vers la maison de Richard. Elle entendit le même bruit une deuxième fois.

— Hé, vous avez allumé une radio ? demanda-t-elle.

Elle ne reçut aucune réponse.

Avec un peu de mal, elle tira une de ses chaises longues vers la clôture, sauta dessus et jeta un coup d'œil dans le jardin de Richard. Elle ne voyait pas grand-chose d'intéressant. Alors qu'elle sautait pour descendre, Mugs se mit à aboyer.

— C'est bon, Mugs. C'est bon.

Mais à nouveau, ce son électronique bizarre se fit entendre. Fronçant les sourcils, elle appela à nouveau :

— Richard, vous êtes là ?

Toujours pas de réponse.

Il était peut-être sorti, ou bien il l'ignorait tout simplement, vu qu'il semblait toujours penser qu'elle était pénible. Peut-être qu'elle l'était, et elle le reconnaissait. Ce n'était pas comme si elle lui avait montré son côté introverti.

Mais qu'est-ce que ça pouvait faire ? La vie était suffisamment folle ces jours-ci pour qu'elle n'ait pas à se préoccuper de ce que pensaient les voisins. Alors qu'elle retournait sur la terrasse, le bruit se répéta. Elle cria, se bouchant les oreilles, et même Mugs aboya. Finalement, quand il s'arrêta, elle frappa sur la clôture.

— C'est quoi le problème ? rugit Richard en sortant de chez lui.

— Je ne sais pas ce que vous fabriquez, mais ça me fait mal aux oreilles ! se récria-t-elle en retour.

Elle entendit Richard plaquer une chaise contre la clôture, puis il passa la tête.

— Qu'est-ce que vous racontez ? Je n'ai rien fait du tout.

C'est à ce moment-là que le même son électronique bizarre retentit. Il la regarda avec stupeur et disparut derrière la clôture.

— Ce n'est peut-être pas vous qui avez fait ça, mais c'est l'œuvre de quelqu'un, affirma-t-elle.

Il réapparut bientôt par-dessus la clôture et brandit un petit appareil.

— Je ne sais pas ce que c'est, avoua-t-il, ni d'où ça vient.

Doreen examina l'objet.

— Ce n'est pas un appareil d'écoute ou quelque chose comme ça ?

Son voisin haussa les épaules.

— J'en sais rien. C'est pas à moi.

Doreen grommela.

— J'espère que maintenant que vous l'avez débranché, ça ne marchera plus parce que ça me faisait mal aux oreilles.

— À moi aussi, dit-il en fustigeant l'appareil du regard. Je n'y connais rien.

— Quelqu'un a dû le mettre dans votre jardin.

C'était elle qu'il fustigeait du regard à présent.

— Sûrement à cause de vous.

Elle ricana.

— Qu'est-ce que j'ai fait ?

— Je ne sais pas, mais quelqu'un s'est sûrement faufilé dans mon jardin, pour vous espionner ou un truc du genre.

Doreen le dévisagea.

— Alors la personne serait venue dans votre jardin ? Pour m'écouter, moi ?

— Dans le vôtre, il y a le chien qui aboie, souligna-t-il.

— Ah. Vous avez sûrement raison.

— Ça arrive.

— Il est tout à fait possible qu'on ait voulu m'écouter dans mon jardin. Je ne vois pas pourquoi quelqu'un se préoccuperait de ça.

— Peut-être parce que vous vous mêlez toujours de la vie des autres, se plaignit Richard.

— Évidemment, allez-y. Rejetez la faute sur moi. J'essaie seulement d'aider les gens à tourner la page, mais ce n'est pas grave. Donnez-moi l'impression d'être une personne horrible.

Richard lui tendit l'appareil.

Il ne s'était ni excusé ni n'était revenu sur ses paroles, et elle prit conscience qu'il ne le ferait sûrement jamais. Elle leva les mains.

— Merci de l'avoir déconnecté. Mes oreilles vont beaucoup mieux.

Il hocha la tête avec raideur et disparut.

Elle se rendit sur la terrasse et constata que son café était froid. Jetant un œil noir sur sa tasse, elle rentra pour la remplir de café chaud et en prit la première gorgée, souriant parce qu'au moins maintenant il était assez chaud pour être bu et pas si froid pour être gaspillé. Se sentant mieux, elle s'assit à nouveau dehors, mais son esprit était maintenant préoccupé par l'idée que quelqu'un était allé dans le jardin de Richard pour y installer un dispositif d'écoute.

Bien sûr, elle pensa à son frère, Roscoe. Mais il n'y avait aucune raison à cela, en dehors du fait qu'il était récemment venu chez Richard. Mais alors pourquoi ne serait-il pas là ? Elle ne se souvenait pas avoir déjà vu Roscoe chez lui, mais cela ne voulait pas dire grand-chose, car elle n'espionnait pas Richard. C'était lui qui l'espionnait.

Elle resta assise un long moment, puis appela :

— Richard, vous êtes là ?

— Oui, je suis là, grommela-t-il. Quoi, encore ?

Mais il n'était plus aussi grincheux, comme s'il s'était rendu compte que quelque chose n'allait pas et qu'il fallait s'en occuper.

— Je suppose que votre frère n'aurait pas laissé ça, *hein* ?

Immédiatement, il passa la tête et la fustigea du regard.

— Quoi que vous trafiquiez, n'impliquez pas mon frère là-dedans.

— Ce n'est pas mon but. Je sais juste que votre frère est venu vous rendre visite.

— C'est vrai, mais il n'est pas allé dans le jardin.

— Vous en êtes sûr ?

— Oui, il n'est pas resté longtemps. Donc, non, ce n'est pas lui.

— D'accord. Je ne voulais pas avoir à le mettre sur ma liste de suspects.

Richard la dévisagea, choqué.

— Pourquoi avez-vous une liste de suspects ?

— Pourquoi quelqu'un a-t-il installé un dispositif d'écoute comme celui-là dans votre jardin ?

Elle réfléchit à l'horrible bruit.

— Vous étiez sûrement en train de régler votre radio amateur ? continua-t-elle. C'est ce qui a dû déclencher cet horrible grincement.

Il acquiesça lentement.

— Oui, c'est exactement ce que je faisais.

— La fréquence a donc perturbé le dispositif audio.

Doreen se tut et pinça les lèvres.

— Quand avez-vous réglé votre radio amateur pour la dernière fois ? demanda-t-elle.

Son voisin haussa les épaules.

— Je n'ai pas eu beaucoup de temps à lui consacrer ces derniers temps, alors ça fait un moment.

— J'espérais que vous diriez hier, car le système audio aurait alors été placé hier.

Il secoua la tête.

— J'ai été le dernier à utiliser la radio amateur il y a quelques jours, mais vous n'étiez pas chez vous à ce moment-là.

— C'est vrai, donc je n'aurais pas remarqué le bruit.

— Non, en effet.

— Très bien. Je ne sais toujours pas quoi penser, mais je

vais probablement contacter la police.

Richard la regarda avec horreur.

— Dans vos rêves. Vous ne m'impliquerez pas dans ce genre de choses.

— Vous devez me dire où il se trouvait, s'écria Doreen. Je dois savoir exactement où vous l'avez trouvé.

— Je vais vous envoyer une photo.

Presque aussitôt, le téléphone de Doreen sonna.

Elle constata que l'appareil avait été placé littéralement de l'autre côté de la clôture.

Le regard figé sur la photo, elle demanda à Richard :

— Combien de personnes ont accès à votre jardin ?

— Personne ! s'emporta-t-il. Personne, personne, personne. Je n'aime pas que les gens y viennent.

— Vous *n'aimez* peut-être pas que des gens y viennent, mais il y avait quelqu'un.

— Il n'y avait personne, cingla-t-il.

— D'accord, alors pourquoi avez-*vous* mis ce dispositif d'écoute sur votre clôture ? Essayez-vous d'écouter mes conversations ?

Il passa sa tête par-dessus la clôture et lui adressa un regard noir.

Doreen haussa les épaules.

— S'il n'y avait personne dans votre jardin, alors, ça veut dire que c'est *vous* qui l'avez installé.

Il expira lentement, et elle vit les rouages tourner dans le cerveau de son voisin.

— Non, je n'ai fait pas ça. Toutefois, quelqu'un a pu sauter la clôture. Peut-être quelqu'un qui est venu de la rivière, qui sait ?

— Mais ils auraient dû savoir si vous étiez absent ou non.

— Je ne suis jamais absent. J'habite ici. Vous vous souvenez ?

Doreen sourit.

— Comment pourrais-je oublier, marmonna-t-elle. Sinon, comment quelqu'un pourrait-il savoir que vous n'êtes pas là ? Vous êtes souvent dehors, alors si cette personne savait que vous étiez dans votre jardin, elle ne sauterait pas par-dessus la clôture. Et si elle avait l'impression que vous n'étiez pas chez vous, elle n'aurait pas pris de risque parce que vous auriez pu être à l'intérieur, en train de faire du thé ou du café.

Richard opina du chef.

— Je sais, convint-il.

Pour la première fois, elle perçut une note d'inquiétude dans le ton de Richard.

Il se retourna vers la rivière.

— Il n'aurait quand même pas fallu beaucoup de temps pour déposer cette chose ici. D'ailleurs, ajouta-t-il, l'intrus aurait pu s'emparer de cette échelle.

Il pointa l'équipement derrière elle.

— Il aurait pu grimper de mon côté depuis votre jardin, et ensuite revenir chez vous.

Doreen observa l'échelle et hocha lentement la tête.

— C'est une façon de voir les choses, mais il n'aurait pas eu besoin de l'échelle pour sortir de votre jardin et franchir à nouveau la clôture ? Je ne sais pas pourquoi cette personne a fait ça. Elle aurait pu l'installer de mon côté.

— Si je suis toujours à la maison, entrer dans mon jardin est plus risqué. Mais comme vous êtes souvent absente, elle a peut-être pensé que c'était plus facile d'entrer dans votre jardin, suggéra-t-il. Si elle vous a vu marcher le long de la rivière, elle aura supposé que vous êtes allée chez votre grand-mère, ce qui lui aurait donné le temps d'agir.

— Peut-être, bougonna-t-elle. Il va falloir que j'y réfléchisse.

Richard lui adressa un large sourire en coin.

— Gardez-moi en dehors de vos histoires. Je n'ai rien à voir avec ça.

Doreen acquiesça en souriant.

— Très bien. J'essaierai de vous garder en dehors de ça.

— Il n'y a rien de tel que *d'essayer*. Soit vous *essayez*, soit vous *n'essayez pas*. Tout ce qui se trouve entre les deux ne me convient pas.

Et, sur ce joyau de sagesse, il sauta de sa chaise.

Doreen soupira en observant la clôture.

— Ce serait sympa si vous étiez plus aimable.

— Regardez ce qu'il se passe quand je suis plus aimable, fit-il remarquer. Les gens utilisent ma propriété pour se venger de vous. Ce serait sympa si *vous* étiez plus aimable, pour que vous n'ayez pas autant d'ennemis.

Il n'avait pas tort. Elle n'avait pas vraiment pensé qu'elle avait tous ces ennemis, mais plus elle était impliquée dans des affaires, moins elle pouvait compter sur des personnes aimables. C'était un peu angoissant aussi. Néanmoins, Richard disparut rapidement de l'autre côté, et elle entendit sa porte claquer, alors qu'il rentrait chez lui.

— Je n'essaie vraiment pas de jouer les difficiles, dit-elle à Mugs.

Il s'assit à côté d'elle, la regardant fixement, mais complètement détendu.

— Et comment se fait-il que tu n'aies pas aboyé lorsque quelqu'un se trouvait dans son jardin ?

Mais pourquoi aurait-il aboyé ? Ce n'était pas *son* jardin. C'était le jardin de Richard, c'est pourquoi il était beaucoup plus logique que quelqu'un l'ait fait depuis le jardin de Richard. C'était gênant d'envisager une telle chose, mais sachant que Mugs n'aurait probablement pas accueilli quelqu'un dans son jardin, c'était étrangement logique.

Elle y réfléchit un instant et savait qu'elle devrait le dire à Mack, toutefois il ne serait pas ravi. Lorsque Mack n'était pas très heureux, il était généralement très en colère contre Doreen. Elle ne devrait pas avoir à prendre le blâme pour ça, mais d'une manière ou d'une autre, elle savait qu'il serait dirigé contre elle.

Elle soupira de nouveau.

— Tu sais, il sera encore plus furieux si je ne lui dis *pas*.

Comme s'il savait qu'elle parlait de lui, son téléphone sonna. Elle regarda le numéro et décrocha.

— Tu es médium ?

— Non, mais je me sens beaucoup mieux, après une bonne nuit de sommeil.

En entendant son ton taquin, elle soupira de plus belle.

— Heureusement que tu n'es pas là.

— Pourquoi ? interrogea-t-il.

— Parce que je suis cinquante nuances de rouge.

— Ce n'est pas *Cinquante Nuances de Grey* le titre exact ? plaisanta Mack.

Comme il s'agissait d'un livre érotique très populaire, elle sentit ses joues s'échauffer à nouveau.

— Je ne répondrai pas à cette question.

Le policier éclata de rire.

— C'est déjà fait. Ce n'est pas grave. J'arrête de te taquiner.

— Trop tard, bougonna-t-elle. D'ailleurs, ce n'est pas un matin propice aux taquineries.

— Qu'est-ce qu'il s'est passé ? demanda-t-il.

Son ton était devenu brusque, car il s'était rendu compte que quelque chose n'allait pas. Elle lui expliqua ce que Richard avait trouvé.

— Sérieusement ? s'écria Mack.

— Oui, mais je ne sais pas pourquoi.

Il y eut un silence à l'autre bout du fil, pendant qu'il réfléchissait.

— Je vais passer prendre le dispositif d'écoute. J'arrive tout de suite.

Mack raccrocha et Doreen sourit.

— Regardez ça, les gars. Mack revient nous voir. Même si ça va être un Mack en colère, *hein* ?

Elle ricana. Elle aimait vraiment l'avoir près d'elle. Pourtant, cela prenait beaucoup trop de temps au caporal, mais elle pensait que le capitaine n'y verrait pas d'inconvénient. Elle commençait à se faire quelques ennemis en ville, et ils étaient juste assez nombreux pour être un peu dérangeants de temps en temps.

Elle soupira, car ses animaux dormaient à présent. Thaddeus s'était installé sur la table de la terrasse.

— Je vois que vous êtes tous très ennuyés par le dispositif d'écoute. Au moins, Mack a eu la bonne réaction.

Avec un reniflement de dédain dans leur direction, elle retourna à l'intérieur, sachant que Mack aurait besoin de café. Alors qu'elle commençait à faire couler une autre cafetière, elle entendit un véhicule s'arrêter dans l'allée. Elle se précipita vers la fenêtre du salon, certaine que c'était Mack, mais s'arrêta en état de choc.

Son ex-mari, Mathew, frappait à la porte.

— Doreen, ouvre cette porte.

— Sinon ? répliqua-t-elle à travers la porte fermée à clé. Qu'est-ce que tu fais là ? Tu m'as dit que tu avais signé tous les documents. Pourquoi es-tu ici ?

— Parce que je ne veux pas te donner autant d'argent, rugit-il. Depuis quand es-tu devenue une idiote aussi avide, espèce de sorcière.

Elle n'était pas sûre qu'*avide* et *idiote* aillent de pair, mais il était manifestement en train de perdre rapidement son sang-froid. Le terme de *sorcière* était bien trouvé. Tout à fait dans le registre de Mathew.

— Alors tu as pris l'avion jusqu'ici juste pour me dire à quel point tu es en colère ?

— À vrai dire, j'ai conduit, cingla-t-il.

— Oh, as-tu vu des véhicules hors de la route… comme dans un ravin ou quelque chose comme ça ?

Elle ouvrit la porte et le regarda avec curiosité.

— Je cherche un véhicule qui a quitté la route il y a une vingtaine d'années.

Mathew la dévisagea.

— Bizarrement, j'ai vu quelque chose qui me semblait suspect, mais j'étais trop en colère pour y penser.

— Localisation ?

— Comment ça, *localisation* ? Quel est le rapport avec toi ?

— Arrête. Où était ce véhicule ?

Il se tut pour réfléchir à sa question.

— C'était juste de l'autre côté de West Kelowna, là où il y a eu l'un des grands incendies.

— D'accord. Qu'est-ce qui t'a poussé à regarder par là ?

— Je ne sais pas. J'ai juste vu quelque chose, répondit-il avec un regard noir. Et si tu veux quelque chose de moi, je veux quelque chose de toi.

Doreen leva les yeux au ciel.

— Je ne devrais même pas te parler.

Mathew lui adressa un large sourire.

— En effet, mais tu as ouvert la porte.

Il baissa le regard et aperçut Mugs.

— Wouah, il n'a pas l'air bien. Qu'est-ce que tu lui as fait ?

La jeune femme fustigea Mathew du regard.

— Je n'ai rien fait.

— Ça se voit, railla-t-il. Il n'a pas eu droit à un bon toilettage. Il a l'air un peu sauvage.

Puis Mathew tourna son regard dur vers elle.

— Mais toi aussi. Tu t'es vraiment laissé aller, n'est-ce pas ?

Pour ce qui était de la personnalité, Mathew n'aurait jamais gagné de prix, mais pour l'instant, il ne gagnait rien avec elle.

— Tu es venu ici pour m'insulter ? demanda-t-elle d'une voix basse, en lui lançant un regard sévère.

— Peut-être, répondit-il joyeusement. Ça améliore mon humeur de penser que tu ne vas pas t'en tirer à si bon compte.

— J'essaie seulement de divorcer. Si tu n'avais pas essayé de m'escroquer en me privant d'un accord de divorce en bonne et due forme et si tu n'avais pas impliqué la pauvre Robin dans tes mensonges et tes tromperies…

Mathew rit.

— La pauvre Robin n'était que trop disposée à te faire perdre tout ce que tu avais. Je peux te dire qu'il n'y a rien de pire que les femmes, surtout celles qui ont été trompées.

— Tu as fini par la tromper aussi. Je ne pense pas qu'elle en ait été très heureuse.

— Non, c'est sûr qu'elle ne l'était pas. Et je suis ici parce que j'ai entendu parler de l'argent que tu vas recevoir de sa succession, cracha-t-il avec dégoût. Donc je ne veux rien te donner.

— Évidemment. Je pourrais m'attaquer à la grande maison de luxe. Oh, mais je crois que tu en as combien ? Six ? Je devrais donc en prendre trois.

Il la fusilla du regard. Au loin, elle entendit un grondement très rassurant. Elle étudia Mathew avec curiosité.

— Maintenant, tu vas avoir des ennuis.

— Pourquoi est-ce que je vais avoir des ennuis ? pouffa-t-il. Personne ne sait que je suis ici. C'est l'une des raisons pour lesquelles j'ai pris le volant.

— Eh bien, ça ne va pas très bien se passer pour toi, mais alors pas du tout dans quelques minutes.

— Qu'est-ce que tu racontes ? Laisse-moi entrer. Il faut qu'on parle.

Alors que Mathew la poussait, Mack arriva à l'angle de l'impasse et s'arrêta devant chez Doreen au moment où cela avait lieu. Mathew poussa Doreen plus fort une deuxième fois et elle tomba à la renverse.

— Arrête ! cria-t-elle. Je ne veux pas que tu rentres chez moi.

— Dommage, tu ne peux pas m'arrêter.

Immédiatement, un autre homme ajouta :

— Elle, non, mais moi, je peux.

Mack empoigna Mathew et le plaqua contre le mur extérieur.

Mathew lui jeta un regard noir, puis tourna la tête vers Doreen.

— D'où est-ce qu'il sort ? rugit-il. Tu n'as même pas eu le temps de l'appeler.

— Non, il est venu parce que j'avais une affaire de police qui n'avait rien à voir avec toi.

Le regard noir, elle épousseta ses vêtements.

Mugs s'agitait dans tous les sens.

— Je sais, mon grand. Tu ne sais pas vraiment quoi faire en face de lui, n'est-ce pas ? Malheureusement, ce n'est plus un ami.

Le chien se tourna vers Mathew et se mit à grogner.

Mack acquiesça.

— Bon chien, bon chien. Pas un ami.

Le caporal relâcha lentement Mathew pour s'adresser à lui.

— Puisque je vous ai vu l'agresser, croyez-moi quand je dis que son avocat va le découvrir, et je vous embarque pour vous interroger.

— Certainement pas, argumenta Mathew. Je ne l'ai pas agressée. Elle ne voulait pas me laisser entrer.

Mack lui lança un regard sombre.

— Vous savez qu'il y a une raison pour laquelle nous avons des charges comme *l'agression* et *l'entrée par effraction* ? Doreen n'était pas obligée de vous laisser entrer. C'est sa maison.

Mathew lui rendit son regard, redressa son costume et répondit :

— Vous êtes peut-être un flic de campagne, mais elle reste ma femme.

— Mais être ta femme, intervint-elle en passant la tête derrière Mack, ne veut pas dire que je suis ton punching-ball. Je l'ai été trop longtemps. Je ne le suis plus. Tu n'as plus le droit de me frapper ou de me bousculer maintenant.

Doreen lui donna un violent coup de pied dans le tibia.

Il rebondit, en jurant.

— Aïe, aïe, aïe, aïe !

— Mack peut t'emmener au poste et te coffrer, ça m'est

égal.

— Ça n'arrivera pas. Mon avocat est déjà là.

Mack fronça les sourcils.

— Alors, attendez une minute. Vous *saviez* que vous alliez enfreindre la loi, alors vous avez fait venir votre avocat à l'avance ? Wouah, c'est une agression *préméditée*. Vous le savez, n'est-ce pas ?

— Je suis venu signer les stupides papiers qu'elle voulait que je signe, et je me suis laissé emporter par mes émotions.

Il adressa ce doux sourire à Mack.

Doreen ricana.

— Tu ne m'as apporté aucun papier. Tu ne m'as montré aucun papier, et tu as juste essayé de t'introduire de force dans ma maison. C'est contraire à la loi. Même moi, je le sais.

— *Même toi*, répéta Mathew en secouant la tête. Tu ne sais rien. Tu ne fais que parler. Tu n'es qu'une cruche.

Elle posa ses poings sur ses hanches et rétorqua :

— J'en ai vraiment marre de t'entendre dire du mal de moi tout le temps. Je suis quelqu'un de bien. Je suis gentille et je n'ai pas besoin de toi dans ma vie. J'ai besoin que tu sortes d'ici et que tu restes loin de moi. Et si tu as les papiers, tant mieux. On les enverra *à mon avocat* et on s'assurera qu'ils sont entièrement signés cette fois-ci. Si tu n'as pas les papiers, Mathew, je te verrai au tribunal.

Doreen se tourna vers Mack et conclut.

— Tu peux l'emmener loin d'ici ?

Mack lui décocha un large sourire.

— Oh, avec grand plaisir.

Il empoigna Mathew par le col et le força à remonter l'allée.

Doreen constata qu'Arnold et Chester étaient arrivés

avec une voiture de police.

— Emmenez-le pour agression. *Préméditée*, leur ordonna Mack.

— Mon avocat me fera sortir dans cinq minutes.

— C'est ce que verra, siffla Mack avec un sourire dur. Si vous revenez chez Doreen, croyez-moi, la loi ne le verra pas d'un bon œil.

Mathew se tourna vers Doreen et la pointa du doigt.

— Je te mets en garde.

— Oui, je sais que tu me mets encore en garde, plaisanta-t-elle. Tu as dit que tu étais venu pour signer des papiers, alors signe ces fichus papiers, pour que je n'aie plus jamais à voir ta sale tronche. Je n'aurais pas dû avoir à te voir cette fois-ci.

— Oui, mais tu n'as pas pu résister. Tu as ouvert la porte.

Elle haussa les épaules.

— À peine. Je pensais que c'était Mack.

Mathew fronça les sourcils en passant son regard de la jeune femme à Mack qui se tenait là, et une expression amère apparut sur le visage de Mathew.

— Ne me dis pas que tu couches avec lui, dit-il en frissonnant. Doux Jésus, les puissants sont tombés bien bas.

Chester l'attrapa, lui coinça les mains dans le dos et le menotta.

— Ça suffit. Doreen est très appréciée dans cette ville. Nous n'avons pas besoin de gens comme vous, venant de la grande ville, qui cherchent à lui faire du mal, maugréa le policier.

Puis il le poussa dans l'allée vers la voiture de patrouille.

Doreen observa Chester et Arnold.

— Hé, merci beaucoup !

Chester lui adressa un sourire radieux et leva la main. Mathew étant monté dans la voiture, ils partirent avec lui. Elle resta sur le perron, puis se tourna vers Mack.

— J'ai ouvert la porte, admit-elle, les épaules affaissées. Je n'aurais pas dû, n'est-ce pas ?

Il secoua lentement la tête.

— Non, tu n'aurais pas dû… et je ne devrais pas avoir à te le rappeler.

Elle opina du chef.

— Tu as raison.

Elle se pinça l'arête du nez et ajouta :

— Ça m'a semblé naturel de lui ouvrir.

— Et quand il a commencé à te chahuter, qu'as-tu ressenti ?

Elle le contempla et, pour la première fois depuis longtemps, avoua :

— Ça m'a semblé naturel.

— *Aah*, ma chérie.

Il l'attira dans ses bras et la serra. Ce moment de douceur aurait duré, si Richard n'avait pas ouvert sa porte d'entrée et commencé à crier sur Doreen.

— Vous voyez, vous voyez ? Vous amenez toute la racaille en ville !

Elle se tourna vers lui, lui jeta un regard sévère et riposta :

— Et c'est vous qui avez l'appareil d'écoute pointé vers mon jardin ! s'emporte-t-elle. Vous pouvez parler !

Une expression d'horreur traversant son visage, Richard rentra en vitesse chez lui et claqua la porte.

Chapitre 18

DOREEN S'ASSIT DANS la cuisine et regarda Mack préparer une théière.

— Tu es presque aussi doué que Nan pour ça, commenta-t-elle.

Il tourna sa tête vers elle.

— Ça aide d'avoir quelque chose à faire.

— Au lieu d'enrouler tes mains autour du cou de Mathew et de l'étouffer ? le taquina la jeune femme en riant.

Il sourit malicieusement.

— Tant que tu en ris, alors oui, je dois admettre que de temps en temps, mes limites sont testées.

— Bien sûr, quand j'ai ouvert la porte à mon ex, marmonna-t-elle. Quelle stupidité.

— Tu as parcouru un long chemin, déclara Mack. Arrête de te faire du mal.

Doreen haussa les épaules.

Il scruta la cuisine et demanda :

— Où est passé le brownie ?

Elle se leva, se dirigea vers un placard et en sortit l'assiette.

— Tu gardes une assiette de brownie dans le placard ?

— Qu'est-ce que je suis censée faire d'autre avec ces animaux qui volent de la nourriture ?

Les lèvres du caporal tressaillirent.

Doreen le fustigea du regard.

— Ce n'est pas la journée idéale pour que tu te moques de moi.

— Tu as raison, convint-il, ce qui est surprenant, parce qu'on a connu beaucoup de jours où *c'était* un jour idéal.

Le regard de Doreen restait sombre.

— Alors qu'est-ce que je suis censée faire avec le brownie ?

— La plupart des gens les rangent dans une boîte hermétique ou un sachet scellé.

— Pourquoi ? Tu n'as plus qu'à jeter le sac ou à laver ton récipient. Il est simplement dans une assiette. Pourquoi ne peut-il pas rester comme ça ?

— Parce qu'il va se dessécher.

— Ah bon ? interrogea-t-elle en le regardant avec horreur.

Elle prit un morceau et mordit dedans. Il n'avait plus du tout la même texture qu'avant. Elle fixa le brownie.

— Je ne savais pas, souffla-t-elle.

— Tu te souviens quand on a des restes ? Je les mets dans des récipients au réfrigérateur.

— Oui, mais c'est parce qu'ils ne peuvent pas rester dans les casseroles ou sur une assiette sale, répondit Doreen en levant les yeux vers Mack.

Il ne savait pas quoi dire, de toute évidence. Il la regarda longuement.

— Toute la nourriture doit être rangée. On ne peut pas la laisser sur le comptoir. Pense à la contamination, aux bactéries, etc.

— Je mets toujours les aliments frais dans le réfrigérateur, mais j'ai pensé que le brownie pouvait aller dans le placard, d'autant plus que les chiens ne doivent pas manger de chocolat, expliqua-t-elle.

En regardant l'assiette, ses épaules s'affaissèrent. Elle jeta un coup d'œil à Mack et vit ses lèvres tressaillir. Elle lui lança un regard noir.

— Tu te souviens du moment où je t'ai dit que ce n'était pas un bon jour pour me taquiner ?

Il acquiesça.

— Tu te souviens que je t'ai dit que c'est parfois difficile de ne pas le faire ?

Et il éclata de rire.

Elle prit un morceau de brownie et le lui lança, mais il l'attrapa en plein vol et s'empressa de le croquer.

— Tu vois ? J'ai encore toutes mes dents, donc c'est bon. En plus, tu en as mangé la majeure partie de toute façon.

— Pas la majeure partie. J'en gardais pour demain, répliqua Doreen.

— Et si tu le mets tout de suite dans un sac, suggéra-t-il, il y a de fortes chances qu'il se ramollisse pendant la nuit.

— Vraiment ? s'enquit-elle en levant les yeux vers le policier.

— Bien sûr. Tout n'est pas irréparable dans la vie.

Doreen secoua la tête, puis se leva pour chercher un sachet. Elle pivota et le montra à Mack.

Il acquiesça tout en chapardant un deuxième morceau de brownie.

— Ça ira, confirma-t-il.

Elle avisa l'assiette.

— Est-ce qu'il en restera pour en mettre dans le sachet ?

— C'est une façon d'économiser un sachet, souligna

Mack avec un large sourire, prenant une troisième part.

Elle leva les yeux au ciel et en prit deux parts pour elle. Le caporal vérifia la théière.

— On dirait que c'est infusé, mais je ne suis pas un expert.

Doreen sourit.

— Ce sera très bien. Je suis sûre que plein de personnes dans ce monde pourraient m'expliquer exactement comment le préparer, mais il y a de fortes chances que les instructions soient très différentes d'une personne à l'autre.

— C'est comme tout, s'esclaffa Mack. Tout le monde a sa propre opinion sur la meilleure façon de faire ci ou ça.

Il servit du thé dans la tasse de Doreen, puis dans une autre tasse pour lui.

Surprise, elle l'interrogea :

— Tu voulais vraiment boire ça ?

— Je vais essayer. On m'a dit que je buvais peut-être trop de café.

Doreen l'observa avec horreur et il sourit.

— Non, je ne réduis pas ma consommation. Je cherche seulement une autre boisson que je pourrais boire le soir.

— Je ne sais pas si le thé est meilleur. Si on y réfléchit bien, le thé contient toujours de la caféine.

— Je sais, dit Mack en haussant les épaules. Mais je vais quand même essayer aujourd'hui.

Elle ajouta du lait dans sa tasse et remua. Mack avisa le lait.

— Je vais d'abord essayer comme ça, conclut-il.

— Comme tu veux, observa-t-elle avec un sourire. Et si tu veux du lait ou du sucre, c'est là.

Elle tapota le sucrier. Le visage de Mack se contorsionna et elle opina.

— Je sais. C'est le sucrier, c'est ça ?

Il rit.

— Pense à toutes les choses qu'on regarde d'un autre œil de nos jours… Je le garde seulement pour quand j'ai de la visite.

— Et en *général,* c'est moi.

— Ou Nan. Les autres personnes qui viennent ne sont *pas* forcément ce que j'appellerais de la *compagnie.*

— Comment appellerais-tu ça ?

Doreen haussa les épaules.

— Ce n'est pas comme s'ils étaient des amis, parce que je n'ai pas d'amis, et en général, tous ceux qui viennent me voir cherchent quelque chose. Et pas toujours de manière agréable.

— C'est vrai, convint Mack. Et Bernard ?

— Bernard est un personnage intéressant, répondit-elle avec un sourire. Cependant, il vit dans un monde que j'ai laissé derrière moi.

— Il pourrait te replonger dans ce monde, si tu le voulais.

Elle fit semblant de frémir.

— Non merci. J'étais déjà un oiseau en cage. J'ai l'intention de chanter librement pendant longtemps maintenant.

— Bien.

— C'est quelqu'un de bien, mais pas pour moi.

Mack sourit.

— C'est aussi bien que tu le saches.

— Contrairement à lui, tu veux dire ? répliqua-t-elle en riant.

— Oh, je suis persuadé que si tu étais intéressée, il le serait, mais il est assez intelligent pour savoir que tu n'en es pas là pour l'instant.

— Tu l'as mis en garde ? demanda-t-elle avec un regard en coin.

— Non, ce n'était pas nécessaire.

Et le ton de sa voix était si suffisant qu'elle éclata de rire.

— Je suis contente de l'entendre. Alors nous n'avons pas de problème.

— Non, pas de problème. Tant que chacun reste à sa place, tout va bien. J'étais un peu inquiet à propos de Bernard pendant un moment, mais il semble s'être calmé.

— Ce n'est pas comme si je l'avais contacté, du moins pas souvent. Si je le pensais capable de faire quoi que ce soit pour aider à retrouver ce couple disparu il y a si longtemps, je le contacterais sans hésiter.

— Bien sûr, mais dans ce cas, tu le contacterais pour obtenir de l'aide, pas pour des raisons personnelles. On sort ? proposa-t-il, puis il prit les deux tasses de thé et se dirigea vers l'extérieur.

Il s'assit à la table de la terrasse et regarda autour de lui.

— On a bien travaillé sur ces projets.

— Je confirme, et je me sens parfois coupable de ne pas avoir pu faire davantage pour vous aider.

— Ce n'est pas nécessaire, réfuta Mack. On s'en sort tous bien.

— Bien sûr, c'est très bien, mais ça ne change rien au fait qu'il faut parfois dire *merci*.

— Et parfois, il n'y a pas besoin de dire quoi que ce soit parce qu'on le sait déjà.

— Tu vois ? C'est ça le problème, je ne suis plus vraiment sûre de savoir ce que ça veut dire.

— Tu apprends, alors ne t'inquiète pas pour quelque chose qui n'en vaut pas la peine.

Elle gloussa.

— Pourtant, je pense que des brownies pour le commissariat seraient appréciés.

Il haussa les sourcils.

— Je ne suis pas contre l'idée que tu perfectionnes tes brownies. Mais n'oublie pas qu'il y a beaucoup de monde au bureau.

— Une douzaine de parts ne suffira pas ?

— Non, rit-il. Non seulement une douzaine ne suffira pas, mais elles disparaîtraient au passage de la première personne.

Elle verrouilla son regard sur le sien, réfléchissant à ses paroles.

— Donc personne n'a de savoir-vivre au commissariat.

— Pas quand il s'agit de brownies. Maintenant, si tu tiens à en préparer, peut-être…

Il réfléchit et estima :

— Quatre douzaines ? Ce n'est pas compliqué à faire.

— Non, confirma-t-elle, perplexe. J'imagine que je dois en cuire plusieurs, c'est ça ?

Elle se tourna pour le regarder.

— Exactement, la plupart des recettes de brownies peuvent être multipliées facilement.

— C'est ça le problème. Je n'ai aucune expérience dans ce domaine.

— Google est ton ami à tout moment, surtout lorsqu'il s'agit de ce genre de choses.

Doreen fronça les sourcils tout en hochant la tête.

— Tu as raison. La réponse serait facile.

— Mais ne fais pas ça si tu ne te sens pas vraiment capable de le faire.

Il étendit ses jambes et s'assit, puis reprit :

— Maintenant, raconte-moi cette histoire de dispositif d'écoute.

Elle expliqua brièvement ce qu'il s'était passé.

— Mais pourquoi ce son bizarre est-il apparu tout d'un coup ? demanda Mack.

— Ah, j'avais oublié ça.

Elle déclara alors que Richard avait une radio amateur.

Mack acquiesça pensivement.

— C'est peut-être ce qui a provoqué le bruit.

— Je ne sais pas ce qui l'a provoqué, mais quelque chose interférait et faisait ce bruit épouvantable, affirma Doreen, avec un frisson.

— C'est bien parce qu'au moins vous l'avez trouvé.

Elle se leva, retourna dans la cuisine, prit ce que Richard lui avait donné et le posa sur la table de la terrasse devant Mack.

— Voilà l'appareil. Je n'y connais rien.

Mack le ramassa, l'étudia et opina.

— C'est un appareil assez simple. On en trouve dans tous les magasins d'électronique du coin. Ou sur Internet.

— Comment se fait-il que de telles choses puissent être vendues ?

— N'importe qui peut en acheter des plus sophistiqués assez facilement. Ça nous donne quand même quelque chose, grommela-t-il, en l'observant du coin de l'œil. Tu as une idée de qui aurait pu le placer là ?

— Bien entendu, j'ai pensé à son frère, mais je n'ai absolument aucune raison de le soupçonner de quoi que ce soit.

— Je vois. En plus, Roscoe a passé beaucoup de temps à chercher ses amis.

— C'est vrai, et il n'y a pas de soupçon de crime contre ses amis, donc il semble grotesque de mettre ça sur le dos de

Roscoe. Maintenant, si *c'était* lui, ça changerait la donne.

— Non seulement c'est grotesque, mais c'est aussi inefficace, nota Mack en souriant.

— Tout ça semble un peu trop ridicule. Pourquoi cette personne essayait-elle d'écouter Richard ou moi ?

Mack haussa les épaules.

— Et c'est une autre question à laquelle nous n'avons pas de réponse. Si ça se trouve, Richard a l'intention de vendre, et quelqu'un a espéré apprendre quelque chose sur la propriété ou ses projets.

La jeune femme afficha une expression perplexe, peu convaincue par cette supposition.

Le policier leva les mains.

— Je ne sais pas pourquoi les gens font ça, affirma-t-il, avant de sourire. Mais tu as ça, et maintenant, c'est couvert d'empreintes digitales.

Elle acquiesça.

— Oui, et de toute évidence je ne peux rien faire pour les empreintes de Richard qui sont partout dessus.

— On peut prendre les siennes pour comparer, mais il y a de fortes chances qu'il ait été nettoyé. De plus, selon le temps qu'il a passé ici, il a subi de nombreuses intempéries.

— Je vois, donc, en d'autres termes, on ne peut rien en tirer.

— Je ne pense pas, mais je vais m'adresser à la police scientifique pour en avoir le cœur net.

Il prit son thé, en but une gorgée distraitement et regarda la rivière.

— Sa clôture est fermée jusqu'au bout, n'est-ce pas ?

— Oui, mais ce n'est pas vraiment difficile à escalader. Il monte tout le temps sur une chaise pour me parler et, de temps en temps, je fais la même chose avec lui.

— Donc, toute personne de grande taille pourrait facilement l'enjamber. Et Richard ne quitte pas souvent sa maison, n'est-ce pas ?

— Non, mais quelqu'un est quand même entré dans son jardin sans problème et sans qu'il s'en aperçoive.

— Absolument, reconnut Mack. Si quelqu'un veut rentrer, on sait parfaitement à quel point c'est facile.

— Ce qui est une autre partie de mon problème. On ignore pourquoi quelqu'un a installé ça, mais était-ce après quelque chose que Richard aurait dit, ou après moi ? C'est ce que j'aimerais savoir.

— On doit supposer qu'il s'agit des deux options à ce stade, étant donné qu'il te parle également.

— Pas très souvent, précisa Doreen, et rarement sur un ton agréable. Pourtant, ces derniers temps, on discute plus aimablement.

Mack lui sourit.

— Comme lorsque vous vous lancez des insultes depuis le perron ? s'enquit-il.

Doreen soupira.

— J'essaie d'être gentille, mais ça m'arrive, marmonna-t-elle, contrariée. Tu sais qu'il n'est pas mieux non plus, n'est-ce pas ?

— Oh, je ne m'en ferais pas pour ça, dit Mack en riant. Je suis persuadé qu'il est plus calomnieux que toi.

— Peut-être, mais ça reste mal.

Le caporal la contempla avec le plus doux des sourires.

— Ne doute jamais que tu es quelqu'un de bien. La question n'est pas de savoir si les autres sont d'accord. Tu dois faire ce qui est bon pour toi.

— Comme mon ex ? répliqua-t-elle en levant les mains. Je veux seulement qu'il signe les papiers, qu'il retourne à

Vancouver et qu'il y reste. Au lieu de ça, il se pointe sur le pas de ma porte.

— As-tu une idée de la raison pour laquelle il est venu ? Un coup de fil aurait sûrement suffi.

— Non, ça n'a aucun sens. Il a dit qu'il était venu en voiture, ce qui explique sans doute pourquoi vous ne saviez pas qu'il était là. Ou bien vous ne suivez plus Mathew ?

— Je n'ai reçu aucune alerte et je n'ai pas vérifié aujourd'hui s'il venait. Donc, maintenant que je sais qu'il se déplace en voiture, ça ne sert à rien. Je peux continuer à le faire à l'occasion, mais ça ne servira pas à grand-chose, surtout s'il se moque qu'il y ait cinq heures de route. Il aurait aussi pu prendre l'avion dans l'un des autres aéroports, louer un véhicule et venir ici.

— Je ne pensais pas qu'il y consacrerait du temps, pour être honnête, dit-elle franchement. Il ne cache pas que je ne suis qu'une plaie dans sa vie en ce moment. Il était également furieux à propos du testament de Robin.

— Pourtant, tu es une plaie dont il n'est pas prêt à se débarrasser.

— Il pense que je vais recevoir assez de Robin, alors je ne devrais rien recevoir de lui.

— Ça ne marche pas comme ça. Quoi qu'il en soit, on va l'arrêter pour le moment et s'occuper du dispositif d'écoute. À moins que…

Mack étudia l'appareil et demanda :

— Mathew se serait-il servi d'un tel appareil ?

Doreen sourit.

— Carrément, mais ça n'aurait pas été un appareil bon marché. J'en suis certaine.

— Bien sûr que non. Il aurait utilisé le meilleur et seulement le meilleur.

— Il se serait ensuite plaint que ça ne fonctionne pas comme il le souhaitait parce qu'il n'existe pas de technologie capable de faire ce qu'il veut.

— Quelle technologie voudrait-il ? demanda Mack avec curiosité.

— Le connaissant, il voudrait un appareil qui lit dans les pensées pour deviner à l'avance ce que fera son adversaire, et qui sait ? Pourquoi ne pas instiller des suggestions dans la tête des autres.

— Voilà une technologie à laquelle je n'ai vraiment pas envie d'avoir affaire de sitôt, déclara Mack en la regardant fixement. Ton ex n'est vraiment pas quelqu'un qui devrait y avoir accès.

— Non, mais des gens comme lui sont à l'origine de la demande de technologie et la construisent pour la contrôler.

— Ça et les gouvernements, ajouta Mack avec un petit rire.

Doreen fronça le nez.

— Oui, je ne m'engagerai pas dans cette voie. C'est un cauchemar qui ne demande qu'à se produire.

Elle l'observa finir son thé.

— J'attendais que tu fasses une grimace à cause du thé.

— Ce n'était pas mauvais, concéda-t-il. Je ne voulais pas encore ajouter du lait ou du sucre. J'essayais de faire un essai décent en le buvant nature. C'était bon. Je ne peux pas dire que c'est quelque chose qui me ferait sauter de joie, pas comme Nan et toi.

— Je pense que c'est un goût qui s'acquiert, dit-elle honnêtement.

— Je ne l'ai pas acquis alors.

Il se leva, prit l'appareil et annonça :

— Je l'emmènerai au poste demain matin.

— Bien. Je suis contente que tu n'aies pas dit que tu emmèneras ça au poste ce soir. Il faut que tu rentres chez toi et que tu te reposes.

Elle se tut pour l'observer.

— N'as-tu jamais pensé que la personne qui a fait ça espérait obtenir des informations sur toi et sur l'affaire ?

Mack regarda l'appareil et haussa les épaules.

— Je suppose que c'est possible. Mais ça ne tient pas vraiment debout.

— Rien de tout ça ne tient debout, maugréa Doreen. Chaque fois que l'on cherche le bon sens chez ces types, on sait qu'il n'y en a pas. C'est une question de survie.

Toujours le regard sur l'appareil, le policier acquiesça.

— Je ne peux pas trancher sur la question. Le truc, c'est que les gens savent que tu es impliquée dans de nombreuses affaires, alors peut-être que…

Alors qu'il se dirigeait vers la porte d'entrée, elle lui demanda :

— Et ton enquête ? Tu as avancé ?

— Pas encore, on y travaille toujours. Il faut du temps pour rassembler les informations.

Elle ne voulait rien dire parce qu'il était évident que cela prenait du temps, et parfois cela en prenait beaucoup plus que ce que l'on pouvait attendre de quelqu'un, mais elle devait être patiente. Elle l'accompagna jusqu'à la porte d'entrée, puis il se dirigea vers son pick-up.

Pendant qu'il s'éloignait, elle scruta la maison de Richard et vit les rideaux bouger. Elle devrait sûrement s'excuser, mais peut-être que maintenant il pourrait se détendre aussi, sachant que Mack n'était même pas allé lui parler. Elle y réfléchit et lui envoya un message. **Pourquoi tu n'as pas parlé à Richard ?**

Il l'appela et déclara en riant :

— J'attendais qu'il se calme. Je me suis dit qu'il serait trop paniqué pour avoir une conversation correcte. Ne t'inquiète pas. Je lui parlerai et je prendrai bientôt ses empreintes.

Puis Mack raccrocha.

Chapitre 19

Vendredi matin…

LE LENDEMAIN MATIN, Doreen se réveilla avec beaucoup d'énergie et le sentiment d'avoir accompli quelque chose. Mais elle ignorait d'où venait ce sentiment. Toutefois, en regardant autour d'elle, sa première tasse de café à la main, elle se rendit compte qu'elle voulait faire quelque chose. Elle se mit donc à faire le ménage, simple et facile à effectuer, mais il y avait quand même beaucoup de travail.

Elle savait que beaucoup de gens la descendraient en flammes pour avoir dit que le ménage était facile. Pourtant, ce n'était pas si difficile à faire. Il *fallait* s'y atteler et, jusqu'à présent, c'était une nouveauté pour elle. Peut-être qu'à un moment donné, elle en viendrait à détester cela autant que beaucoup de gens, mais pour l'instant, c'était plutôt amusant. Elle passa rapidement l'aspirateur, la serpillière, nettoya les salles de bains, puis passa un coup de chiffon dans la cuisine. Au moment où elle terminait, Nan l'appela.

— Qu'est-ce que tu fais ? demanda celle-ci de cette voix qui laissait entendre qu'elle préparait quelque chose.

— Je viens de finir le ménage, répondit sa petite-fille.

— Oh, c'est bien. As-tu eu des informations en lien avec

notre idée ?

— J'en ai parlé à Mack, mais on a besoin de plus que des hypothèses.

— Vous êtes des rabat-joie, soupira Nan.

Cette expression fit rire Doreen.

— Selon Mack, tout doit être une question de faits. Jusqu'à présent, aucun fait ne vient étayer votre idée.

— On sait que les faits ne correspondent pas toujours aux circonstances non plus, marmonna la vieille dame.

— C'est nécessaire, Nan. Tu le sais aussi bien que moi.

— Tss. Ça ressemble à une excuse.

— Non, et oui, je sais que je parle de plus en plus comme Mack.

— C'est génial. Tu apprends beaucoup de lui.

— Je ne sais pas si c'est une bonne chose ou pas, maugréa Doreen.

— Tu viens prendre le thé ? proposa sa grand-mère d'une voix plus enjouée.

— Peut-être. C'est le bon moment pour moi de faire une pause, si tu veux bien de la compagnie.

— Je suis toujours partante pour que tu me tiennes compagnie, dit Nan. Dépêche-toi. Je vais faire chauffer l'eau.

Et Nan raccrocha.

Doreen rit, rassembla les animaux et demanda :

— Vous êtes prêts à aller voir Nan ?

L'excitation fut générale lorsqu'elle ouvrit la porte arrière. Tout le monde était heureux de se rendre chez Nan, d'après ce que Doreen pouvait constater. Mais ils l'étaient toujours. Pour eux, c'était une aventure. En descendant le long du ruisseau, elle s'arrêta à la clôture de Richard, vérifiant si quelqu'un pouvait facilement l'escalader. Dans son cas, elle ne le pouvait pas, mais elle s'imaginait que beaucoup de gens le pouvaient. Cela la rendait plus méfiante. Ce n'était pas parce que certains pouvaient l'escalader qu'ils devaient obligatoirement le faire, et c'était une leçon que beaucoup de gens n'avaient pas envie d'apprendre.

En descendant chez Nan, elle observa les autres maisons le long du chemin. Rien ne semblait suspect. Lorsqu'elle arriva à l'angle de la rue, Nan l'attendait, assise à la table de la terrasse. Doreen sourit lorsque les animaux tirèrent sur leurs laisses pour avancer plus vite. Elle les détacha et les laissa partir.

Mugs courut vers Nan. Goliath, fidèle à lui-même, s'élança vers les bacs à fleurs, puis s'étira juste hors de portée de main, de sorte que Nan ne put le saluer.

Doreen s'approcha. Sa grand-mère observa le chat et nota :

— Il a vraiment un sale caractère, n'est-ce pas ?

La jeune femme s'esclaffa.

— Je pense que c'est le cas de tous les chats, mais celui-là en fait vraiment trop.

Nan se leva et salua Goliath. Alors qu'elle se penchait, Thaddeus sauta de l'épaule de Doreen sur le dos de la vieille dame. Poussant un cri de surprise, Nan se redressa à la hâte, et Thaddeus s'envola, ses ailes battant au visage de Nan.

— Doucement, doucement, doucement, lui dit Doreen. Ne fais pas peur à Nan.

Celle-ci rigola.

— Ce n'est pas grave. Il m'a juste surprise.

Elle câlina le perroquet.

— Il est content de me voir, voilà tout.

— Pourtant, on te voit presque tous les jours, souligna Doreen d'un ton ironique.

— *Presque* n'est pas suffisant, pas pour ces gars-là.

Nan désigna le thé et la table.

— Assieds-toi, je vais te servir.

— Je suppose que c'est l'heure du thé pour toi.

— Exactement. On a joué au bowling sur gazon toute la matinée. Je suis donc prête pour mon thé. Oh, attends une minute.

Elle se leva d'un bond et disparut dans la cuisine.

Doreen attendit l'inévitable panier de douceurs. Du moins, elle espérait que ce serait un panier de douceurs, car, après sa matinée de ménage, elle avait un peu faim. Il fallait qu'elle retourne faire les courses.

C'était l'une de ces tâches qui semblaient toujours recommencer. On ne pouvait pas le faire une fois et s'en débarrasser. Elle se demanda comment les gens faisaient pour gérer tout ça en permanence. Si elle avait un travail à temps plein, qu'elle rentrait chez elle à une heure précise et qu'elle avait encore toutes ces autres choses à faire, elle ne pensait pas avoir le temps de manger, ni l'envie d'ailleurs.

Nan sortit en trombe, un panier à la main.

Doreen se requinqua.

— C'est à manger ?

— Oui. Tu as dit que tu faisais beaucoup de ménage.

— Oui, et j'ai faim, reconnut la jeune femme.

— Bien. Ce sont des choses que Richie a prises hier, et puis j'ai pris quelques muffins ce matin pour le thé. C'est bien que tu sois venue. Sinon, j'en aurais trop.

Sachant que Nan le faisait exprès, Doreen lui dit :

— Je ne veux pas que tu t'attires d'ennuis.

— Je n'aurai pas d'ennuis, affirma Nan. Je pense que les cuisiniers en font parfois plus pour s'assurer que ceux qui en ont besoin ont tout ce qu'ils veulent.

— Tant que vous n'êtes pas affamés, convint Doreen.

— Ça ne serait pas très bien perçu.

— Peut-être pas, mais ça peut arriver. Espérons que ça ne t'arrive jamais.

— Pas moi. J'aime trop mes courses. Je m'assure de me nourrir. Ne t'inquiète pas.

Doreen gloussa.

— Je suis contente de l'entendre.

Elle souleva le torchon qui recouvrait le panier de douceurs et sourit.

— Wouah, sacré choix.

— Richie aime apporter tout ce qu'il y a en trop au cas où tu viendrais. Donc tout ce qu'il y a ici et que nous ne mangeons pas, tu le rapportes chez toi.

— Quoi ? s'étonna Doreen en dévisageant sa grand-mère.

— Oui, c'est comme ça qu'on fait. Et Richie ne se sent pas mal s'il en a trop parce que ce ne sera pas gaspillé.

— Je suis donc devenue un dépotoir ? s'enquit la jeune femme avec humour.

— Oh, ma chérie, non. Ce serait terrible. Pourquoi ne pas en profiter et se préoccuper d'autre chose ?

De toute façon, il n'y avait pas beaucoup de douceurs de Richie ici. Lorsque Doreen eut mangé trois gâteaux, elle leva la main et soupira.

— C'est bon. Je n'en peux plus. C'était très bon quand même.

— Je leur dis en cuisine combien tu apprécies ce qu'ils préparent, déclara Nan, ce n'est donc pas comme s'ils ne savaient pas que tu vas et viens tout le temps ici.

— Bien sûr que je viens, mais je ne voulais vraiment pas qu'ils pensent que je venais tout le temps pour manger.

Nan rit.

— Pourquoi pas ? C'est ce que tu fais.

— Non, je viens te voir, affirma Doreen.

La vieille dame ne renchérit pas, contempla sa petite-fille, et ses yeux s'embuèrent.

— Et crois-moi. Je t'en remercie.

Elle versa une nouvelle tasse à Doreen.

— Alors, quoi de neuf ?

Doreen leva les yeux au ciel.

— Pas grand-chose.

Puis elle pensa à l'appareil d'écoute.

— Sauf une chose.

Et quand elle lui raconta ce que Richard avait trouvé de son côté de la clôture, Nan la regarda avec étonnement.

— Eh bien, certains ne manquent pas de toupet, s'écria-t-elle.

— C'est ce que je pensais, murmura Doreen. Je ne voulais pas imaginer Richard s'adonner à ça, et s'il était coupable, il n'aurait pas été fâché de trouver ça là.

— Bien sûr que non. Ça ne serait pas logique.

— Non, je ne pense pas que Richard l'ait fait, mais je n'hésiterais pas à soupçonner toutes sortes de personnes. Son frère, Roscoe, était là plus tôt dans la journée, mais je ne veux pas non plus le suspecter.

— Je n'ai pas souvent eu affaire à lui, releva Nan.

— Moi non plus. Il doit rendre visite à Richard de temps en temps. Je pense qu'il se sent un peu seul, alors il faut que ça continue. Cependant, s'il y a la moindre chance que Roscoe ait fait ça… alors ce serait terrible.

— Espérons que ce ne soit pas le cas.

Doreen hocha la tête.

— Il se passe suffisamment de choses dans notre monde pour que nous n'ayons pas besoin que de telles choses se produisent. Et en plus, dans notre jardin.

Nan opina, mais elle était pensive. Au bout de quelques minutes, elle secoua la tête.

— C'est idiot, je sais, mais je ne vois pas Richard faire quelque chose de la sorte.

— Je ne pense pas du tout que ce soit Richard, approuva Doreen. Mais ce que je ne sais pas, c'est qui aurait eu accès à son jardin, et, en théorie… ça aurait pu être n'importe qui. L'intrus aurait pu sauter la clôture et, tu vois, entrer dans son jardin, sans qu'il le sache. Je n'ai aucun moyen de savoir combien de fois par jour il est dans son jardin parce que je ne le vois pas.

— Il y avait à une époque un portail le long de la clôture arrière de sa propriété, mais je pense qu'il est envahi par les mauvaises herbes. Un type rôdait toujours dans son jardin quand je vivais là-bas.

Doreen fronça les sourcils.

— Je ne crois pas avoir jamais vu de portail là-bas.

Mais Nan avait raison, c'était envahi par la végétation.

— Pourtant, quelqu'un utilise la propriété de quelqu'un d'autre et tente d'en faire un usage néfaste.

— Peut-être.

D'un coup d'œil, Doreen observa Thaddeus qui se rapprochait de l'assiette de Nan.

— Tu as terminé, Nan ? demanda Doreen.

— Oui, pourquoi ? Tu as encore faim ? répliqua Nan, perplexe.

— Non, mais Thaddeus essaie de s'attaquer à ton assiette.

Quelques miettes étaient restées dessus, mais Nan, fidèle à elle-même, l'approcha de Thaddeus et déclara :

— Dans ce cas, il peut manger ce qu'il reste.

Doreen avisa le perroquet nettoyer tous les petits morceaux de l'assiette de Nan.

— Je ne sais même pas si tout ça est sain pour lui.

— Sûrement pas. C'est l'une des questions complexes avec les animaux de compagnie. On fait de son mieux, mais on ne sait jamais vraiment combien de friandises on doit leur donner.

— On peut leur en donner plus que la quantité *autorisée*, mais on leur fait du mal.

Thaddeus avait déjà englouti tout ce qu'il y avait dans l'assiette de Nan et se tourna ensuite vers Doreen.

Elle pressa doucement un doigt contre son bec et chuchota :

— Ne le dis pas.

Il inclina la tête sur le côté et déclara :

— Thaddeus aime Nan.

— Oui, Thaddeus aime Nan, mais Thaddeus n'aime pas Doreen.

Il se remit à glousser, de ce même rire bizarre.

— Je ne sais pas d'où il sort certaines de ces choses, dit Nan en secouant la tête.

— Il en a trouvé de nouvelles ces derniers temps, grommela Doreen. Il me surprend tous les jours.

— C'est une bonne chose, affirma Nan avec un sourire. Et s'il te fait sourire, il te rend heureuse. Je ne vois aucun problème à ça.

Lorsque Doreen s'apprêta à rentrer chez elle, plusieurs autres personnes vinrent voir si elle avait progressé dans l'affaire.

— Apparemment, tu es un hall de gare. Ça ne te dérange pas ?

— Non. Ça donne une certaine crédibilité à ma place

ici.

Doreen leva les yeux au ciel.

— Ça ne veut pas dire que c'est bien, marmonna-t-elle.

Toutefois, elle se leva au moment de partir, sourit à l'assemblée et annonça :

— Je dois ramener les animaux à la maison.

Il y eut un au revoir général, et elle rassembla rapidement tout le monde. Ils se dirigèrent de nouveau vers la rivière. Elle ne savait pas exactement ce qu'il se passait à la maison de retraite ni si Nan pariait sur les résultats ou non. En y réfléchissant, Doreen fronça les sourcils et téléphona à sa grand-mère.

— S'il te plaît, dis-moi que tu ne paries pas sur cette affaire.

— Bien sûr que non, affirma Nan d'une voix bien trop innocente.

— *Nan*, gronda Doreen.

— Ne t'inquiète pas, mon enfant. Je te promets que je ne fais rien de mal.

— Non, mais tu ne fais probablement rien de bon non plus, rétorqua Doreen.

— Si je devais faire tout ce qui est bien et rien de mal, je ne m'amuserais pas du tout, contra la vieille dame d'un air contrarié. Rentre chez toi et va t'amuser.

— Qu'est-ce que tu vas faire ? demanda Doreen, avec une pointe d'humour.

— Oh, ma chérie, ne t'inquiète pas pour moi. J'ai plein de projets pour cet après-midi, précisa Nan en riant. Je m'amuse probablement beaucoup plus que toi.

Sur ce, elle raccrocha, laissant Doreen fixer son téléphone, perplexe.

Il y avait fort à parier que Nan s'amusait *beaucoup plus*

que Doreen. Cette dernière passait beaucoup trop de temps sur les enquêtes au lieu de sortir et de faire des choses. Elle se demanda si Mack était partant pour faire du paddle ou une randonnée ce week-end, quelque chose qui leur permettrait de sortir et de s'éloigner des affaires qui commençaient à dominer tout le reste.

Elle envoya un SMS au policier. **Hé, tu veux faire quelque chose ce week-end ?**

Il répondit presque aussitôt. **Oui. Qu'est-ce que tu as en tête ?**

Du paddle, une randonnée, une virée en voiture. À toi de choisir.

Mack l'appela.

— Est-ce que c'est lié à l'enquête ?

— Non, j'essayais de prendre du recul par rapport aux enquêtes.

— Dans ce cas, absolument, à moins que tu ne veuilles faire un tour sur l'autoroute et voir si tu peux trouver quelque chose à propos de ce véhicule.

— Oui, il y a quoi, quatre cents kilomètres à parcourir ? Je ne pense pas que je trouverai quoi que ce soit moi-même.

— Très bien. Que dirais-tu d'une virée en voiture avant une randonnée ?

— Ça me va.

— Qu'est-ce qui t'a donné envie de ça ? interrogea-t-il, curieux.

— Nan vient de me dire qu'elle s'amuse plus que moi, s'esclaffa Doreen. Je me suis rendu compte qu'elle avait raison. Elle s'amuse beaucoup plus. Il faut seulement que je sorte davantage.

— C'est un bon début. Au fait, Mathew a quitté Kelowna tôt ce matin.

— Il a déjà été libéré ? s'écria la jeune femme.

— Oui, son avocat s'en est assuré.

— *Génial*, souffla-t-elle. Comment peux-tu être sûr qu'il est parti pour de bon ?

— Il a été escorté jusqu'aux limites de la ville.

— Ça ne veut rien dire. Il a pu revenir.

— On lui a également demandé d'informer le commissariat une fois qu'il serait rentré chez lui. Apparemment, il vient de le faire. Je suis donc assez confiant.

— Bien, c'est déjà ça. S'il sort de ma vie un jour ou deux, ça m'aidera.

— N'oublie pas. Tu n'ouvres la porte à personne, ni à lui ni aux inconnus.

— Ce qui veut dire que je ne dois pas ouvrir ma porte tout court, riposta-t-elle avec hilarité.

— Sauf si c'est moi ou mon frère.

— D'accord.

— Il s'est passé autre chose chez Richard ?

— Pas que je sache. Je suis en train d'arriver au niveau de mon jardin.

Alors qu'elle atteignait le côté de la clôture de Richard, elle entendit une forte détonation, et quelqu'un sauta par-dessus la clôture, lui jeta un regard effrayé, et fila.

Elle lâcha la laisse de son chien et ordonna :

— Vas-y, Mugs. Attrape !

Doreen s'adressa ensuite à Mack :

— Quelqu'un vient de passer par-dessus la clôture de Richard. Il court le long de la rivière. Mugs l'a pris en chasse.

— Bon sang, rappelle-le. Tu ne peux pas le coincer. Je ne veux pas que tu sois confrontée à cette personne.

Mais elle était déjà en train de courir le long du ruisseau

— Trop tard ! cria-t-elle dans le téléphone.

Mack raccrocha.

Chapitre 20

DOREEN COURAIT DERRIÈRE Mugs en le rappelant. L'intrus était devant eux, mais, comme elle le voyait, Mugs gagnait du terrain. Elle n'était même pas sûre de ce que son chien ferait de l'inconnu, s'il l'attrapait. Malgré tout, Doreen accéléra le rythme aussi vite qu'elle le pouvait. Pendant ce temps, les griffes de Thaddeus s'enfonçaient dans son cou et il lui cria à l'oreille :

— Hue ! Hue ! Hue !

— Tu veux bien arrêter ? siffla-t-elle.

— Hue ! Hue ! Hue !

Elle grommela, se rappelant que c'était cool d'avoir un perroquet qui parlait. Et puis il y avait Goliath, qui était encore pire. Elle tourna la tête afin de chercher le gros chat maine coon, se prit les pieds dans un rocher et s'étala sur le sol. Elle se releva d'un bond, Mugs continuant à courir devant elle.

— Mugs ! Mugs, reviens ici ! Reviens, Mugs !

Elle continuait à courir derrière lui, mais à présent, elle boitait et avait mal.

Elle était toujours à la recherche de Goliath, mais elle ne vit aucun signe de lui. Quand elle finit par rattraper Mugs, il déambulait dans le ruisseau, reniflant les rochers. Soit le type avait trouvé une cachette en vitesse, soit il avait sauté par-dessus le ruisseau, mais Mugs ne l'avait pas vu. Étrange. Il était beaucoup plus profond à cet endroit et il y faisait un froid glacial. Son téléphone lui criait aussi dessus, et elle savait que c'était Mack. Elle soupira en répondant. Elle resta debout, observant Mugs.

— On dirait que Mugs l'a perdu, dit-elle, tout son corps hurlant de douleur.

Mack l'avait peut-être senti, relevant que quelque chose n'allait pas.

— Qu'est-ce qu'il s'est passé ?

— Ce qu'il s'est passé ? Je suis tombée, marmonna-t-elle. Entre Thaddeus qui m'agrippe le cou et Goliath qui manque à l'appel, la poursuite n'a pas été des plus agréables.

— Tu n'es pas censée poursuivre les intrus, grommela Mack. Est-ce que je dois venir chez toi ?

— Non. C'est bon. Mugs s'est calmé.

— Tu penses savoir où est parti ce gars ?

— Non, c'est un mystère.

Elle jeta un regard noir à son genou.

— Et je me suis éraflé le genou.

— Rentre chez toi, dit-il d'un ton apaisant. Je passerai te voir et tu m'expliqueras ça en détail.

— Pas de détails. Quelqu'un a sauté par-dessus la clôture de Richard – juste devant moi – m'a regardée et a filé, mais je ne pense pas que Richard l'ait remarqué.

— Est-ce que tu reconnaîtrais ce type ?

— Possible. Bien sûr, je ne pense qu'à cette personne, qui était peut-être en train d'installer de nouveaux dispositifs d'écoute.

Le silence s'installa un instant.

— D'accord, reprit Mack. Va donc te préparer un café, j'arrive dans quelques minutes.

Et il raccrocha.

Elle sourit à ses animaux.

— Au moins, Mack vient. C'est à peu près la seule bonne chose qui ressort de tout ça.

Ils reprirent leur chemin, mais elle entendit un bruit. Quand elle fit volte-face, elle avisa un homme qui sortait de la rivière par la partie profonde. Il l'observa et repartit à toute allure. Elle décida de ne pas le poursuivre, car il était trop loin. De plus, il se trouvait maintenant de l'autre côté de la rivière, et c'était la partie profonde.

Doreen soupira en regardant Mugs.

— C'est pour ça que tu l'as perdu, mon pote. Il est resté sous l'eau.

Alors qu'elle rentrait lentement chez elle, son genou commença à se raidir. Lorsqu'ils arrivèrent, Goliath les attendait sur le banc au bord de l'eau. Doreen lança un regard noir au chat.

— Qu'est-ce qu'il t'est arrivé ? maugréa-t-elle. Je croyais que c'était censé être une affaire de famille.

Mais de toute évidence, Goliath avait décidé que c'était une affaire de famille, *à condition* qu'il n'y ait pas d'eau.

Doreen le caressa et il se dressa sur ses pattes arrière afin qu'elle puisse le prendre dans ses bras. Elle obtempéra et le câlina.

— Tu as été le plus intelligent de nous tous, murmura-t-elle en le portant tranquillement jusqu'à la maison.

Sur leur propriété, le chat bondit à terre. Doreen déverrouilla la porte, désactiva l'alarme, puis entra. Aussitôt, elle eut une idée et sortit sur la terrasse.

— Richard, vous êtes là ?

Il n'y eut que du silence, mais à quoi s'attendait-elle ? S'il y avait eu un intrus, il y avait de fortes chances que Richard ne fût pas là pour en être témoin. Cela en disait long sur la folie qui régnait dans leur vie en ce moment.

Elle voulait aller frapper à la porte de Richard, mais se dit que puisque Mack venait, elle lui laisserait le soin de le faire. Parce que, c'était certain, maintenant Mack allait devoir parler à Richard. Même si le caporal était censé le faire auparavant, peut-être qu'il se serait retenu. Mais elle ne le pensait pas. L'intrus était très intéressé par le jardin de Richard, et la seule chose qui lui venait à l'esprit était le fait qu'ils avaient enlevé l'autre dispositif d'écoute.

C'est avec cette idée en tête qu'elle se tourna vers la cafetière, puis s'assit et attendit Mack.

Chapitre 21

LORSQUE MACK FRANCHIT la porte d'entrée, Doreen fit remarquer :

— Tu as mis plus de temps que je l'espérais.

— Oui, c'est sûr.

Il laissa tomber son énorme carrure sur une chaise de la cuisine avec suffisamment de force pour que Doreen craigne qu'elle ne se brise. Il constata l'expression de la jeune femme et secoua la tête.

— Je te le jure, je n'ai jamais cassé une chaise de ma vie.

— *Pas encore*, répliqua-t-elle.

Il lui lança un regard noir.

— Tu es en train de me dire que je suis gros ?

Elle ricana.

— Non. Il faudrait que je sois mieux bâtie pour te dire ça.

Le policier éclata de rire.

— Ma mère me reprochait tout le temps de me jeter sur les chaises, mais il semble que c'est exactement la façon dont mon esprit fonctionne en ce moment, dit-il en secouant la tête. Cette affaire est tout simplement trop stupide.

— Est-ce que je suis un cas maintenant ? demanda Doreen en le regardant avec intérêt.

Mack leva les yeux au ciel.

— Je ne sais pas ce que c'est. Il faut que j'aille parler à Richard.

— Je l'ai appelé tout à l'heure de l'autre côté de la clôture, mais il n'a pas répondu.

— Il serait logique qu'il ne soit pas chez lui, ou du moins pas dans son jardin, étant donné que quelqu'un vient de s'y rendre. Je vais aller voir si quelque chose d'autre a été dérangé, ou peut-être même si sa maison a été cambriolée.

La jeune femme réfléchit et reconnut :

— Je n'y ai même pas pensé. Je n'ai pensé qu'au dispositif d'écoute.

— Tout ne tourne pas autour de toi, nota-t-il gentiment.

— Tant mieux. Je serais ravie que ce ne soit pas à cause de moi.

— Je te rejoins sur ce point.

— Tu en as parlé à quelqu'un au bureau ?

— Oui, donc on attend tous de voir les résultats des analyses médico-légales. Personne n'est enjoué à l'idée d'avoir des dispositifs d'écoute à côté de chez soi.

— C'est absurde. Personne ne devrait se soucier de ce que je fais. Peut-être qu'il ne s'agit que de Richard. C'était l'idée de Nan.

— C'est quelque chose que nous devrons éclaircir, confirma Mack. Quoi qu'il en soit, il ne faut pas que ça continue, et nous avons eu quelqu'un dans le jardin de Richard, ce qui ajoute un nouvel élément à la situation.

— Ce n'est pas un bon élément. Personne ne veut penser à des gens qui s'introduisent dans nos jardins, mais penser qu'il a pu laisser quelque chose ?

Lorsqu'ils eurent terminé leur premier café, Mack se leva.

— Je vais aller voir si Richard est là.

Et, sur ce, il sortit par la porte d'entrée.

Elle se servit une nouvelle tasse de café et s'installa sur la table de la terrasse, suivie par ses animaux.

— C'est un peu la folie ces jours-ci, mais on est censés éviter les ennuis.

Doreen ignorait comment y parvenir alors que les casse-tête n'en finissaient pas, mais, bon, elle était heureuse que Mack s'occupe de Richard pour le moment. Et ce dernier se comporterait avec Mack d'une manière complètement différente parce que c'était Mack. Avec elle, Richard aurait probablement crié et hurlé à travers la clôture.

Lorsque le silence fut soudain rompu par Richard qui hurlait sur Mack, elle se rendit compte que la personne qui parlait à Richard n'avait pas d'importance. Il était comme ça. Elle ricana en écoutant. C'est alors que le visage de Richard surgit par-dessus la clôture et qu'il la foudroyait du regard.

— Hé, je n'ai rien à voir avec ça, déclara-t-elle en montrant ses paumes. On a essayé d'attraper le type qui était dans votre jardin.

Richard la zieuta avec méfiance.

— Peut-être que ce n'était pas mon jardin. Peut-être que c'était *votre* jardin.

— Bien sûr, comme si j'allais confondre mon jardin avec le vôtre, surtout que le vôtre est clôturé et pas le mien, répondit-elle en levant les yeux au ciel. Il a sauté *par-dessus* votre clôture. Je ne sais donc pas si vous avez été cambriolé ou s'il a installé d'autres dispositifs d'écoute.

Richard le fixa du regard, puis disparut à la hâte.

Elle comprit que c'était une réponse qu'il n'aimait pas non plus. Lorsqu'elle entendit des messes basses, elle prit conscience que Richard s'était suffisamment calmé pour parler à Mack, et que ce dernier finirait par l'en informer. Elle retourna dans sa cuisine, essayant de trouver ce qu'elle pourrait manger pour le déjeuner, sachant que Mack n'avait probablement pas mangé non plus. Il y avait bien de quoi faire des sandwichs, mais il n'en serait pas ravi.

Puis elle haussa les épaules. Elle n'avait pas fait les courses, n'avait pas eu l'occasion de faire quoi que ce soit entre le ménage du matin et la visite chez Nan. En y pensant, Doreen se souvint qu'elle avait encore les restes de Nan, et qu'elle avait mangé peu de temps auparavant, alors elle n'avait même pas faim. Elle était seulement… Elle s'arrêta et secoua la tête.

— Tu es encore sous le choc de tout ça, murmura-t-elle. Maintenant, arrête. Sors les douceurs, laisse Mack en déguster, et tu peux attendre le dîner. Tu n'as certainement pas besoin de manger à nouveau maintenant.

Cela dit, elle s'assit sur la terrasse et se prépara à attendre.

Chapitre 22

UNE HEURE PLUS tard, Mack réapparut enfin. Doreen le fixa du regard.

— Vraiment ? Et moi qui pensais que tu serais parti pour cinq minutes.

Il haussa les épaules.

— Désolé.

Il n'avait pas l'air de l'être. Elle le foudroya du regard.

Le policier sourit.

— Tu ne devrais pas froncer les sourcils autant. Tu vas avoir des rides.

Elle leva les yeux au ciel.

— Tu m'aimeras toujours si j'ai des rides ?

La réponse du caporal fut immédiate.

— Évidemment.

Doreen soupira.

— Je suis contente de l'entendre parce que Mathew m'aurait donné une réponse complètement différente.

— Et on ne parle pas de lui, répliqua Mack calmement.

— En effet, on va discuter de ça.

Elle désigna la maison de Richard.

— Il semble que quelqu'un ait essayé d'entrer par la

porte arrière. J'ai demandé à la police scientifique de venir vérifier les empreintes digitales.

— Oh. Alors, peut-être que ça n'a rien à voir avec moi.

— Je n'en sais rien pour l'instant. On a trouvé un autre dispositif d'écoute à l'extérieur.

Doreen le dévisagea, choquée.

— Quoi ?

— Quelqu'un est déterminé à entendre ce que tu dis ou ce que Richard dit à l'extérieur.

Elle regarda fixement, abasourdie, Mack qui tenait dans sa main un deuxième appareil.

— Wouah… Je ne sais même pas quoi dire.

— Ça arrive.

Le regard du policier se posa sur l'assiette de douceurs et son visage s'éclaira. Puis il se figea et demanda :

— C'est Nan qui te les a données, n'est-ce pas ?

— En effet. Apparemment, Richie prend des petits extras ces jours-ci, pour ne pas mourir de faim, et il donne le reste à Nan pour moi. Tout le monde a peur que je meure de faim.

Doreen conclut par un soupir.

— Tout le monde tient à toi, la corrigea-t-il. Je suis sûr qu'ils veulent s'assurer que tu ailles bien.

— C'est une façon de voir les choses, reconnut-elle, avec un sourire en coin. Parfois, ce n'est pas l'impression que j'ai.

— C'est parce que tu essaies d'être indépendante alors qu'ils essaient de t'aider.

La jeune femme s'esclaffa.

— Ça me va. J'accepte la nourriture, ou tout ce qu'ils veulent bien me donner.

— Tout à fait.

Mack pointa l'appareil.

— À ce propos… on dirait exactement le même que le premier. Sauf qu'il a l'air plus neuf.

Doreen songea.

— Qu'est-ce qu'il se passe, à ton avis ? demanda-t-elle.

— Je ne peux pas dire si c'est toi ou Richard qui es visé, mais si c'est Richard, c'est peut-être pour ça qu'ils essayaient d'entrer dans sa maison, pour y placer un autre dispositif.

— As-tu demandé à Richard s'il avait des ennuis ou s'il savait pourquoi quelqu'un ferait ça ?

— Richard m'a dit qu'il ne savait pas pourquoi.

Les lèvres de Mack tressaillirent et il ajouta :

— Mais il a suggéré que c'était à cause de toi.

Doreen pouffa.

— Je ne suis pas du tout surprise. Il ne veut pas que quoi que ce soit vienne troubler son petit monde paisible.

— Je pense que ça a volé en éclats lorsque tu as emménagé.

— C'est vrai.

Elle poussa l'assiette de douceurs vers lui, et il en prit immédiatement une.

— C'est un bon système. J'aime bien recevoir ce genre de choses, reconnut Mack avec un charme si enfantin qu'elle éclata de rire.

— On est deux, acquiesça-t-elle. Je veux dire… je m'y attends presque. Mais je dois faire attention, parce que je ne veux pas me rendre là-bas un jour et être déçue de n'avoir rien reçu.

— Et c'est difficile parce que très vite, après avoir obtenu quelque chose régulièrement, on finit par s'y attendre. Il faut que tu te rappelles d'être reconnaissante pour tout ce que tu reçois, souligna-t-il. Je suis vraiment reconnaissant lorsqu'on a des douceurs comme celle-ci.

Il prit une large bouchée de muffin.

La jeune femme sourit.

— Tu n'as même pas la moitié de ce que j'ai.

Il arrêta de mastiquer et la dévisagea. Doreen haussa les épaules.

— Que veux-tu ? Parfois, il y a une sacrée pile de gâteaux. Et ils me renvoient chez moi avec. Ce n'est donc pas que je ne mange *pas*. C'est juste que je n'ai pas besoin de manger autant, car ils me donnent déjà beaucoup.

— Je n'y vois pas d'inconvénient, si ça te permet de continuer à t'intéresser à la nourriture. Et puis, tu partages toujours.

Mack lui adressa un grand sourire, tout en prenant une autre bouchée. Puis il examina ce qui restait dans l'assiette.

Elle rit.

— Sers-toi. J'en ai déjà mangé trois ou quatre.

Il la dévisagea, feignant l'indignation, avant de prendre deux gâteaux supplémentaires.

— Tu es un enfant, ajouta-t-elle.

— Hé, ça va avec les brownies, expliqua-t-il. N'oublie pas que le cœur d'un homme passe par son estomac.

— Oui, avant, je ne comprenais pas vraiment cette phrase. Maintenant, si.

— Tu dois persévérer.

— Et si je n'ai pas envie de persévérer ? le taquina-t-elle.

Il lui lança un faux regard horrifié.

— Ne dis jamais ça. En ce qui me concerne, c'est une affaire réglée de toute façon. Mais toi ? Tu dois continuer à persévérer.

Doreen éclata de rire. Puis, dès que son rire s'éteignit, elle le regarda et devint sérieuse.

— Alors, qu'est-ce qu'on va faire maintenant ?

Sa voix était calme, son ton posé, lorsqu'il lui répondit :

— On va attendre et voir si ce type revient. Je vais mettre quelques véhicules banalisés dans la zone, peut-être même un homme quelque part le long du ruisseau.

Chapitre 23

PLUS TARD, VERS le coucher du soleil, Doreen était assise dehors avec ses notes, et elle reçut un email du groupe Google Earth qu'elle avait contacté au sujet de la recherche. Elle cliqua dessus avec empressement. Il ne contenait pas grand-chose.

Bonjour, Doreen. Voilà les dernières nouvelles. Rien n'a encore été trouvé. Ça nous aiderait d'avoir une confirmation des autres observations.

Elle y réfléchit. Elle leur avait déjà dit où le couple avait été vu pour la dernière fois. Se souvenant du commentaire de Mathew, elle envoya ce qu'elle savait sur son observation et reçut un pouce levé en réponse.

Elle en profita pour téléphoner à Roscoe.

— Bonjour, la salua-t-il d'une voix curieuse. Ça veut dire que vous progressez ?

— Je ne sais pas si je progresse, précisa-t-elle, mais j'aimerais le penser.

— Si vous m'appelez et que vous ne l'avez pas annoncé au monde entier, c'est que vous ne les avez pas trouvés. J'aimerais vraiment les retrouver.

— Moi aussi. Je me demandais s'il y avait un moyen de

savoir s'ils avaient disparu près de Kelowna ou plus loin.

— Comment le saurais-je ? s'enquit-il avec exaspération. Je n'ai que le dernier contact connu.

— Personne ne les a vus à West Kelowna ? Personne ne les a vus à Merritt ou ailleurs, n'est-ce pas ?

— Non, pas que je sache. On s'est arrêtés pour parler aux habitants de l'époque. Personne ne les avait vus, mais c'était une petite voiture qui consommait peu d'essence. Par conséquent, Zeus n'aurait pas eu besoin de s'arrêter entre les deux.

Doreen songea à cette réponse.

— Quelqu'un a-t-il cherché avec vous ?

— Je vous ai dit qu'on était beaucoup.

— Oui. J'imagine que je cherche quelqu'un à qui parler, quelqu'un d'autre qui pourrait savoir quelque chose.

— Quelques gars sont encore dans les parages. Je leur ai parlé, je leur ai dit que vous étiez sur l'affaire. La plupart d'entre eux ont pensé que c'était un peu une blague à ce stade. Je suis d'accord pour dire que les chances sont très minces. Je continue d'espérer que vous trouverez quelque chose.

— C'est ce qui est prévu, mais je ne peux pas garantir que nous trouverons quelque chose très rapidement.

— Il n'y a pas de garantie, marmonna Roscoe. C'est la seule chose que l'on apprend avec ce genre de recherches. Quand vous perdez un bon ami, ça vous hante.

— Il venait juste pour une visite ou c'était pour le travail ? Y avait-il autre chose ?

— Je ne sais pas ce que vous entendez par là. Il voulait parler à quelques amis ici au sujet d'investissements commerciaux, peut-être déménager à Kelowna. Je sais qu'il n'était pas très enthousiaste à l'idée de vivre et de travailler dans une petite ville comme Kelowna, mais il aimait beaucoup l'idée de gagner de l'argent, alors il avait peut-être quelque chose en tête.

Roscoe rit et reprit.

— On n'était que des gamins à l'époque, mais on avait de ces rêves… Et puis ça finit par devenir rien, pas de réponses, rien du tout. C'est toujours un choc. On ne sait pas vraiment comment y faire face, et je pense que pendant des années, je me suis contenté de me reposer sur mes lauriers. Je ne savais même pas quoi penser. J'ai continué à avancer, à mettre un pied devant l'autre parce que, eh bien, que faire d'autre ? Pourtant, j'ai vraiment besoin de réponses au sujet de Zeus.

Sa voix était devenue rauque.

— Je fais ce que je peux, lui affirma Doreen. Vous venez souvent chez Richard ?

— Non. Enfin, de temps en temps. J'étais là-bas l'autre jour. On parlait de vous. J'étais un peu préoccupé à l'idée que vous soyez un peu louche. Richard, lui, était plus préoccupé par le fait que vous apportiez plus d'ennuis et de touristes japonais dans son petit monde, plaisanta Roscoe. Je dois admettre que, même si j'espère que vous réussirez, je ne voudrais pas être votre voisin. C'est certain.

— Je vois, déclara la jeune femme avec plus de force que voulu. Je sais qu'on ne s'entend pas toujours très bien, et qu'il n'apprécie pas toujours ma présence.

— Non, c'est sûr. On a parlé d'un certain nombre de problèmes qu'il a eus, mais encore une fois, il n'y a pas grand-chose que l'on puisse faire. Dans votre cas, vous essayez d'aider quelqu'un, alors je lui ai dit d'avoir un peu de patience.

— Vous y êtes allé seul ?

— Oui, bien sûr. Je n'ai aucune raison d'aller là-bas avec qui que ce soit. Richard ne connaît pas beaucoup de mes amis, et je ne connais pas beaucoup des siens. Bien entendu, celui qu'il connaissait était quelqu'un qu'il n'aimait pas du tout et qu'il n'accepterait pas chez lui.

La voix de Roscoe se durcit.

— Je suppose que ça m'a retenu d'amener des amis chez lui.

— Qui était-ce ? demanda Doreen avec curiosité.

— Jesse. C'est quelqu'un de bien, et il m'a soutenu quand je cherchais mon ami Zeus.

— Est-ce qu'il le connaissait ?

— Jesse était l'un des hommes à qui Zeus avait parlé et avec lequel il voulait faire des affaires. Cependant, lorsque Zeus ne s'est pas présenté, eh bien… Jesse a suggéré à l'époque qu'il était peut-être tout simplement imprévisible et qu'il avait décampé parce qu'il ne voulait pas faire affaire. Mais j'ai dit à Jesse que Zeus n'était pas du tout comme ça. C'était faux. Il voulait venir rencontrer les gars en personne avant de faire des affaires avec eux, mais c'est une question de bon sens pour tout le monde. On fait tous nos vérifications avant de s'engager avec quelqu'un.

Elle opina du chef.

— Jesse était ici le week-end où Zeus a disparu ?

— Oui. Tout le monde ne comprenait pas ce que je vivais, mais Jesse le comprenait. Il me comprenait et il était là pour moi. Quand vous avez quelqu'un qui vous soutient dans les moments difficiles, souligna Roscoe, vous gardez cet ami proche de vous.

— C'est aussi un ami qui, même maintenant, après tout ce temps, peut comprendre. Dans quelle affaire vouliez-vous vous lancer ?

Roscoe hésita, puis il s'esclaffa.

— C'est stupide aujourd'hui, reconnut-il, mais on a pensé, puisqu'on était assez loin de la loi, dans une petite ville comme celle-ci, qu'on pourrait probablement cultiver de la marijuana et la vendre à Vancouver. Jesse la transporterait du point A au point B. Zeus n'aurait pas eu à déménager ici. Il aurait pu être le point de vente à l'autre bout, à Vancouver, et il aurait pu gagner un peu d'argent à côté. On a gardé une petite structure pour rester discrets, mais on avait tous besoin d'un peu d'argent à l'époque.

Doreen se renfrogna.

— Mais c'était illégal à l'époque, non ?

— En effet. On était jeunes et stupides. Une raison de plus pour laquelle mon frère ne voulait rien avoir à faire avec Jesse, puisqu'il faisait partie de ce scénario.

— Richard savait donc ce que vous faisiez ? J'imagine que ce n'était pas son truc.

— Oh, non. Il est bien trop vertueux pour ça, répondit Roscoe, avant d'éclater de rire. Richard est le plus honnête de la famille.

— C'est l'image que j'ai toujours eue de lui.

— Évidemment, mais c'était juste une idée qu'on avait. Jesse est un bon jardinier et il s'est dit qu'il pourrait faire pousser quelques plantes, dit Roscoe nonchalamment.

Toutefois, elle perçut quelque chose dans sa voix.

—Vous voulez dire quelques plantes *supplémentaires*, précisa Doreen avec un sourire complice. Il les cultivait sûrement déjà très bien dans son jardin, n'est-ce pas ?

— C'est vrai, avoua Roscoe en riant. Mais plus maintenant.

— Pas besoin de me le dire. C'est légal partout maintenant. Je crois qu'on peut faire pousser quatre plantes pour soi, c'est ça ?

— Exactement, confirma-t-il. Je suis surpris que vous le sachiez.

— Je me tiens informée, expliqua-t-elle. Ce n'est pas vraiment mon domaine, mais, comme vous le savez, il y a suffisamment d'activités criminelles dans la région pour que je me tienne au courant de la législation.

— Je n'en doute pas. Bref, à l'époque, on avait prévu vingt à quarante plants. On s'est dit que si on les cultivait ici et qu'on les transportait par camion jusqu'à Vancouver, tout irait bien, personne ne vous arrête jamais sur l'autoroute.

— Je vois, et pensez-vous, avec le recul, que ce partenariat aurait été fructueux ?

— Non, aujourd'hui je ne pense pas, reconnut Roscoe. À l'époque, j'étais partant. Je pensais qu'on gagnerait de l'argent. Comprenez-moi bien. On n'aurait pas gagné assez d'argent pour faire quelque chose de notre vie, mais ça nous aurait permis de payer les factures et de passer à la vitesse supérieure. Puis Zeus et Rosalina ont disparu. Après ça, je n'avais plus le cœur à ça non plus. C'était comme si on était punis pour toutes ces bêtises.

— Ah. J'imagine que ça a dû être douloureux.

— C'était le cas. Je me sentais terriblement coupable d'avoir dit à Zeus de venir ici. Je voulais que lui, moi et Jesse réglions les détails.

— Ils ne s'étaient jamais rencontrés ?

— Non… Maintenant que j'y pense, Zeus m'a appelé la veille au soir. On s'appelait tout le temps, mais cette fois, il voulait vraiment parler à Jesse.

— *Hmm*. Pour quelle raison ?

— Aucune idée. D'après moi, Jesse et lui n'avaient rien eu à voir l'un avec l'autre, à l'exception de nos appels téléphoniques. À l'époque, quand on élaborait des projets, on devait faire les choses de manière assez secrète. C'est pourquoi Zeus venait, juste pour qu'on puisse valider tout ça. Cependant, Zeus avait l'air un peu contrarié, voire en colère, au téléphone.

— Sa femme avait peut-être fait quelque chose qui l'avait énervé ?

— Sans blague. C'était régulier avec Rosalina, ce qui mettait Zeus très en colère.

Doreen fit grise mine.

— Était-il du genre à la frapper ?

— Oui. Il la tapait un peu, mais jamais au point que ça devienne grave. Juste assez pour lui donner une leçon. Vous voyez ?

— Oui, je vois, confirma Doreen d'une voix triste. J'ai de la peine pour elle.

— Oui, moi aussi. Croyez-moi, on a essayé de convaincre Zeus d'arrêter. Il se mettait en colère contre nous en nous disant d'aller nous trouver nos propres punching-balls et qu'elle était à lui.

— Wouah, quel type sympa, marmonna Doreen d'un ton acerbe.

— Il avait des choses à apprendre, mais il n'était pas si mauvais que ça, et chaque fois que je le voyais se mettre en colère, je le calmais et lui disais qu'il ne pouvait pas continuer à faire ça. Pendant un certain temps, il se comportait bien, il était bourré de remords, il disait qu'il maîtrisait sa colère. Mais, vous savez, il recommençait.

Doreen ne voulait pas dévoiler ce qu'elle pensait de tout ça.

— Ça ne change rien aux recherches ? s'alarma Roscoe.

— Non, non, parce que, au moins, Rosalina doit être

retrouvée aussi.

La voix de Roscoe était emplie de soulagement lorsqu'il reprit la parole.

— Je n'ai jamais pensé à la réaction des gens, mais je suppose que la plupart n'apprécient guère ceux qui frappent les autres.

— Non, surtout quand il s'agit de battre sa propre femme, répliqua Doreen d'une voix dure. Je suis particuliè-rement opposée à ça.

— Ah bon ? Que pensez-vous des femmes qui battent les hommes ? rétorqua Roscoe d'un ton mécontent. Ça vous arrive de vous en inquiéter ?

— Tout à fait. Je déteste voir quelqu'un faire du mal à une autre personne, et surtout quand il s'agit de quelqu'un de vulnérable.

Doreen dut se reprendre.

— Quoi qu'il en soit, ça ne nuit pas à la recherche. On doit toujours découvrir ce qui leur est arrivé.

— Bien… Je suis vraiment désolé. Je n'aurais sûrement pas dû vous en parler.

— De toute évidence, pour vous, ce n'est pas grave.

— Ce n'est pas grave, répéta-t-il, parce que je l'ai vu es-sayer de travailler sur ce point. Je me suis dit qu'il s'efforçait de devenir une meilleure personne et que, si on le soutenait suffisamment, il y parviendrait.

— Bien sûr, il n'a jamais eu l'occasion de s'améliorer.

— Et ça me met hors de moi également.

— Bien vu, nota-t-elle en se rappelant qu'elle ne devait pas non plus juger qui que ce soit. Et ce Jesse ? Y a-t-il une chance que je puisse lui parler ?

— Oui. Je m'en moque. J'ai son numéro. Mais je le pré-viendrai.

— OK, merci.

Elle écrivit le numéro et demanda :

— Où habite-t-il ?

— Pas très loin d'où vous êtes. Sa maison est à côté du centre de loisirs.

— Ah, je vois, ce n'est pas très loin en effet.

— J'ai l'adresse ici aussi quelque part. Une seconde.

Il revint quelques minutes plus tard et annonça :

— Je l'ai.

Puis il la lui dicta.

Elle l'observa, mais ne la reconnut pas.

— D'accord, je vais le contacter.

— Je ne vois pas pourquoi vous voulez le contacter, mais si ça vous rassure, alors très bien. S'il vous plaît, faites ce que vous pouvez pour les retrouver. Je sais que Zeus n'était pas un ange à vos yeux, mais il y travaillait.

— Et dans ce cas, c'est dommage qu'il n'ait pas eu l'occasion d'y travailler un peu plus longtemps, conclut Doreen avant de raccrocher.

Elle devait faire attention, parce que son jugement personnel était en jeu ici, et ce n'était pas une bonne chose non plus. En même temps, elle ne voulait pas que quoi que ce soit puisse retarder la recherche de ce couple, étant donné qu'un jeune garçon avait grandi sans famille. Presque comme si elle se rendait compte qu'elle avait parlé et pensé à la mère, Bessie appela.

— Des nouvelles ? aboya cette dernière.

— Non, pas encore, mais l'enquête se développe.

— Ce n'est pas bon signe.

— Peut-être pas, mais je ne sais pas si vous avez entendu dire qu'un deuxième corps a été trouvé.

— Oui, Oscar. Je suis au courant.

Bessie hésita, puis ajouta :

— Vous pensez… vous savez que c'était lui ? Qu'Oscar a tué mon petit-fils ? Mon Edwin ?

— Le deuxième corps a été confirmé comme étant celui d'Oscar. Nous ignorons si Oscar a tué Edwin, répondit Doreen calmement. Je ne sais pas non plus si tout ça est lié à la disparition du couple.

— Je ne m'attends pas à ce que vous trouviez des réponses à ce sujet, après tant d'années, murmura Bessie, la voix lourde. Pourtant, je veux vraiment des réponses sur Edwin. De préférence avant que je ne meure.

— On fait de notre mieux. On se rapproche de la vérité.

— Vraiment ? s'étonna Bessie.

L'espoir était tel dans sa voix que Doreen ne sut pas comment faire marche arrière. Elle précisa :

— Absolument, on s'en rapproche. C'est juste que je n'ai pas de réponses définitives.

— On reste en contact, cingla Bessie. Je ne rajeunis pas.

Sur ce, elle raccrocha.

Doreen grimaça, sachant qu'elle n'aurait pas dû dire qu'ils étaient proches de la vérité, mais comment ne pas donner de l'espoir aux gens ? Sans espoir, il ne restait rien. Au moins, *avec* de l'espoir, toutes les réponses étaient possibles.

Chapitre 24

D OREEN SE PRÉPARA à dîner, puis s'installa dehors, au bord de la rivière, avec une infusion. Elle se demanda si elle devait téléphoner à ce Jesse. Mais ne *pas* l'appeler, c'était laisser des questions et des réponses de côté. Et cela allait à l'encontre de toutes les fibres de son être. Finalement, elle composa le numéro et, lorsqu'il répondit, elle expliqua qui elle était.

— Oh, bonjour, répondit Jesse. Oui, Roscoe m'a dit que vous appelleriez peut-être.

Cependant, le ton de son interlocuteur n'était ni amical ni joyeux.

— Je sais que ça ravive des souvenirs que vous préféreriez ne pas vous rappeler, s'excusa-t-elle.

Jesse ricana.

— J'en doute. La plupart des gens disent des choses comme ça, mais ils ne le pensent pas vraiment. Vous rappelleriez quand même, même si je vous disais de me laisser tranquille. Les gens continuent de poser des questions, même si on ne veut pas nous entendre revivre les réponses.

Ce type était clairement indifférent. Doreen se renfrogna.

— C'est parce que j'essaie toujours de trouver les amis de Roscoe.

— Je n'ai jamais compris toute cette agitation. Ce type était un électron libre.

— Roscoe ?

— Non, Zeus. Chaque fois que je lui parlais, il me faisait une impression bizarre. Mais Roscoe était enthousiaste à propos de Zeus. Pas moi. Je ne lui faisais pas confiance.

— Intéressant. Je n'ai rien entendu de tel de la part de Roscoe.

— Bien sûr que non. Pourquoi ? Quelle raison aurait-il de vous dire que je n'aimais pas Zeus ?

— D'après Roscoe, vous vouliez faire des affaires avec Zeus et lui. Alors, pourquoi le faire avec quelqu'un que vous n'aimez pas ou en qui vous n'avez pas confiance ? C'est une question justifiée, mais pour quelqu'un de déjà irritable…

— C'est pourquoi je voulais rencontrer Zeus. D'après Roscoe, c'est Zeus qui voulait qu'on le rencontre, mais c'est moi qui ai demandé cette rencontre. Juste pour m'assurer que Zeus n'était pas louche.

— Zeus a téléphoné à Roscoe la veille, il avait l'air un peu contrarié et voulait avoir une discussion privée.

— Une discussion privée ? répéta Jesse.

— Oui, c'est ce que j'ai cru comprendre.

— Je ne sais pas s'il s'agissait d'une discussion privée. Je sais que Zeus voulait parler, mais je ne pense pas que c'était prévu sans moi.

— *Hmm.* J'en parlerai à Roscoe.

— Je ne pense pas que tout ça ait de l'importance maintenant, n'est-ce pas ? Ce n'est pas comme si Zeus s'était montré.

— Vous pensez que c'était délibéré ?

— À l'époque, oui. Je me suis dit qu'il avait eu peur, qu'il était peut-être nerveux. Je ne sais pas. Comme je l'ai déjà dit, Zeus était imprévisible. Ce qui est sûr, c'est qu'il préparait des accords avec plusieurs personnes.

— Mais Roscoe m'a parlé de vos projets de production de marijuana.

Jesse pouffa.

— Oui, on était jeunes et stupides. Ce n'est rien comparé aux idées de ce Zeus.

— Comment ça ?

— Oh, je ne me souviens pas des détails. Il trouvait toujours des moyens fantaisistes de gagner de l'argent, mais personne ne savait vraiment s'il était sérieux ou non.

— Intéressant. Vous souvenez-vous de ces idées ?

— Pas vraiment. Enfin, il travaillait dans une banque et il disait des trucs comme : *Et si on volait la banque ? Et si j'y allais un jour, que j'ouvrais les coffres-forts et que je prenais tout ?* On lui disait : *Mec, ne dis pas des choses comme ça. Ce n'est pas drôle.* Et Zeus rigolait, comme si c'était la blague la plus drôle du monde.

— Oh, c'était un personnage intrigant.

— Tout à fait, confirma Jesse. Je n'aurais pas été surpris s'il avait volé la banque le jour de leur disparition. Il l'aurait fait, s'il pensait pouvoir s'en tirer.

— Alors, ça lui aurait donné une excuse pour fuir ?

— Exactement. J'en ai parlé à Roscoe, mais il s'est énervé.

— Oui, parce que ça aurait voulu dire que son ami était parti sans lui.

— Plus que ça, son ami n'avait pas partagé. Croyez-moi. Ce Zeus était comme ça. Tout tournait autour de lui. Il frappait sa pauvre femme, juste parce qu'elle disait quelque chose de mal. Il la frappait au visage, sur la table avec Roscoe, juste là.

— Pourtant, selon Roscoe, Zeus essayait d'améliorer son mauvais comportement.

— Il disait que c'était le cas. Roscoe disait que Zeus s'améliorait, mais pourtant, en entendant Roscoe parler de Zeus tout le temps, Zeus ne devenait pas meilleur.

Doreen hésita un instant, incertaine de sa prochaine question.

— Où deviez-vous le rencontrer ?

— À l'origine, on devait le rencontrer à Merritt. Pourquoi faire tout le voyage jusqu'ici, alors qu'il pouvait nous rejoindre à mi-chemin ? Puis il a décidé de venir pour le week-end.

— C'est la première fois que j'entends parler de Merritt.

— Parce qu'on a fini par décider de se retrouver ici de toute façon. Donc ce n'était pas important.

— Intéressant, et pourquoi Merritt ?

— C'était à mi-parcours – enfin il avait plus de chemin à faire.

— D'accord, mais alors il ne serait pas venu voir Roscoe ?

— C'est Roscoe qui a insisté pour que Zeus vienne, mais dans tous les cas, Roscoe serait venu avec moi à Merritt.

— Quand le plan a-t-il été modifié ?

— La veille, je crois. Puis Zeus a décidé qu'il viendrait.

— Qui a décidé de changer le plan ?

Jesse devint grincheux.

— Pourquoi toutes ces questions ? Mon Dieu, vous êtes curieuse. Zeus a décidé, je crois, mais je ne m'en souviens pas. Ça n'avait pas d'importance parce qu'on ne les a pas rencontrés.

— Non, je me demande juste s'ils sont allés jusqu'à Merritt.

— Pourquoi ? demanda-t-il avec curiosité.

Elle ne perçut rien dans sa voix.

— Je ne sais pas. J'aimerais juste pouvoir situer quelque part sur ce trajet de plus de quatre heures, où cela s'est terminé.

— Vous croyez qu'on ne souhaite pas la même chose ? On a roulé pendant des heures. On a bu beaucoup de café à Merritt, en pensant aux endroits où ils auraient pu sortir de la route.

— Vous êtes-vous concentré sur le tronçon Chilliwack-Merritt ou sur le tronçon Merritt-Kelowna ?

— Je ne pense pas qu'on se soit concentrés sur quoi que ce soit. On a simplement tout vérifié. Les cols étaient la partie la plus importante. Vous savez que vous pouvez sortir de la route et descendre dans un ravin à de nombreux endroits. Le problème, c'est qu'il y a encore beaucoup de traces de dérapages là où d'autres véhicules sont sortis de la route. Ce n'est donc pas comme si on était les seuls à être confrontés à des lieux d'accidents potentiels… Honnêtement, je ne suis toujours pas sûr que Zeus n'ait pas tout simplement disparu. Et peut-être que je n'ai pas donné à Roscoe le meilleur de moi-même et que je me suis contenté de suivre le mouvement parce que, à l'époque, je me disais : *Ce type s'est tiré. Il a probablement volé de l'argent à la banque, et c'est tout.* Mais personne n'a jamais parlé de vol, alors peut-être pas.

— Intéressant, déclara Doreen.

— Maintenant, si ça ne vous dérange pas, dit Jesse, sa voix devenant dure, assez de questions. Si vous les trouvez, tant mieux. Sinon, c'est la vie. Je ne sais pas ce qui est arrivé à Zeus. Je sais seulement que je suis plutôt reconnaissant de ne pas avoir fait affaire avec lui. J'étais persuadé que je n'aimerais pas ce type de toute façon, et ça m'a évité beaucoup d'ennuis d'essayer de convaincre Roscoe que Zeus était un oiseau de mauvais augure.

Sur ce, Jesse lui raccrocha au nez.

Doreen regarda fixement son téléphone et un sentiment étrange apparut au fond de son esprit. Elle s'empressa d'envoyer un email aux chercheurs de Google Earth. Elle leur donna une zone de recherche plus précise. Ce n'était pas gagné d'avance et, en dehors du temps qu'ils passeraient à chercher, ce n'était pas vraiment une perte de temps, mais peut-être que cela donnerait des résultats. Du moins, elle l'espérait. Au moment d'aller se coucher, elle n'arrivait pas à se sortir cette idée de la tête.

Chapitre 25

LORSQUE DOREEN SE réveilla le lendemain matin, elle était encore agitée, car elle n'avait pas bien dormi.

Elle se leva, descendit les escaliers et s'interrogea, son esprit repassant une fois de plus par le même scénario. Elle décrocha le téléphone, même s'il était tôt, et appela Roscoe.

— Quoi encore ? demanda-t-il avec curiosité. Il n'y a sûrement rien de nouveau.

— Non. J'ai parlé à Jesse hier.

— Oui, il m'a dit comment vous l'aviez énervé.

— Oui, je suis désolée, marmonna-t-elle. Poser des questions a tendance à contrarier les gens.

— Bref. J'imagine que vous avez aussi d'autres questions à me poser.

— Je me demandais juste comment vous aviez prévu de vous retrouver à Merritt ?

— Oui, c'était le premier plan. Puis sa belle-mère a voulu qu'ils partent en week-end. Je l'ai donc convaincu de venir ici pour une visite. Zeus était stressé et bouleversé, vous savez, il se demandait s'ils devaient se lancer dans les affaires ou non. On voulait donc avoir une chance de convaincre

Zeus, et ça signifiait une rencontre en face-à-face. Je voulais qu'il vienne assez longtemps pour que ça ait une incidence.

— D'accord. Quand le plan a-t-il été modifié ?

— Oh, je ne sais pas. La veille, je crois, quand la belle-mère a dit qu'elle pouvait garder le petit pendant leur week-end ici. Zeus m'a contacté en me disant qu'ils avaient un week-end de libre et qu'il viendrait peut-être. C'est un peu flou. C'était il y a longtemps.

— Qui a pris toutes les dispositions ?

— En temps normal, c'était moi, mais Zeus et Jesse s'étaient aussi parlé. Je sais qu'ils ont eu plusieurs échanges. Zeus avait des problèmes de téléphone. On n'avait pas de portable à l'époque. Zeus et Rosalina devaient s'arrêter à Merritt et nous appeler. Je travaillais ce jour-là, alors Zeus devait téléphoner à Jesse pour nous dire qu'il était arrivé à Merritt, mais il n'a jamais passé l'appel.

— Vous avez donc une meilleure idée de l'endroit où ils ont disparu.

— Pas vraiment, parce qu'il n'était pas doué pour téléphoner de toute façon, expliqua Roscoe. Si j'avais su, si on avait toujours pu compter sur lui pour passer ses appels, alors oui, mais parce qu'il ne l'a pas fait… je ne voulais pas que les recherches soient complètement suspendues ou concentrées sur une zone en particulier. Pas quand je savais que ce type était nul pour ce genre de choses. En théorie, Zeus et Rosalina auraient pu disparaître n'importe où. Puisqu'on ne les a pas retrouvés, on a élargi la zone de recherche. Mais bien sûr, comme il n'a pas passé le coup de fil, on n'a même pas cherché dans cette zone. On a fini par se concentrer sur Chilliwack, car c'était la solution la plus logique.

D'une certaine manière, c'était logique, mais ça la rendait aussi un peu méfiante.

— OK. Ça aide, mais pas beaucoup.

— Je vous l'ai dit. On a cherché pendant des jours et des jours, mais on n'a rien trouvé.

— D'accord, de toute façon c'est ce que je voulais savoir.

Au moment où il s'apprêtait à raccrocher, elle ajouta :

— Au fait, Jesse m'a dit qu'il croyait vraiment que Zeus s'était volatilisé, du moins à l'époque.

— C'était le cas. Jesse n'était pas très sûr de vouloir faire affaire avec Zeus de toute façon, et j'essayais d'arranger l'affaire. Il fallait qu'ils soient à l'aise l'un avec l'autre parce qu'ils étaient tous les deux méfiants. Aujourd'hui, avec le recul, je me rends compte que c'était probablement une bonne chose que nous ne fassions pas d'affaires ensemble, mais à l'époque, c'était comme si c'était la fin du monde qu'ils disparaissent et que nous ne puissions pas conclure cette histoire.

— Bien sûr, acquiesça Doreen. En même temps, Jesse s'est demandé si Zeus n'avait pas volé un tas d'argent à la banque et s'il n'avait pas simplement fui.

Roscoe s'esclaffa.

— C'est accorder à Zeus plus d'intelligence qu'il n'en avait dans son cerveau à mon avis. Zeus n'était pas le plus futé de la bande. Il n'était pas très doué pour élaborer des plans, mais il en avait certainement beaucoup pour s'enrichir rapidement, mais il n'avait pas l'intention d'aller en prison.

— C'est pourquoi Jesse pense que Zeus a tout simplement fui et que personne n'a plus jamais entendu parler d'eux.

— Rosalina n'aurait pas abandonné son fils. Elle aimait trop Edwin pour ça. C'est impossible, réfuta Roscoe.

— Zeus aurait-il fait quelque chose à Rosalina pour fuir ?

Un silence pesant s'installa à l'autre bout du fil, et Roscoe expira lentement.

— Wouah, vous n'y allez pas de main morte, hein ?

— Non. Lorsque des personnes disparaissent comme ça, toutes sortes de scénarios peu glorieux sont mis en lumière.

Le silence se prolongea, bien plus longtemps qu'elle ne le souhaitait, mais Roscoe finit par répondre :

— Je ne peux pas dire le contraire, à cause de la façon dont il la traitait. Je voulais qu'il soit meilleur et qu'il ne la batte pas comme ça, mais il la frappait trop. Même s'il l'avait frappée sur la route et l'avait assommée ou tuée, je… je ne sais pas ce qu'il aurait fait. Il est possible qu'il l'ait abandonnée sur le bord de la route et qu'il se soit enfui, mais je ne sais pas. Et maintenant que vous m'avez mis cette idée en tête, je ne vais pas arrêter d'y penser.

— Je suis désolée. Je n'essaie pas de déclencher une réaction en chaîne, mais il est évident qu'on doit envisager toutes les hypothèses.

— Personne n'a évoqué cette possibilité auparavant, cingla Roscoe. C'est terrible.

— Oui, c'est terrible, mais vous avez un type qui bat sa femme. Elle vient d'avoir un bébé. Elle n'est peut-être pas en grande forme. Elle peut se sentir particulièrement vulnérable. Elle ne voulait peut-être pas faire ce voyage au départ. On ne connaît pas toutes les circonstances qu'ils ont vécues, et il est tout à fait possible qu'elle ait eu envie d'aller faire pipi ou autre chose, et que ça ait énervé Zeus.

— Elle avait toujours besoin de s'arrêter, et il s'en plaignait avant même qu'ils ne partent, souligna Roscoe. Mon Dieu, j'espère que vous avez tort.

— Je l'espère aussi. Ça signifierait quand même que Zeus a réussi à disparaître, et que personne n'a jamais rien découvert à son sujet – ce qui ne lui ressemble pas.

— Non, non, dit Roscoe, sa voix prenant de la force. C'était quelque chose sur lequel je pouvais toujours compter. Il n'avait pas cette intelligence.

Il se tut, puis continua.

— Cependant, s'il avait eu des amis pour l'aider, Zeus aurait pu essayer.

— C'est-à-dire des amis qui n'étaient pas vous ?

— C'est un autre aspect auquel je ne veux même pas penser non plus, répliqua Roscoe avec amertume. Je l'ai beaucoup défendu face à des gens qui ne l'acceptaient pas du tout. Mais je n'arrivais pas à vivre avec les excuses ou les suggestions de tout le monde jusqu'à présent. Je ne pensais pas que Zeus aurait fait l'une ou l'autre de ces choses – jusqu'à maintenant.

— Jusqu'à ce que je suggère qu'il ait tué sa femme ?

— Oui, parce que… malheureusement, je peux l'imaginer, avoua-t-il, avant de jurer. J'aurais préféré que vous n'appeliez pas.

Et, sans rien ajouter, il lui raccrocha au nez.

Elle aurait dû être habituée à ce que les gens lui raccrochent au nez, et, bien entendu, elle avait elle-même beaucoup raccroché au nez des autres. Pourtant, à ce stade, elle savait que ce sentiment de contrariété était plus dû au fait que Roscoe ne voulait pas faire face à quelque chose qu'elle avait soulevé qu'à une véritable insulte à son égard.

Elle resta assise là, se demandant quelle serait la prochaine étape et si elle devait même en parler à Mack. Lorsque son téléphone sonna de nouveau, c'était la mère.

— Je viens de parler à Roscoe, commença Bessie.

— Oh ? Moi aussi.

— Oui, il se demande si les coups étaient graves. Je lui ai

répondu que c'était très grave. Et ça l'était.

— Je suis désolée. Je lui ai suggéré un scénario possible qu'il fallait envisager. Je n'ai pas dit que c'était forcément arrivé, juste que c'était possible.

— Il me l'a dit, précisa Bessie d'une voix chargée. Vous n'avez pas idée du nombre de fois où j'ai essayé de convaincre Rosalina de quitter Zeus.

— Je suis navrée, chuchota Doreen. C'est forcément difficile, et je n'essaie pas de faire resurgir toute cette douleur. Mais le fait que votre petit-fils ait dit qu'il avait une idée de ce qu'il s'était passé m'a fait comprendre qu'il pouvait y avoir tellement d'autres circonstances autour de cela.

— Et vous avez raison, acquiesça Bessie. Il ne m'est jamais venu à l'esprit que ce serait l'un d'entre eux. Zeus n'était vraiment pas le genre d'homme à faire quelque chose comme ça.

— Que voulait savoir Roscoe ?

— Si Zeus avait d'autres amis ici qui auraient pu l'aider dans ses projets d'enrichissement, s'il y avait des indices montrant que de l'argent manquait à la banque, et tout le reste. Je n'avais pas de réponse à lui donner. Il est assez bouleversé en ce moment, alors quoi que vous ayez fait, vous l'avez bien secoué. Je suis peut-être contrariée, mais je ne suis pas contre ça. Nous avons besoin de secouer certaines choses.

— Je vais être peinée si cette théorie ne donne rien, admit Doreen. Je ne suis pas là pour jeter des accusations ou pour que les gens s'accusent mutuellement de malversations. J'essaie de percer le mystère. Et pour ça, je dois poser des questions difficiles.

— Et pour cette seule raison, je suis heureuse que vous l'ayez fait. Peut-être que quelque chose en sortira. Je vous rappellerai.

Et Bessie raccrocha.

Doreen regarda le téléphone, s'interrogeant sur cette matinée qui avait commencé de façon si folle. Et c'était de la folie. Pourtant, elle avait plusieurs hypothèses qui remontaient à la surface. Elle se demanda si l'un des collègues de Mack avait participé à la recherche et au sauvetage et si il ou elle avait pu avoir d'autres idées.

Quand Mack appela quelques heures plus tard, il demanda :

— Tout va bien ?

— Oui, ça va. J'essaie de rassembler toutes les idées qui me viennent à propos du véhicule disparu il y a vingt-cinq ans.

— Combien d'idées peut-il y avoir ? interrogea Mack. Le véhicule a probablement quitté la route à un moment critique.

— Peut-être. Il n'y a aucun moyen de le savoir, n'est-ce pas ?

— Non, pas tant que nous n'aurons pas retrouvé leurs corps. Et même là, après tout ce temps, les réponses seront un peu maigres sur le terrain.

La jeune femme soupira.

— J'ai contrarié le frère de Richard en lui posant des questions, ce qui a conduit à l'une de mes suggestions.

— Oh ? Quelle est la théorie que tu as avancée ?

Elle la lui expliqua et il marmonna :

— *Ooh*, c'est une théorie intéressante. Tu devrais creuser un peu plus. S'ils se sont disputés en voiture, ça a pu suffire à provoquer un accident.

— N'est-ce pas ? J'y ai pensé aussi, mais je ne voulais pas en parler, pas après avoir contrarié Roscoe avec cette première théorie.

— Non, et, comme tu l'as dit à la mère, poser les questions difficiles fait partie de notre métier, et les gens n'aiment pas toujours ça.

— Non, c'est sûr. Je suppose que je me demande aussi si quelqu'un est allé les rencontrer parce que c'est une autre option.

— Tu parles d'un meurtre ?

— Oui. Je ne sais pas qui aurait pu faire une chose pareille.

— Entendu, déclara le caporal. Je voulais juste te dire qu'on a identifié le magasin où les appareils d'écoute ont été vendus, mais on n'a pas l'identité de l'acheteur. Il les a payés en liquide, évidemment. Il n'y a pas de caméras à l'intérieur du magasin pour avoir un visuel.

— Et, bien sûr, tout ce que vous avez obtenu, c'est quelque chose comme un mètre soixante-dix, des cheveux bruns, une carrure mince.

Mack gloussa.

— C'est la même description que celle que tu nous as donnée de l'intrus chez Richard.

— Exactement. Ce que je sais, c'est qu'il n'était pas vieux, de l'âge qu'aurait eu Zeus aujourd'hui, la cinquantaine. Mais je peux me tromper. Beaucoup de gens font plus jeunes, et certains jeunes font plus vieux.

— De plus, lorsque tu es dans la panique, comme lorsque tu cours, tu ignores comment les gens réagissent lorsqu'ils sont stressés. Les personnes âgées peuvent courir très vite quand c'est nécessaire.

— Je voulais me promener jusqu'au centre de loisirs et passer devant la maison de ce Jesse, juste comme ça.

— Pourquoi ?

— Parce qu'il s'est énervé contre moi, répondit Doreen.

— OK, donc parce que tu as énervé un gars avec toutes tes questions, tu penses maintenant que tu devrais entrer dans son espace personnel et voir comment ça se passe ?

— Je n'aime pas la façon dont tu formules ça. Tu sais que voir la zone m'aide à avoir un point de vue différent, surtout quand je vois où ils vivent, comment ils vivent, des choses comme ça.

— Je vois, marmonna le policier. S'il te plaît, ne t'engage pas dans une nouvelle confrontation. Et, si ce Jesse ne veut pas parler, ne le force pas.

— Compris, conclut Doreen.

Chapitre 26

DOREEN SE PRÉPARA des tartines, termina son café, puis rassembla les animaux.

— On peut marcher cette fois, déclara-t-elle en attachant les laisses de Goliath et de Mugs.

C'était une belle journée et il faisait un peu frais, alors elle prit un pull et partit en direction de l'adresse de Jesse. C'était assez proche de chez elle et du centre de loisirs. Il y avait aussi de beaux terrains là-bas, alors Mugs et elle pourraient aller chercher des bâtons et jouer. C'est à ce moment-là qu'elle se souvint du bâton conservé comme pièce à conviction. Elle envoya un SMS à Mack pour lui demander s'il avait les résultats de l'analyse médico-légale.

Oui, rien n'a été trouvé.

— Bien sûr que non, marmonna la jeune femme.

Tout en se dirigeant vers le centre de loisirs, elle réfléchit aux circonstances des deux derniers meurtres. Lorsque son téléphone sonna, elle répondit.

— Bonjour, c'est la cousine d'Edwin, Sylvee. On s'est déjà parlé.

— Oh, bonjour. Oui, je me souviens. Que se passe-t-il ?

— Écoutez. J'ai trouvé son adresse email, mais je n'ai pas

de mot de passe pour y accéder.

— Je vois, la police le cherche sûrement aussi.

— Je me demandais aussi si vous aviez des idées. Vous semblez être douée.

— Vous m'avez envoyé quelque chose ?

— Oui. Il y a un de ses journaux dont j'ai essayé de comprendre la signification. Ce n'était pas nécessairement un code ou quoi que ce soit d'autre, déclara Sylvee en riant. Mais ce n'est pas très clair. Je ne l'ai pas compris. Il y avait des notes sur un Roscoe et d'autres personnes.

— Vous l'avez déjà posté ? demanda Doreen, d'une voix vive.

— Oui, vous devriez le recevoir aujourd'hui ou demain.

— Parfait, approuva Doreen avec un sourire.

— Pourquoi ? Ce nom vous dit quelque chose ?

— Oui, clairement.

— Oh, tant mieux. Je vous enverrai par email le nom d'utilisateur d'Edwin pour son compte Gmail, et vous pourrez voir si vous pouvez y accéder vous-même. Honnêtement, toute cette histoire est assez bouleversante. J'aimerais ne pas avoir à m'en mêler.

— Je comprends. Êtes-vous d'accord pour que je donne le journal à la police ?

— Bien sûr, confirma Sylvee. J'aurais sûrement dû les appeler en premier lieu, mais bon…

— Ce n'est pas grave, la rassura Doreen. Tant que vous me l'avez donné et que je peux l'envoyer à la police, je le ferai. Je connais quelqu'un qui pourra vous aider.

— Oh, bien. J'espère vraiment que vous viendrez à bout de cette histoire.

Lorsque l'appel fut terminé, Doreen était presque arrivée chez Jesse. Elle s'arrêta à l'extérieur et scruta la façade. C'était une très belle maison. Étonnamment bien pour lui. Et pourtant, elle n'avait aucune raison de se méfier ou de juger, compte tenu de la situation financière de Jesse à l'époque. Ce n'est pas parce qu'il avait été un criminel fauché qu'il n'avait pas changé de vie. Néanmoins, il était difficile de faire marche arrière quand on s'engageait dans cette voie. Elle rappela Roscoe.

— Hé, vous avez déjà eu affaire au fils de Zeus ?

— Non. Il était tout petit à l'époque, et sa grand-mère s'occupait de lui. Et Bessie ne m'aurait certainement pas aimé, pas en tant qu'ami de Zeus et tout le reste. Cependant, Edwin m'a appelé quelques fois au cours des dernières années, et c'était toujours pour me poser des questions sur la mort de ses parents. Je ne savais pas quoi lui dire. Alors je lui parlais, mais ce n'est pas comme si on était vraiment restés en contact.

— D'accord, alors vous saviez quelque chose sur le fait qu'il cherchait à savoir si ses parents étaient morts ?

— Non, mais je ne suis pas surpris, répondit-il. Quand on y pense, il y a toujours cette idée au fond de la tête de chacun de savoir ce qui leur est vraiment arrivé.

— D'accord, et pour Jesse ? Vous pensez qu'Edwin lui a parlé ?

— Il est possible qu'il l'ait aussi appelé, mais je ne sais pas. Je ne le contacterais pas pour l'instant. Il est encore grincheux.

— Vous croyez ? plaisanta Doreen. Je vais le laisser tranquille.

Alors qu'elle étudiait la maison devant elle, Jesse sortit, l'observa et demanda :

— Je peux vous aider ?

Doreen sourit et répondit :

— Bonjour, je suis Doreen.

Il croisa les bras et s'appuya contre la porte.

— Qu'est-ce que vous faites là ?

— Oh, je viens d'avoir la cousine d'Edwin au téléphone. Edwin vous a-t-il déjà parlé ?

— Oui, plusieurs fois au fil des ans. Pourquoi ? demanda Jesse avec un regard noir.

— Apparemment, il était très excité parce qu'il pensait avoir résolu la disparition de ses parents.

Jesse la dévisagea.

— Je ne sais pas de quoi vous parlez. Vous commencez à me harceler.

— Je n'ai rien dit de harcelant, s'étonna-t-elle. J'ai juste demandé si vous aviez parlé à Edwin.

— Vous semblez m'accuser de quelque chose que je n'ai pas fait. Taisez-vous.

Puis il tourna les talons et rentra chez lui.

— Même si ça en a l'air, ajouta Doreen, ça ne veut pas dire que vous avez quelque chose à voir avec leur mort.

Jesse fit volte-face et hocha la tête.

— Tant mieux, parce que je n'ai rien à voir avec ça.

— Vous les avez vus là-bas ? Vous savez que j'irai à Merritt et que je parlerai aux gens du coin.

— Je m'en moque.

— Bien. Dans ce cas, vous ne verrez pas d'inconvénient à ce que je leur pose des questions sur vous et que je leur montre des photos de vous datant d'il y a vingt-cinq ans.

L'homme resta planté là, les mains sur les hanches.

— Vous n'êtes qu'une vieille sorcière qui se mêle de tout. Vous pensez qu'on n'a pas posé la question, encore et encore ? gronda-t-il.

— Je ne suis pas vieille et je ne suis pas une sorcière, répliqua Doreen calmement.

Alors qu'elle pivotait pour retourner chez elle, elle ajouta :

— Vous me provoquez seulement parce que vous avez peur.

Jesse rentra chez lui et claqua la porte.

LORSQU'ELLE RENTRA CHEZ elle, Doreen savait que Mack serait à nouveau en colère contre elle. Elle devrait y être habituée, mais ce n'était pas la chose la plus facile à gérer. Elle soupira en s'approchant de la porte arrière, et entendit la sonnette de l'entrée retentir. Avec Mugs qui aboyait comme un fou, elle se précipita vers l'avant et aperçut un camion de livraison. Le gars en uniforme lui tendit un colis. Elle dut signer pour le recevoir. Le ramenant à l'intérieur, elle comprit qu'il s'agissait du paquet qu'elle attendait de Sylvee.

— Edwin, voyons ce que tu as laissé derrière toi.

Elle mit la bouilloire à chauffer et ouvrit le paquet sur la table de la cuisine. Il n'y avait que quelques notes, avec le nom de *Roscoe* et, juste à côté, *Jess*, qu'elle supposa être *Jesse*.

Assise là, elle remarqua qu'Edwin avait noté des éléments décousus. Cela avait probablement un sens pour lui sur le moment, mais pour personne d'autre. Pourtant, en l'analysant, elle y vit un schéma intéressant. Et, bien sûr, il y avait le nom de la ville de Merritt. Ce qui ressortait, c'était un nom suivi d'un numéro de téléphone, qu'elle composa aussitôt.

Quand un homme à la voix grincheuse décrocha, elle annonça :

— Je cherche Horace.

— C'est lui-même, grommela-t-il.

— Ah, je m'appelle Doreen, et j'enquête sur la mort d'un jeune homme à qui vous avez parlé.

Le silence se fit à l'autre bout du fil.

— Il s'appelait Edwin et s'intéressait à un véhicule qui avait disparu entre Chilliwack et Kelowna il y a de nombreuses années.

— Il y a vingt-cinq ans, affirma-t-il avec un grognement. Oui, je me souviens. Je lui ai parlé. Il était assez insistant, comme vous.

Doreen tressaillit. Elle venait juste de commencer.

— Edwin a été récemment assassiné, dit-elle. Nous essayons tous de retracer sa vie pour comprendre ce qui aurait pu mal tourner et ce qu'il faisait qui aurait pu énerver quelqu'un.

— S'il enquêtait sur cette disparition il y a tant d'années, ça aurait suffi. Vous devriez peut-être en prendre note.

— Pouvez-vous me dire quelles questions il vous a posées et quelles informations vous lui avez données ?

— Il m'a demandé si ses parents s'étaient déjà présentés au café, et c'est le cas, mais quelqu'un d'autre aussi. Ils sont restés assis tous les trois pendant une bonne demi-heure, attendant que quelqu'un d'autre les rejoigne. Ils ont dit qu'ils s'étaient arrêtés à Chilliwack et qu'ils avaient appelé pour organiser cette rencontre parce qu'ils avaient décidé de prendre quelques jours pour eux et de ne pas venir à Kelowna. Ils voulaient donc se rencontrer à Merritt.

— Oh, intéressant.

Ce n'était pas ce que Jesse ou Roscoe avait affirmé.

— Oui.

— Alors, Roscoe les a rencontrés ?

— Je ne sais pas qui a rencontré le couple, cingla le vieil homme.

— Savez-vous qui ils devaient rencontrer ?

— Non.

— Savez-vous quel véhicule conduisait le type qu'ils ont rencontré ?

— Oui, un pick-up. Un vieux pick-up Ford, un gros machin, marmonna Horace. Un peu vert bleu pâle, mais c'était un gros char d'assaut.

— D'accord, et vous n'avez entendu aucun nom ?

— J'ai seulement entendu le nom de Roscoe.

— Mais parlaient-ils d'un Roscoe ou parlaient-ils *à* un Roscoe ?

Le vieil homme hésita.

— C'était il y a longtemps. Je n'en sais rien.

— OK, ce n'est pas grave. Edwin vous a demandé autre chose ?

— Oui, il voulait savoir si j'étais en mesure de reconnaître quelqu'un sur certaines photos, mais mes yeux ne sont plus très bons maintenant, expliqua-t-il, alors je ne vois pas très bien.

— Étiez-vous propriétaire du restaurant où ces trois personnes se sont rencontrées il y a vingt-cinq ans ?

— Oui, il y a longtemps. Je l'ai possédé pendant de nombreuses années, mais je ne sais plus si j'étais propriétaire à cette époque. J'ai été assez malade. J'ai fini à l'hôpital. Je ne suis pas sûr qu'on m'ait déjà interrogé sur ce couple disparu. J'étais plus préoccupé par la rapidité avec laquelle ma santé se dégradait à l'époque. De plus, je venais de perdre ma sœur. J'essayais aussi de vendre le restaurant à ce moment, je crois, alors j'ai peut-être dit à tout le monde d'aller se faire voir. Quoi qu'il en soit, c'est tout ce que j'avais à dire.

Horace se tut, puis ajouta :

— Ce jeune homme est mort ?

— Oui, il vient d'être assassiné après que d'autres l'ont entendu dire qu'il pensait savoir ce qui était arrivé à ses parents.

— Ce n'est jamais une bonne idée, conclut Horace. C'est un bon moyen de se faire tuer.

Chapitre 28

LONGTEMPS APRÈS LA fin de l'appel, Doreen s'interrogea sur cette dernière remarque. Elle lut les notes d'Edwin et lança Gmail, observant la page de connexion à son compte. Doreen réfléchit à ce qu'Edwin aurait pu utiliser comme mot de passe. Qu'avait-il inventé ? Elle essaya toutes sortes de variantes de son nom, puis les prénoms de ses parents. Et, comme on pouvait s'y attendre, ses emails apparurent. Elle secoua la tête.

— On est tellement esclaves de nos habitudes, et si sentimentaux, marmonna la jeune femme.

Elle nota le mot de passe et le modifia, au cas où quelqu'un d'autre essaierait d'y accéder. Puis elle fit le tri dans ses emails. Et, évidemment, il y en avait un. Un qui lui glaça le sang. Alors qu'elle restait assise à le regarder, elle appela Mack.

— Mack, il faut que tu viennes ici tout de suite.

— Doreen, j'ai un travail, répondit-il avec une patience exagérée.

— Oui, peut-être, mais je sais qui a tué Edwin. Je sais qui l'a tué, et je sais ce qui est arrivé au véhicule il y a vingt-cinq ans. Il faut vraiment que tu viennes maintenant.

Elle lui transféra des emails, mettant son adresse en copie pour les garder en lieu sûr.

Lorsque des mains l'attrapèrent par la nuque, elle poussa un cri. Elle prit conscience qu'elle était à l'intérieur, mais que Mugs était couché dans le jardin. Goliath était sur la table de la terrasse et Thaddeus dormait dans un rosier.

— Pas un mot, ordonna l'homme derrière elle. Je ne veux pas que vous alertiez vos animaux, sinon je devrai les tuer aussi.

Elle hocha légèrement la tête, sachant que la porte de la cuisine était encore entrouverte. Il la força à se lever et elle se retourna très lentement, sachant déjà de qui il s'agissait.

— Bonjour, Jesse.

La main se resserra encore plus autour de sa gorge.

— Comment l'avez-vous découvert ? demanda-t-il.

Doreen soupira.

— Je ne suis pas sûre d'avoir tout compris. Ce que je sais, c'est que vous avez rencontré les parents d'Edwin à Merritt, et que soit les choses ont dégénéré, soit vous l'aviez prévu à l'avance. Je ne sais pas, mais vous avez fini par les faire sortir de la route ou par les tuer, jetant leurs corps et leur véhicule dans la nature quelque part près de Merritt. Puis vous êtes rentré chez vous et avez fait semblant de participer aux recherches. Et étrangement, une belle somme d'argent s'est retrouvée entre vos mains pour vous aider dans la vie.

— Je ne sais pas de quoi vous parlez, grommela-t-il en la poussant de force sur sa chaise avec un regard noir.

Elle avisa le petit revolver noir dans sa main et interrogea :

— Ce ne serait pas celui qui a servi à tuer Edwin, par hasard ?

Il opina du chef.

— Parce que, tout comme vous, il était curieux.

— Vous avez tué ses parents, déclara Doreen, la voix dure, en le fixant du regard. Puis vous vous êtes servi de Roscoe pour accéder au jardin de son frère, afin d'écouter mes conversations pour voir si je progressais.

— Vous ne progressiez pas, donc c'était sans danger, mais ensuite vous avez trouvé le dispositif d'écoute. Alors j'ai compris que ça devenait un peu trop risqué.

— À ce moment-là, vous avez dû tuer Oscar.

— Bien sûr, parce qu'il a aussi commencé à poser des questions, répliqua Jesse. Je me doutais bien que vous ne découvririez rien, mais regardez-vous. Vous croyez avoir tout compris, hein ?

— Pas tout, reconnut-elle, mais je pense avoir compris l'essentiel.

— En effet. Malheureusement.

Il jeta un regard sombre sur la petite cuisine.

— Je voulais que Zeus se retire complètement de l'affaire. Je ne l'ai pas aimé dès le début, et quand je suis arrivé, il était d'une humeur massacrante, tellement imbu de sa personne. Alors, quand je l'ai suivi jusqu'à sa voiture, je lui ai dit qu'il n'avait pas besoin de continuer jusqu'à Kelowna. Que je ne ferais pas affaire avec lui. Que je ne l'aimais pas. Que c'était un escroc à deux balles. C'est alors que sa femme s'est mise à parler et à dire quelque chose de sarcastique. Zeus s'est retourné et lui en a collé une. J'ai vu rouge. J'ai ramassé une pierre et je lui ai tapé sur la tête avec.

Jesse grommela, repoussant son chapeau de sa tête.

— Mais elle était dans les vapes, inconsciente, et lui aussi. Je me suis dit que c'était la meilleure façon d'en finir. Je nous ai tous fait monter dans leur véhicule, je l'ai conduit jusqu'à la route, je l'ai garé sur le bord, avec le frein à main desserré. Puis je suis sorti et je l'ai poussé sur un talus, jusqu'à ce qu'elle tombe dans le ravin. Personne ne la retrouvera jamais.

— Ensuite quoi ? Vous êtes retourné à pied à votre voiture ?

— Oui, mais j'avais emporté quelque chose que j'avais trouvé dans son véhicule. Vous vous souvenez quand je vous ai dit que Zeus avait sûrement volé un paquet d'argent à la banque et qu'il avait dû s'enfuir ? Je ne sais pas où il a volé l'argent, mais j'ai trouvé dix mille dollars dans un de ses sacs.

Jesse éclata d'un rire hystérique.

— Croyez-moi. J'en ai fait bon usage. J'ai monté mon affaire de marijuana et j'ai fait des allers-retours avec la drogue pendant plusieurs années. De cette façon, je n'ai pas eu à partager les bénéfices.

Il poursuivit.

— Je ne vendais jamais assez de marijuana pour éveiller les soupçons, juste assez pour me permettre d'avoir de l'argent et de me constituer un petit pécule. J'ai réussi à m'en sortir. Finalement, j'ai acheté une entreprise légale et je m'en sors très bien depuis. Mais je n'ai jamais voulu que cette vérité soit dévoilée.

— Oui, parce qu'imaginez ce que Roscoe ressentirait s'il découvrait que son meilleur ami a tué son autre meilleur ami et l'a trahi, riposta Doreen, le regard assassin. Quel ami vous faites ! J'imagine que vous n'avez pas mêlé Roscoe à votre business de marijuana, je me trompe ?

— Non, pas après que Zeus ne s'est pas pointé… Roscoe a passé des semaines et des semaines à chercher Zeus. Mais j'ai trouvé un endroit parfait juste à l'extérieur des limites de la ville. On ne pouvait pas le voir de l'autoroute. Ils sont toujours là. Mais Roscoe cherchait toute la journée, tous les jours, c'était pathétique. Je savais que je ne pouvais pas lui faire confiance à ce moment-là. Foutu cœur tendre. Avec les dix mille dollars de capital de départ, je n'avais besoin de personne d'autre. Je gardais les bénéfices, et je n'avais rien à partager. Et Roscoe aurait voulu une explication sur l'origine de l'argent de départ. Et ça, je ne pouvais pas la lui fournir.

— Mais comment Zeus a-t-il trouvé cet argent ?

— S'il participait à notre affaire, il était censé apporter dix mille dollars. J'avais entendu dire que la banque où il travaillait avait été braquée à l'époque et qu'un suspect avait été tué. Au début, j'ai pensé que Zeus était le braqueur abattu. Mais, le nom du mort a été rendu public peu après. Et ces stupides flics ont cru qu'il agissait seul. Je me suis alors dit que Zeus avait eu besoin d'aide pour ce braquage et que son partenaire était suffisamment malin pour ne pas lui confier tout cet argent. Donc, le braqueur mort devait avoir l'argent sur lui – ou au moins la moitié. Quoi qu'il en soit, je savais que Zeus ne l'avait pas. Pourtant, ça me turlupinait, alors je l'ai cherché quand je les ai mis dans la voiture. La bonne surprise quand j'ai découvert qu'il avait bien l'argent ! J'avoue que j'ai été choqué.

Doreen le dévisagea, puis demanda :

— Et maintenant ? Vous pensez que vous allez pouvoir me tirer dessus dans ma propre cuisine et vous en sortir ?

Jesse hésita.

— Je n'ai pas poussé la réflexion aussi loin. C'est incontrôlable maintenant.

— Vous ne pouvez pas espérer me tuer et vous en tirer comme ça. Beaucoup de gens ici savent ce que je fais. J'ai déjà envoyé des emails à de nombreuses personnes à propos des informations qu'Edwin avait rassemblées.

— Ce foutu gamin, c'est lui qui a tout fait capoter. Il n'arrêtait pas de me harceler et de me dire qu'il avait trouvé quelqu'un à Merritt à qui parler. Je n'arrivais même pas à savoir de qui il s'agissait, et à l'époque, je n'aurais pas relevé de nom. Je n'aurais eu aucun moyen de le retrouver. Les gens ne m'ont pas vu frapper Zeus. Ils m'ont juste vu dans le café, avec Rosalina et lui. Cette rencontre, personne d'autre que moi n'était au courant. Zeus m'avait téléphoné de Chilliwack et je m'étais arrangé pour le rencontrer seul là-bas, sachant que Roscoe s'attendait à les voir arriver à Kelowna quelques heures plus tard. J'avais besoin de connaître Zeus en tant que personne. Je suis entré. J'ai pris un café, puis je suis sorti pour lui parler, parce que je ne voulais pas de témoins, mais il s'est mis à la frapper.

— Et au lieu de la sauver, vous avez fini par la tuer ?

— Oui. Enfin, qu'est-ce que j'étais censé faire ? Lui dire que j'avais tué son mari ? Non, c'était l'occasion rêvée de me débarrasser de quelque chose dont je ne voulais pas m'occuper. Alors je suis passé à l'acte.

Il conclut en haussant les épaules.

— Et pourquoi avez-vous aussi tué Oscar ?

Jesse secoua la tête.

— Il me menaçait aussi, tout ça au nom de son super copain Edwin. Ils m'accusaient tous les deux d'avoir tué les parents d'Edwin. Alors j'ai tué celui-ci, je l'ai déposé dans le parc, là où Oscar courait tous les jours. Ça aurait dû être un avertissement pour Oscar, mais ça n'a pas marché. Qu'est-ce qu'il a fait ? Il m'a appelé, m'a menacé, m'a dit que si c'était moi qui avais tué Edwin, il saurait me retrouver. Mais quand j'ai menacé de tuer sa petite amie et de l'accuser de la mort d'Edwin et de la sienne ? Tout à coup, Oscar a préféré cacher le corps d'Edwin. Quelle mauviette !

— Oui, mais vous n'avez quand même pas eu l'occasion de déplacer le corps d'Edwin, pas avant qu'il ne soit retrouvé dans le parc… Et maintenant ? demanda-t-elle, ramenant la conversation sur lui et son arme dans sa cuisine.

— Vous n'allez pas essayer de gagner du temps pour que votre petit ami vienne vous sauver ? se moqua Jesse.

— Non, parce que vous allez sûrement lui tirer dessus aussi, et je ne le souhaite pas.

Il la regarda avec dégoût.

— C'est quoi ces gens en mal d'amour qui s'occupent des autres ? Je n'ai jamais eu personne dans ma vie, pendant toute mon enfance. Tout le monde s'en foutait.

— Je suis désolée, mais peut-être qu'ils savaient déjà comment vous étiez, murmura-t-elle. Vous n'êtes pas du genre à aider les autres, n'est-ce pas ? Regardez ce que vous avez fait à la femme de ce pauvre Zeus.

Il ricana.

— Ça ne fait aucune différence. Regardez votre chien dehors. C'est quoi ça, un chien de garde ?

— Un chien fatigué, rétorqua-t-elle, avec une pointe d'humour. Honnêtement, on ne dort pas très bien ces derniers temps.

— Vous n'aurez plus à vous en préoccuper maintenant, railla Jesse.

À ce moment-là, Thaddeus entra dans la cuisine.

— Thaddeus est là. Thaddeus est là.

Jesse dévisagea le perroquet.

— Bon sang, un oiseau qui parle.

— Oui, et c'est aussi un sacré personnage, nota-t-elle en souriant. Un personnage plein d'amour, alors j'apprécierais que vous ne lui fassiez pas de mal, ni aux autres animaux.

— Je n'ai aucune raison de tuer un oiseau. Pour qui me

prenez-vous ?

Doreen se contenta de l'observer, car elle ne savait pas si elle devait lui répondre. Elle posa son regard au-delà de Jesse, sur la poêle à frire, un gros objet en fonte qui était la poêle préférée de Mack chaque fois qu'il venait pour cuisiner. C'était la seule arme assez proche qu'elle voyait, et même là, elle n'était pas sûre que ce soit une bonne arme. Elle se leva.

— Hé, hé, hé, asseyez-vous !

— Cette poêle est trop près du bord et, si elle tombe, elle blessera les animaux.

— Vous savez que je tiens un flingue, non ?

— Oui. Comment pourrais-je ne pas le voir ?

— Je me posais simplement la question, contra Jesse, perplexe. Vous n'agissez pas comme si j'allais vous tuer.

— Je sais que je ne me comporte pas comme une victime. Les gens ont tendance à s'énerver à cause de ça.

— Vous agissez comme s'il s'agissait d'un événement banal.

— Ça l'est, en quelque sorte, confirma-t-elle. Ça devient un peu ennuyeux, un peu trop récurrent.

— Qu'est-ce que vous racontez ?

— J'ai été attaquée par de nombreuses personnes. Il y a donc des caméras partout, mais vous ne vous soucierez plus vraiment de ça quand vous m'aurez abattue.

— Non, mais merci pour l'avertissement.

Doreen haussa les épaules.

— Ce n'est pas comme si je pouvais faire quoi que ce soit pour vous arrêter.

— Vous avez raison, acquiesça Jesse en levant les yeux au ciel. Mon Dieu, vous êtes bizarre.

— Hé, soyez sympa, marmonna la jeune femme.

— Pourquoi ?

— Pourquoi pas ? répliqua-t-elle. Ça ne vous ferait pas de mal d'être gentil pour une fois. Vous avez manifestement gagné. Vous avez pris leur argent, vous vous êtes débarrassé de Zeus, de Rosalina, puis d'Edwin, d'Oscar, et maintenant peut-être de moi.

Elle saisit la poêle en fonte et la poussa un peu plus loin sur la cuisinière.

Jesse avança d'un pas et ordonna :

— Ne tentez rien de suspect.

— Promis.

Thaddeus sauta sur la table et cria :

— Police. Police.

Jesse pivota, surpris, et Doreen brandit la poêle en fonte, qu'elle abattit avec force sur le côté de la tête de l'intrus. Jesse tomba comme une mouche.

Au loin, elle entendit Mack crier :

— Doreen, Doreen, tu es là ? Doreen ?

Elle se retourna pour lui faire face, alors qu'il entrait en trombe dans la cuisine et la fixait, s'arrêtant net quand il constata que Jesse était hors d'état de nuire.

— Tu arrives enfin, cingla-t-elle, avec émotion.

Il ouvrit les bras et elle s'y engouffra.

— Au moins tu m'as appelé.

— Si tu avais été un peu plus rapide, dit-elle, tu m'aurais sauvée, mais, d'un autre côté, je dois dire que cette casserole en fonte était un excellent achat.

Chapitre 29

LA CUISINE DE Doreen était pleine. Sa terrasse et son patio étaient remplis. On aurait dit qu'il y avait des gens partout. Et des animaux ! Non seulement Mugs avait profité de l'afflux de visiteurs pour se faire gratter les oreilles et caresser, mais Thaddeus amusait la galerie sur l'épaule de Mack et volait des morceaux de pizza dès qu'il le pouvait. Quant à Goliath, il se tenait dédaigneusement à l'écart, observant la scène. Mais il était proche et n'avait pas disparu, ce que Doreen considérait comme un bon signe.

Quant à Jesse, il avait indiqué l'emplacement du véhicule où il avait abandonné les pauvres Zeus et Rosalina, et la police s'empressa de l'emmener. Les services de recherche et de sauvetage furent dépêchés à Merritt et avaient déjà confirmé qu'ils avaient trouvé le véhicule disparu. Les opérations de secours étaient en cours. Doreen avait réussi à téléphoner à Bessie, avant que la foule ne s'amplifie, surtout après l'arrivée des bières et des pizzas. Bessie avait fondu en larmes et exprimé sa gratitude, car Doreen avait enfin résolu le mystère sur la disparition de sa famille. Dans l'ensemble, ce fut une journée formidable.

Mack lui tendit une part de pizza au pepperoni.

— Il y a de l'ananas dessus, précisa-t-il.

Elle le dévisagea, observa l'association et frémit.

— Tu m'as déjà forcée à manger du jambon et de l'ananas, marmonna-t-elle, et j'y suis arrivée, mais je ne sais pas ce qu'il en est du pepperoni et de l'ananas.

— Essaie.

Elle ouvrit la bouche et mordit dans la part de pizza. Elle songea, puis esquissa une grimace.

— Non, jambon et ananas peut-être. Je ne pense pas que je puisse tolérer ça.

Il sourit, acquiesça et lui tapota la main.

— Tu veux encore du café ?

Elle secoua la tête.

— Je vais bien, tu sais, maugréa-t-elle en regardant tout le monde. Je comprends que vous soyez tous là pour vous assurer que je vais bien.

— Nous sommes tous ici parce que l'idée nous a semblé bonne et que ça s'est fait comme ça. D'ailleurs, tout le monde est plus qu'heureux quand deux meurtres sont résolus.

— Quatre, corrigea-t-elle.

— J'ai compris, quatre, et maintenant on a une zone sur laquelle on peut concentrer nos recherches.

C'est à ce moment-là que le téléphone de Doreen sonna.

— Allô ?

— Bonjour. C'est Doreen, non ?

Tout le monde autour d'elle se calma.

— Oui, c'est Doreen.

— Nous avons suivi les informations que vous nous avez données la dernière fois concernant les recherches plus proches de Merritt, expliqua son interlocuteur, et je pense que nous avons trouvé la voiture.

Il y avait une pointe d'excitation dans sa voix.

— Super, s'écria Doreen. J'ai une pièce pleine de flics ici en ce moment même. On peut envoyer une équipe de recherche pour vérifier. Vous avez une adresse précise à nous donner ?

— J'ai les coordonnées GPS et des indications de navigation, latitude et longitude. Je vous envoie ça par email, et vous nous tenez informés de ce que vous trouverez, d'accord ?

— Pas de soucis, et merci beaucoup.

Elle se tourna vers Mack et lui sourit.

— J'espère que ça va être concluant. On a une localisation possible pour le véhicule de Zeus et Rosalina.

— Espérons-le.

Mack se tourna vers son capitaine.

Celui-ci sortit son téléphone et déclara :

— J'appelle les services de recherche et de sauvetage.

Il se dirigea vers la rivière pour s'éloigner du bruit. Lorsqu'il revint, il annonça :

— Un véhicule est en train de jeter un coup d'œil. Deux hommes faisaient partie de l'équipe de recherche initiale à l'époque, et ils veulent chercher eux-mêmes.

— C'est une bonne nouvelle dans tous les cas, affirma la jeune femme. J'espère que c'est le bon véhicule, mais si ce n'est pas le cas…

— Alors, on continuera à chercher. Ne t'inquiète pas, dit Mack en lui prenant la main.

— Celle-là s'est avérée très étrange, soupira Doreen.

Presque aussitôt après avoir prononcé ces mots, Richard passa la tête par-dessus la clôture.

— Qu'est-ce que c'est ? Une fête ?

Comme on pouvait s'y attendre, une autre chaise fut

apposée contre la clôture, et la tête de Roscoe apparut au-dessus. Il fixa Doreen.

— Jesse ?

Elle hocha lentement la tête.

— Je suis vraiment désolée.

Son visage s'éclaircit lorsqu'il réalisa que ce qu'il avait déjà entendu était à présent vrai.

— Mon Dieu.

Il observa la foule rassemblée ici et déclara :

— Wouah, vous avez vraiment beaucoup de soutien.

— C'est vrai.

Elle s'approcha lentement de la clôture, Mack à ses côtés.

— Je suis vraiment désolée pour vos amis. Les deux.

Roscoe acquiesça.

Elle lui raconta ce que Jesse lui avait dit, qu'il ne voulait pas faire affaire avec Zeus et comment tout cela s'était terminé.

— Je n'arrive pas à y croire, souffla Roscoe en se frottant le visage. Pendant tout ce temps, je me suis demandé comment il avait pu faire autant recette, alors que moi je ne parvenais pas à m'en sortir. En fait, il s'était lancé dans les affaires, après avoir dérobé le butin que mon ami avait volé, seul.

Roscoe secoua la tête.

— On ne connaît jamais vraiment les gens, n'est-ce pas ? ajouta-t-il, observant Doreen d'un air triste.

— Je suis vraiment désolée, répéta-t-elle.

Elle se retourna vers le buffet et les boissons et demanda aux deux frères :

— Vous voulez boire une bière et manger une part de pizza ?

Le visage de Roscoe s'illumina.

— Carrément.

— Mais vous allez devoir supporter les flics, plaisanta Doreen.

Roscoe scruta le jardin.

— Ils sont tous flics ? demanda-t-il à voix basse.

Elle opina du chef.

— Tous.

Roscoe grimaça. Au même moment, Mack attrapa une boîte contenant une demi-pizza, s'empara de deux canettes de bière et revint à la clôture.

— Tenez. Profitez de ça de votre côté de la clôture, et vous pourrez au moins manger en paix.

Richard accepta la boîte, Roscoe, les bières, et ils marmonnèrent leurs remerciements. Puis les deux têtes disparurent derrière la clôture.

Doreen avisa Mack, les sourcils arqués.

Il passa un bras autour de ses épaules.

— Hé, tout va bien.

Elle sourit.

— Non, tout va mieux que bien. C'est super.

Le caporal se pencha pour l'embrasser.

Épilogue

L E LENDEMAIN, DOREEN regardait une vidéo sur Internet, Mack allongé sur le patio à côté d'elle.

— Vous avez des drones au travail ? demanda-t-elle.

Il la regarda.

— Non, pas au commissariat.

— J'ai toujours pensé que ce serait cool.

— C'est plutôt un casse-tête pour nous. Tu sais que les gens prennent des photos qu'ils ne sont pas censés prendre avec ce genre de choses.

— Oh, je n'y ai jamais pensé.

Doreen leva les yeux vers le ciel.

— Ça doit être terriblement agaçant.

— Oui. Je m'attends toujours à ce que quelqu'un prenne des photos de toi, maintenant que tu es si célèbre.

— Oh, ce serait affreux, murmura-t-elle en levant les yeux au ciel. Quelqu'un du coin en a acheté un, et il a mis ses vidéos sur Internet. Je ne sais même pas comment je suis tombée sur celle-ci, mais on me l'a recommandée, et elle passe en revue des propriétés locales. La vue est vraiment cool.

— Comment ça ? interrogea Mack en se relevant.

— Regarde cette zone.

— Oh, c'est le sud-est de Kelowna, constata-t-il. Je me souviens de cette zone. C'est vraiment très beau là-bas.

— Ils ont des problèmes d'eau ?

— Oui, ils en ont trop.

Doreen le dévisagea.

— Sérieusement ? Parce que ce jardin a été conçu selon la méthode du xéropaysagisme.

Mack afficha une mine perplexe.

— Qu'est-ce que ça veut dire ?

— C'est un jardinage à faible consommation d'eau, c'est-à-dire que tout est fait avec des plantes du désert et qu'il n'est pas du tout nécessaire d'arroser. Il n'y a pas d'herbe. Il n'y a pas de verdure. C'est de la culture digne d'un désert.

— Intéressant, marmonna-t-il. Les gens n'ont pas forcément envie d'arroser leur jardin. De plus, beaucoup ont des vergers et d'autres types de besoins en eau. Cependant, on a aussi des sécheresses.

— Regarde ce cliché, dit Doreen en désignant l'écran.

Le drone avait filmé une vue très large du jardin.

— C'est magnifique, ajouta-t-elle.

— C'est très spécial comme goût. Et ce n'est pas le mien.

— Peut-être pas, convint la jeune femme.

Il fronça les sourcils en étudiant la vidéo.

— Laisse-moi voir ça. Je connais cette propriété. Je m'y suis rendu il y a quelques années. Le propriétaire a disparu.

— Comment ça, *il a disparu* ?

— Il s'est rendu à son travail, mais n'est plus jamais réapparu, ni là-bas ni ailleurs. Son véhicule a été retrouvé le long de la route à proximité, mais aucune trace de lui n'a jamais été découverte. Aucun compte bancaire n'a été touché. Aucune carte de crédit n'a été utilisée. Il avait tout simplement disparu.

— Tu penses qu'il est parti, peut-être pour s'éloigner de sa femme et de ses enfants ?

Mack haussa les épaules.

— C'est une personne disparue, mais c'est possible.

Doreen arqua un sourire, puis adressa un large sourire au policier.

Il secoua la tête.

— Non, ne dis rien.

— Pourquoi pas ? protesta-t-elle. Réfléchis. J'ai le titre parfait pour ça.

— Non, non, et non, affirma Mack. Quel titre pourrais-tu trouver pour ce scénario ?

— *Peur… dans la rocaille.*

Il ferma lentement les yeux et gémit.

— OK, ça, c'est nul.

— Oui, mais ça marche, n'est-ce pas ? C'est la prochaine affaire.

Elle lui tapota la main et ajouta :

— Réfléchis-y. C'est une affaire classée, donc je n'aurai pas du tout à me mêler de ta vie ou de ton travail.

— Et ce serait bien ma veine que ce soit exactement le contraire et que tu empiètes sur un de mes dossiers.

— Non, tu n'as rien à voir avec celle-là. Tu étais déjà là pour enquêter. Tu as fait ton travail. C'est une affaire classée. Maintenant, c'est mon tour. *Peur dans la rocaille* est à moi.

Mack grommela et Doreen éclata de rire.

C'est la fin du tome 23 de *Jolis Jardins Maudits, Murmures dans les glycine.*
Découvrez *Peur dans la rocaille : Jolis Jardins Maudits, tome 24*

Jolis Jardins Maudits : Peur dans la rocaille, tome 24

Une nouvelle saga cosy mystery de l'auteure best-seller de *USA Today*, Dale Mayer. Suivez la jardinière et détective amatrice Doreen Montgomery et ses amusants (et vraiment adorables) chat, chien et perroquet, tandis qu'ils attrapent les meurtriers et résolvent des crimes dans la merveilleuse ville de Kelowna, en Colombie-Britannique.

De la richesse aux haillons… Certains font des projets… D'autres les changent… et au final, c'est le chaos !

Doreen aime les jardins, tous les types de jardins. Dans l'Okanagan, situé à la pointe du désert, il est logique de jardiner en économisant l'eau. Lorsque Doreen voit un beau jardin en xéropaysage sur une vidéo de drone, elle est fascinée. Lorsque Mack évoque le mystère qui entoure la propriété, elle est envoûtée.

Pourtant, pas facile d'obtenir des détails. C'est parce qu'il n'y en a pas beaucoup. Mais Doreen et son clan sont doués pour creuser et poser des questions, et il ne faut pas longtemps pour percer le mystère à jour… au grand dam du caporal Mack Moreau.

Se montrer agaçante peut parfois fonctionner, mais trop souvent, cela se retourne contre elle. Cette fois-ci ne fait pas exception à la règle… et une fois que Doreen sera sur cette affaire, elle ne pourra plus jamais lâcher prise…

Le tome 24 est disponible !

Pour en savoir plus, visitez le site web de Dale Mayer.

https://geni.us/DMSFRXeriscape

Note de l'auteure

Merci d'avoir lu *Murmures dans la glycine : Jolis Jardins Maudits, tome 23* ! Si vous avez apprécié le livre, merci de prendre un moment pour laisser votre avis.

Chers lecteurs,

J'aime avoir de vos nouvelles, alors n'hésitez pas à me contacter sur mon site web : www.dalemayer.com ou sur ma page d'auteure Facebook. Pour être informés des nouvelles parutions et des offres spéciales, inscrivez-vous à ma newsletter ou suivez-moi sur BookBub. Si vous souhaitez rejoindre mon groupe de lecteurs, voici la page d'inscription sur Facebook.
http://geni.us/DaleMayerFBGroup

À bientôt,
Dale Mayer

À propos de l'auteure

Dale Mayer est une auteure de best-sellers au classement de *USA Today*, connue pour ses romances militaires sur les forces spéciales, sa série *Psychic Visions* et sa série *Jolis Jardins Maudits*, dans le genre cozy mystery. Ses romances contemporaines sont vibrantes d'émotion et de passion (série *Broken But… Mending, Hathaway House*). Ses thrillers vous laisseront à bout de souffle (séries *By Death* et *Kate Morgan*) et ses comédies romantiques vous feront rire aux éclats (*It's a Dog's Life*, une novella hors-série, et la série *Broken Protocols* avec Charming Marvin, le chat).

Elle laisse libre cours aux séries qui lui viennent… dont certaines sont carrément folles, enfreignant toutes les règles et croisant différents genres !

En plus de ses romans de fiction, elle écrit également des textes documentaires dans de nombreux domaines, dont la rédaction de CV, le jardinage de loisir et le système de crédit immobilier américain. Elle a récemment publié la série professionnelle *Career Essentials*. Tous ses livres sont disponibles aux formats papier et ebook.

Contactez Dale Mayer en ligne

Site web de Dale – www.dalemayer.com
Twitter – @DaleMayer
Facebook Page – geni.us/DaleMayerFBFanPage
Facebook Group – geni.us/DaleMayerFBGroup
BookBub – geni.us/DaleMayerBookbub
Instagram – geni.us/DaleMayerInstagram
Goodreads – geni.us/DaleMayerGoodreads
Newsletter – geni.us/DaleNews